W0349160

SCIENCE FICTION

Herausgegeben
von Wolfgang Jeschke

Ein Verzeichnis der STAR-TREK®-Serie
finden Sie am Schluß des Bandes.

JERI TAYLOR

STAR TREK®
THE NEXT GENERATION

DIE ZUSAMMENKUNFT

Roman

Star Trek®
The Next Generation™
Band 36

Deutsche Erstausgabe

WILHELM HEYNE VERLAG
MÜNCHEN

HEYNE SCIENCE FICTION & FANTASY
Band 06/5418

Titel der amerikanischen Originalausgabe
UNIFICATION
Deutsche Übersetzung von Andreas Brandhorst

Umwelthinweis:
Dieses Buch wurde auf chlor- und säurefreiem
Papier gedruckt.

Redaktion: Rainer Michael Rahn

Erstausgabe by Pocket Books/Simon & Schuster, Inc., New York,

Der Roman erschien in einer Hardcover-Ausgabe 1995
bei vgs, Köln
Printed in Germany April 1998
Umschlagbild: Pocket Books/Simon & Schuster, New York
Umschlaggestaltung: Atelier Ingrid Schütz, München
Technische Betreuung: M. Spinola
Satz: Schaber Satz- und Datentechnik, Wels
Druck und Bindung: Ebner Ulm

ISBN 3-453-13979-8

Für Jennifer

1

Admiral Ruah Brackett hütete ein Geheimnis. Es war nicht sehr wichtig, und es wirkte sich auch nicht auf die Wahrnehmung ihrer Pflichten als Flottenadmiral bei Starfleet Command aus. Aber es existierte, und diese Tatsache bereitete ihr eine gewisse Genugtuung. Aus irgendeinem Grund fand sie es erregend, sich eine Eigenart zu leisten, von der niemand etwas ahnte.

Vage Schuldgefühle regten sich in Brackett, als sie zusammen mit dem jungen Adjutanten zum Transporterraum der *Starbase 234* schritt. Ihrer Mission kam so große Bedeutung zu, daß sie eigentlich keine Gedanken an Privates vergeuden durfte. Sie brachte eine Nachricht, die nicht der Subraum-Kommunikation anvertraut werden konnte und persönlich übermittelt werden mußte. Vielleicht stand die Sicherheit der Föderation auf dem Spiel – aber Ruah dachte vor allem daran, was sie gleich erwartete.

»Kann's losgehen, Lieutenant?« fragte sie den Adjutanten, dessen sommersprossiges Gesicht blasser als sonst wirkte. Lieutenant Severson freute sich ganz und gar nicht auf den Transfer von der *Starbase* zum Raumschiff. Er hielt solche Erfahrungen für sehr unangenehm und reagierte immer mit ausgeprägtem Unbehagen. Doch in diesem Fall gab es keine Möglichkeit, den Transfer zu vermeiden. Darüber hinaus wollte er seine Teilnahme an dieser interessanten Mission nicht gefährden, indem er zu deutlich auf seine Furcht vor Transportern hinwies.

»Ja, Admiral.« Er wartete, als Brackett auf ein Transferfeld trat, gesellte sich dann zu ihr. Sie bildeten ein ungewöhnliches Paar: hier die große, elegante Admiralin mit dem kurzen braunen Haar, dort der kleinere junge Mann mit dem roten Schopf. Sie arbeiteten gut und reibungslos zusammen; deshalb war Ruah bereit, Seversons Nervosität in bezug auf Transporter zu tolerieren.

»Geben Sie uns Bescheid, wenn Sie soweit sind«, wandte sie sich an den Transporterchef, einen erfahrenen Veteranen von dem Planeten Nason Barta. Er erwies sich als sehr geschickt im Umgang mit den Kontrollen. Kein Wunder: Er hatte zehn Finger an jeder Hand.

»Ich warte nur noch auf Ihre Anweisung, Admiral Brackett.«

Ruah lächelte. Der herrliche Augenblick stand unmittelbar bevor.

Ihr Geheimnis bestand darin, daß sie es *wunderbar* fand, transferiert zu werden. Angeblich spürte man dabei überhaupt nichts, weder in physischer noch in psychischer Hinsicht. Das behaupteten die meisten Leute. Eine kleine Minderheit – zu der Severson gehörte – empfand das Beamen als eine Belastung.

Für Brackett kam es einem transzendenten Erlebnis gleich. Die Umwandlung der molekularen Struktur in einen subatomaren Partikelstrom verursachte ein Gefühl, das an Verzückung grenzte: ein emotionales Phänomen, das sowohl mystische und spirituelle als auch sexuelle Elemente in sich vereinte. Beim Transport blieb das Bewußtsein erhalten. Während der kurzen Phase zwischen Ent- und Rematerialisierung glaubte Brackett, etwas Unfaßbares zu berühren, eine geheimnisvolle, mächtige Kraft, die nur in jener Zwischenwelt existierte. Oft gewann sie den Eindruck, unmittelbar vor einer wichtigen Erkenntnis zu stehen, die es ihr ermöglichte, *alles* zu begreifen. Doch bevor sie die metaphorische

Hand danach ausstrecken konnte, erreichte sie das Ziel des Transfers – um das nächste Mal herbeizusehnen.

»Danke«, sagte sie. »Energie.« Severson versteifte sich, und Brackett schloß die Augen, um sich ganz auf das herrliche Empfinden zu konzentrieren. Lautes Rauschen wies auf den Beginn der Entmaterialisierung hin. Licht gleißte, und es folgte das Gefühl, in die Leere zu fallen.

Schwärze wogte heran.

Und dann, für eine Sekunde oder auch nur einen winzigen Bruchteil davon ... Bracketts emotionaler Kosmos dehnte sich schlagartig aus und bescherte ihr majestätische Gefühle. Sie flog und glitt, fiel und stieg auf, näherte sich dem Etwas, das Wissen und Weisheit verhieß, dem Zentrum des Verstehens ...

»Willkommen an Bord der *Enterprise,* Admiral. Es freut mich, Sie wiederzusehen.«

Brackett sah das fröhliche Gesicht des Iren Miles O'Brien und lächelte unwillkürlich. Sie schien aus der Tiefe eines dunklen Teichs an die Oberfläche zu schwimmen, und zumindest ein Teil von ihr wollte in die verheißungsvolle Finsternis zurück. Aber hier warteten Aufgaben auf sie.

»Ich freue mich ebenfalls, Chief O'Brien.« Ruah spürte noch immer etwas von der Euphorie, als sie ihren Blick durch den Transporterraum drei schweifen ließ – und Picard sah.

Sie wiederholte das Lächeln, und es schien in die Breite zu wachsen. Jean-Luc Picard war ein sehr attraktiver Mann mit markanten Zügen. Schon vor einer ganzen Weile hatte er das Haar verloren; geblieben war ihm nur ein Kranz an den Seiten. Bracketts Meinung nach gab ihm das kahle Haupt eine Aura beeindruckender Virilität. Sie bewunderte und respektierte ihn; gleichzeitig fühlte sie sich zu ihm hingezogen, auf einer primitiven, fast animalischen Ebene. In der Nähe dieses Mannes fiel es ihr immer schwer, die Würde und Reserviertheit des vorgesetzten Offiziers zu wahren. Zum Glück ahnte er nichts davon.

»Es ist mir immer eine Freude, Sie zu sehen, Captain.«

»Mir geht es ebenso, Admiral.«

»Können wir?« Ruah deutete zum Ausgang, und der Captain nickte. Sie verließen den Transporterraum, gefolgt von einem leichenblassen Severson, der immer wieder tief durchatmete und offenbar gegen Übelkeit ankämpfte.

Kurze Zeit später erreichten sie die Brücke und betraten den Bereitschaftsraum.

»Ich brauche Sie nicht mehr«, sagte Brackett zu ihrem Adjutanten. Die Nachricht, die sie überbrachte, war nur für Picards Ohren bestimmt.

Der Captain näherte sich dem Synthetisierer. »Möchten Sie etwas? Vielleicht eine Tasse Tee?«

Ruah lächelte. Sie kannte diesen Mann und wußte, was in ihm vorging. Er gab sich ruhig, fast gleichgültig, doch tief in seinem Innern brannte Neugier.

»Sie täuschen mich nicht, Picard«, sagte die Admiralin.

Picard drehte sich um, wölbte fragend eine Braue.

»Sie fragen sich bestimmt, warum ich gekommen bin – zweifellos ist Ihnen klar, daß es um eine wichtige Angelegenheit geht. Aber Sie verhalten sich so, als hätten Sie nur Interesse an einer Tasse Earl Grey.«

»Sie kennen mich«, erwiderte der Captain. »Und ich kenne Sie ebenfalls. Daher weiß ich, daß es keinen Sinn hat, Sie zu drängen. Sie teilen mir den Grund für Ihren Besuch mit, sobald Sie es für richtig halten. Deshalb können wir ruhig Tee trinken.«

Brackett lächelte einmal mehr. Sie waren alte Freunde und führten diese subtilen verbalen Duelle nicht zum erstenmal. Während ihrer Ausbildung an der Starfleet-Akademie hatten sie als Mitglieder des Debattierklubs mit aller Entschlossenheit argumentiert – um anschließend den Standpunkt zu wechseln, die Diskussion mit dem gleichen Eifer und mit vertauschten Rollen fortzusetzen. Auch später, als sie verschiedene berufliche Wege beschritten, blieb diese freundschaftliche Rivalität bestehen. Brackett freute sich immer auf eine Gelegenheit, ihre geistigen Kräfte mit denen des Captains zu messen.

Sollte sich Jean-Luc Picard ruhig lässig und nonchalant geben – Brackett durchschaute ihn. Und bei dieser Begegnung war sie in der besseren Position: Sie kannte den Grund für das Treffen. Und deshalb konnte sie es sich leisten, ihn noch ein wenig länger warten zu lassen.

»Bitte entschuldigen Sie die Geheimniskrämerei, Captain«, begann sie. »Aber die Informationen, mit denen ich zu Ihnen gekommen bin, müssen so lange wie möglich vertraulich bleiben.«

Picard musterte die Besucherin ruhig und offenbarte noch immer kein Anzeichen von Neugier.

»Vor drei Wochen verschwand einer unserer wichtigsten Botschafter, der als Berater maßgeblichen Einfluß auf die Geschicke der Föderation genommen hat.«

Der Captain wartete noch immer gelassen. Brackett trat an den Schreibtisch heran und aktivierte das Computerterminal.

»Vor acht Tagen fand unser Geheimdienst heraus, daß er sich auf Romulus befindet. Und ich versichere Ihnen: Er ist ohne offiziellen Auftrag dort.« Sie berührte mehrere Schaltflächen. »Computer, stell eine Verbindung zwischen diesem Terminal und dem *Starbase*-Computersystem Alpha zwei neun her.«

»Verbindung hergestellt«, ertönte eine angenehm klingende Sprachprozessorstimme.

Brackett gab dem Computer weitere Anweisungen und überlegte, ob sich Picard zu der einen oder anderen Frage hinreißen lassen würde. Schließlich sagte er nur: »Ein Überläufer?«

»In dem Fall wäre der Schaden für die Sicherheit der

Föderation enorm.« Erneut glitten Bracketts Fingerkuppen über Schaltkomponenten, und dann deutete sie auf den Schirm.

Ein verschwommenes Bild erschien dort. Offenbar zeigte es mehrere Personen, aber keine von ihnen war zu erkennen. Picard beugte sich vor und sah genauer hin.

»Ein Ort auf Romulus«, erklärte die Admiralin. »Von speziellen Fernbereichssensoren aufgezeichnet. Computer, Fokus auf Bild in Abschnitt vier Delta.«

Es summte leise, und kurz darauf bildeten sich klarere Konturen. Am Rand blieb alles undeutlich, aber die Gestalt in der Mitte nahm nun charakteristische Merkmale an, die eine Identifizierung zuließen.

Brackett hielt in Picards Gesicht nach einer Reaktion Ausschau, als er den wie einen Romulaner gekleideten Spock von Vulkan sah.

Spock, eine lebende Legende aus der Starfleet-Geschichte. Spock, der berühmte Botschafter. Spock, hoch angesehener Architekt des Friedens in der Galaxis. Wollte er zu den Romulanern überlaufen?

Picard bedachte Brackett mit einem erstaunten Blick, und sie konnte sich ein Lächeln nicht verkneifen.

Jetzt hatte sie seine volle Aufmerksamkeit.

2

Commander Will Riker ging durch einen Korridor auf Deck elf und war so in Gedanken versunken, daß er Fähnrich Gretchen Naylor übersah. Ihre Schultern stießen aneinander, wodurch der Erste Offizier von einem Augenblick zum anderen in die Gegenwart zurückkehrte. Die große Brünette mit den hellgrünen Augen sah ihn überrascht an.

»Entschuldigen Sie bitte, Sir. Ich hätte besser aufpassen sollen ...«

»Nein, es ist meine Schuld, Fähnrich. Ich bin eine Million Lichtjahre weit weg gewesen und habe überhaupt nicht darauf geachtet, wohin ich ging. Ist alles in Ordnung mit Ihnen?«

»Ja, Sir.« Naylor lächelte, und ihre wunderschönen Augen hielten Rikers Blick fest. Er fragte sich, ob sie den kleinen ›Unfall‹ vielleicht absichtlich herbeigeführt hatte. Seit einiger Zeit fiel ihm die junge Frau bei ganz belanglosen Gelegenheiten immer wieder auf. Er erinnerte sich nun, sie mehrmals im Gesellschaftsraum des zehnten Vorderdecks gesehen zu haben, und auch im Maschinenraum, als er dort mit Lieutenant Commander Geordi LaForge gesprochen hatte. Sie trug eine goldfarbene Uniform, die nicht darauf hinwies, zu welcher Abteilung an Bord sie gehörte. Riker fragte sich, womit sie sich befaßte.

»In welcher Sektion sind Sie tätig, Fähnrich?« Es stand ihm durchaus zu, sich danach zu erkundigen – immerhin sollte er als Erster Offizier über die Crew Bescheid wissen. Allerdings: Naylors grüne Augen und ihre wie einladend wirkenden Lippen gaben der eigentlich unschuldigen Frage etwas Persönliches.

»In der Sicherheitsabteilung, Sir. Ich arbeite mit Lieutenant Worf bei ANE zusammen, was soviel wie ›Aufklärung und nachrichtendienstliche Ermittlung‹ bedeutet.« Naylors Lächeln war offen und direkt, ohne versteckte Andeutungen. Riker fand Gefallen daran. Er stellte sich vor, wie sie im Gesellschaftsraum saßen: Die geschwungenen Lippen der jungen Frau teilten sich, und einige Strähnen des dunklen Haars fielen ihr in die Stirn, als sie sich vorbeugte ...

»Na schön, Fähnrich. Setzen Sie den Dienst fort.« Riker sah etwas in Naylors Augen – Enttäuschung? Er nickte knapp und ging weiter, fragte sich dabei, ob sie ihm jetzt nachsah. Er widerstand der Versuchung, den Kopf zu drehen, um Gewißheit zu erlangen.

Dies war nicht der geeignete Zeitpunkt für Flirts an Bord. Riker kannte sich selbst gut genug, um zu wissen, daß er derzeit sehr empfänglich war; durch eine Romanze mochten seine Gefühle völlig außer Kontrolle geraten. Und daraus konnten sich erhebliche Probleme ergeben an Bord eines Raumschiffs, dessen Besatzung eine kleine Gemeinschaft bildete. Eine intensive Liaison, die in die Brüche ging und einen emotionalen Schmerz hinterließ ... So etwas führte in der Crew zu einem Streß ganz besonderer Art, was zu einer Beeinträchtigung von Moral und allgemeiner Effizienz führte. Riker hatte eiserne Selbstdisziplin gelernt, um solche Schwierigkeiten zu vermeiden.

Er spürte wieder die *Unruhe* – so nannte er jenes Miasma, das ihn von Zeit zu Zeit überkam. Es ging keineswegs sehr tief, aber es stellte doch seinen inneren Frieden in Frage.

Das erste Anzeichen war stets die Tendenz zu einer gewissen Zerstreutheit. Manchmal saß er auf der Brücke, lauschte der so vertrauten Melodie aus Anweisungen und Meldungen – und merkte plötzlich, daß die letzten Minuten in seinem Gedächtnis fehlten. Bei solchen Gelegenheiten trug ihn seine Phantasie in die Wälder von Alaska zurück; dann hörte er nicht etwa die Stimmen der Brückenoffiziere, sondern das Knirschen von Schnee unter den Stiefeln.

Ein weiteres Symptom bestand in dem Verlangen nach bestimmten Speisen. Er sehnte sich zum Beispiel nach heißem Haferschleim mit Zimt, nach einem leckeren Kartoffelgratin oder nach einem Teller dampfender Erbsensuppe. So etwas hatte sein Vater damals auf den Tisch gebracht, an kalten Winterabenden.

Im Anschluß daran dauerte es nie lange, bis er über ein eigenes Kommando nachzudenken begann.

Riker glaubte diese Sache längst geklärt, und deshalb ärgerte es ihn, daß sie immer wieder in seine Überlegungen zurückkehrte, wie ein Geräusch, das sich nicht ganz abschirmen ließ. Die Entscheidung, als Erster Offizier an Bord der *Enterprise* zu bleiben, stellte den rationalen Teil seines Selbst voll und ganz zufrieden. Die Gründe dafür erschienen ihm noch immer richtig, hatten nichts von ihrer Stichhaltigkeit verloren.

Warum kehrte die Unruhe immer wieder zurück? Warum stellten Zweifel immer wieder seine Überzeugung in Frage, sich richtig entschieden zu haben? Riker legte großen Wert auf Ordnung im Leben, und deshalb bedrückte es ihn, daß sich seine Gefühle nicht unter Kontrolle bringen ließen.

Er brauchte ein Abenteuer. Ein *eigenes* Abenteuer. Derzeit flog die *Enterprise* nach Vulkan, um herauszufinden, warum Botschafter Spock verschwunden war. Doch dabei handelte es sich um die Mission des Captains. Natürlich wollte Riker nichts unversucht lassen, um Picard bei seinen Bemühungen zu unterstützen, doch er wünschte sich etwas, das nur ihn betraf.

Er blieb vor dem Holodeck zwei stehen, noch immer ruhelos. Die Projektionskammer war sein Ziel: Er kam oft hierher, wenn es ihm darum ging, sich von unangenehmen Gedanken zu befreien – ein oder zwei Stunden Musik schenkten Entspannung. Musik beruhigte ihn, brachte Ausgeglichenheit und Heiterkeit zurück. Musik kam der Würze seines Lebens gleich.

Welches Programm sollte er an diesem Abend wählen? Riker hatte viele Stunden damit verbracht, auf der Posaune zu spielen, zusammen mit einer simulierten Jazzband aus New Orleans. Doch in dem betreffenden Programm war ihm eine in jeder Hinsicht bemerkenswerte Frau namens Menuett erschienen, die später noch einmal eine Rolle gespielt hatte, und zwar in den Plänen des jungen Extraterrestriers Barash. Dadurch hatte jene Musik einen Teil ihres Reizes verloren.

»Erde«, sagte Riker und bediente die Programmierungskontrollen. »Memphis, Tennessee. Jahr: 1925. Ein Schuppen namens *Stumpy's.*«

»Programm vollständig«, bestätigte der Computer, woraufhin sich die Tür des Holodecks öffnete.

Geräusche und Rauch empfingen den Ersten Offizier. Der Lärm war ihm willkommen, nicht aber der Qualm. Natürlich handelte es sich dabei um einen notwendigen Bestandteil der Szenerie einer Bar aus dem zwanzigsten Jahrhundert. Außerdem ließ sich mit der modernen Holodeck-Technik Rauch simulieren, ohne der Luft schädliche Partikel hinzuzufügen. Wie dem auch sei: Riker verstand noch immer nicht, wieso die Menschen damals absichtlich Gift geatmet und darin ein Zeichen für Kultiviertheit gesehen hatten.

Er betrat den ›Schuppen‹ – einen relativ kleinen Raum mit vielen Tischen – und sah, wie sich ihm lächelnde Gesichter zuwandten. Laute Stimmen hießen ihn willkommen, und Applaus erklang, als Riker zum Klavier auf dem improvisierten Podium ging.

»Klimper ihnen was, Willie …«, sagte ein Mann mit rauher Stimme und weißen Haarbüscheln über den Ohren.

»Die Leute würden lieber dich hören, Stumpy«, erwiderte Riker und schmunzelte. »Du hast viel mehr auf dem Kasten.«

»Unsinn. Du spielst gut.«

Riker nahm am Klavier Platz, orientierte sich und versuchte, die Atmosphäre in sich aufzunehmen. Hier wurde der Blues geboren, und er *gehörte dazu,* verschmolz mit der einzigartigen Kreativität, die zu Beginn des zwanzigsten Jahrhunderts im Süden der Vereinigten Staaten geherrscht hatte.

Er berührte die Tasten, und Stumpys Gäste hörten stumm zu. Riker begann ganz langsam, ließ die Musik aus dem Innern kommen, zwang nichts herbei. Kummer und Unruhe wurden Teil der Melodien, rannen aus ihm heraus und füllten die simulierte Memphis-Bar. Das Publikum lauschte, spürte die Gefühle und nahm sie auf, bis alles zu einer großen, geteilten Erfahrung wurde: Musik und Schmerz, Musik und Sehnsucht, Musik und Hoffnung …

»Captain an Commander Riker.«

Riker öffnete die Augen, als er von einer Stimme unterbrochen wurde, die nicht zu einem solchen Ort paßte. Es war nie angenehm, von der Außenwelt bei einem bewußt erlebten Traum gestört zu werden. Doch einen solchen Preis mußte man bezahlen, wenn man zur Besatzung der *Enterprise* gehörte.

»Programm unterbrechen«, sagte er, und um ihn herum erstarrte alles. Er berührte seinen Insignienkommunikator. »Hier Riker, Sir.«

»Bitte kommen Sie in den Konferenzraum.«

»Sofort, Sir.« Riker stand auf und ließ noch einen letzten Blick durch die Bar schweifen. Diesmal konnte er die Musik nicht als Medizin verwenden und mußte sich auf

Disziplin besinnen, um dem Captain möglichst gute Dienste zu leisten.

Natürlich gab es immer die Möglichkeit, daß jetzt ein Abenteuer begann – *sein* Abenteuer. Etwas Schwieriges und Geheimnisvolles, das es ihm erlaubte, seine Fähigkeiten zu demonstrieren. Eine Herausforderung, die ihn voll und ganz in Anspruch nahm, ihm Gelegenheit gab, über sich selbst hinauszuwachsen.

Rikers Bewegungen brachten neue Energie zum Ausdruck, als er das Holodeck verließ, zum nächsten Turbolift ging und zu hoffen wagte.

Doch die nächste Stunde verbrachte der Erste Offizier damit, verschiedene Geheimdienstberichte durchzugehen, die detailliert Auskunft über die Aktivitäten von Botschafter Spock während der letzten zwanzig Jahre gaben. Verhandlungen, Vermittlungen, Schlichtungen – Spock hatte unermüdlich für den Frieden gearbeitet. Wenn es in seinem öffentlichen Verhalten Hinweise auf die Absicht gab, zu den Romulanern überzulaufen, so waren sie gut verborgen.

Derartige Besprechungen mit dem Captain gefielen Riker. Er bewunderte die Art und Weise, in der Picard an jede neue Aufgabe heranging: Er sammelte Ideen, prüfte eine nach der anderen, wendete sie um und um, griff hier etwas und verwarf dort etwas. Schließlich fügte er die einzelnen Fragmente zu einem einheitlichen Bild zusammen. Eine solche Kooperation empfand Riker als sehr aufschlußreich und stimulierend.

Aber sie konnte auch sehr anstrengend sein. Der Erste Offizier streckte die Beine, sah den Captain an und begriff plötzlich, daß sich Picard schon seit Stunden mit dieser Sache befaßte. Eine Aura der Müdigkeit umgab ihn.

»In einer knappen Stunde schwenken wir in den Orbit um Vulkan ein«, sagte Riker. »Vorher möchten Sie sich vielleicht etwas ausruhen.«

»Ja, ja, Sie haben recht.« Doch der Captain stand nicht auf. Riker beobachtete, wie Picards Blick zu einem weiteren Datenblock auf dem Tisch wanderte. Trotz der Erschöpfung konnte er seine Gedanken nicht von dieser Angelegenheit lösen.

»Wir sollten Sareks Frau auf unsere Absichten hinweisen«, meinte Picard.

»Das ist bereits geschehen, Sir. Wenn wir den Planeten erreichen, wartet sie darauf, an Bord gebeamt zu werden.« Riker hatte per Subraum-Kommunikation mit Sareks terranischer Frau Perrin gesprochen.

»Und Sarek?«

»Sie meinte, er sei zu krank, um sie zu begleiten.«

»Ja. Er liegt im Sterben.« Bei diesen Worten erklang Trauer in der Stimme des Captains. Vor einigen Jahren waren sich Picard und Sarek unter recht dramatischen Umständen begegnet: Der Vulkanier litt am sogenannten Bendii-Syndrom und bewirkte ein Chaos an Bord der *Enterprise,* als er – unabsichtlich – seine Emotionen in die Besatzungsmitglieder projizierte. Riker lächelte fast, als er sich daran erinnerte. Er und der Captain hatten sich angeschrien; und im Gesellschaftsraum war es zu einer Prügelei gekommen. Um das Problem zu lösen, führten Sarek und Picard eine Mentalverschmelzung herbei. Dadurch konnte der alte Botschafter seine Gefühle lange genug kontrollieren, um wichtige Verhandlungen zu einem erfolgreichen Abschluß zu bringen. Durch den psychischen Kontakt waren sich Sarek und der Captain sehr nahe gewesen. Riker zweifelte nicht daran, daß die damals entstandene tiefe Freundschaft noch immer existierte.

Picard seufzte. »Ich habe nun die ... Ehre, ihm mitzuteilen, daß sein Sohn vielleicht die Föderation verraten hat.«

Riker ahnte instinktiv, daß der Captain darüber sprechen wollte. Er brauchte eine Möglichkeit, bestimmte

Gedanken und Gefühle in Worte zu kleiden. Deshalb fragte der Erste Offizier: »Wie gut kennen Sie Spock?«

Er wartete geduldig, als Picard aufstand, zum Fenster ging und ins All blickte. Sterne glitten vorbei – die *Enterprise* flog mit Warpgeschwindigkeit. »Ich bin ihm nur einmal begegnet. Was ich über ihn weiß, stammt aus Geschichtsbüchern. Und natürlich aus der Mentalverschmelzung mit seinem Vater.«

»Dabei dürften Sie ziemlich viel in Erfahrung gebracht haben.« Riker wußte nicht, was bei einer Verschmelzung von zwei Selbstsphären geschah, aber er stellte sich einen umfassenden Austausch von Informationen vor.

Der Captain lächelte schief. »Nicht annähernd so viel, wie Sie vielleicht glauben. Sarek und Spock ...«

Er zögerte, und plötzlich schien es ihm nicht mehr zu behagen, den Dialog fortzusetzen. Nach einigen Sekunden hob er den Kopf. »Nun, manchmal kommen Väter und Söhne nicht gut miteinander aus.«

»Ich verstehe«, entgegnete Riker. Picard wußte natürlich von Wills angespannter Beziehung zu seinem eigenen Vater. Es fiel dem Ersten Offizier nicht schwer, sich vorzustellen, daß andere willensstarke – und sture – Männer ähnliche Schwierigkeiten hatten. Aber Spock und Sarek? Welche Konflikte gab es zwischen ihnen?

Nach einer Welle wandte sich Picard vom Fenster ab und ging zur Tür. Riker folgte ihm, doch der Captain zögerte am Schott, drehte sich um und kehrte noch einmal zum Schreibtisch zurück. Dort griff er nach einem Datenblock.

»Da wäre noch etwas«, sagte er. »Sehen Sie sich das hier an.«

Riker nahm das Gerät entgegen und sah auf das Display, als der Captain erklärte: »Es ergab sich bei den Ermittlungen hinsichtlich Spock. Was halten Sie davon?«

Der Erste Offizier überflog den knappen Bericht. »Metallteile, vermutlich demontierte Komponenten, offenbar vulkanischen Ursprungs. Aus dem Wrack eines Ferengi-Schiffes geborgen ...«

»Die entsprechenden Container enthielten angeblich medizinische Versorgungsgüter.«

Riker wölbte eine Braue. »Schmuggelware?«

Picard zuckte mit den Schultern und schritt erneut zur Tür. »Die Objekte werden nach Vulkan geschickt, um dort identifiziert zu werden. Starfleet hat uns dabei um Hilfe gebeten.«

Damit verließ Picard den Bereitschaftsraum.

Riker blieb allein zurück, hielt den Datenblock in der Hand und las den Bericht noch einmal – in der Hoffnung, die Ankündigung eines Abenteuers darin zu erkennen.

Doch er sah nur ganz gewöhnliche Ermittlungen. Die Identifizierung von Metallteilen. So etwas stellte wohl kaum eine Herausforderung dar; und es bot auch niemandem die Möglichkeit, über sich selbst hinauszuwachsen. Aber es war immer noch besser als gar nichts.

3

Jean-Luc Picard lächelte, als er den Transporterraum drei betrat und Miles O'Brien an der Konsole sah. Er mochte ihn sehr. Leute wie O'Brien verglich er mit Kleidung aus altem Leder, die immer bequemer wurde, je länger man sie trug. Picard hatte seine Entwicklung beobachtet: vom liebenswürdigen Junggesellen hin zum liebevollen Ehemann. Jetzt, einige Monate später, war er Vater. Molly Miyaki Worf O'Brien hatte im Gesellschaftsraum das Licht der Welt erblickt, während die *Enterprise* von einer Katastrophe heimgesucht wurde. Picard vermutete, daß der Transporterchef inzwischen ein ziemlich aufregendes (und anstrengendes) Leben führte. Als er sich ihm nun näherte, entdeckte er schattige Ringe unter O'Briens Augen – Zeichen von Schlafmangel.

»Hallo, Chief. Wie geht's Keiko und dem Baby?«

»Gut, Sir. Eins steht fest: Molly hat eine irische Lunge. Und sie macht Gebrauch davon, die ganze Nacht lang.«

»Das ist also die Erklärung dafür, warum Sie ein wenig abgehärmt aussehen.« Mit einem Schmunzeln wies Picard darauf hin, daß seine Worte nicht als Kritik gemeint waren.

»Ich weiß nicht, was ich davon halten soll, Sir. Molly wacht immer dann auf, wenn ich ins Bett gehe. Tagsüber schläft sie und gibt kaum einen Ton von sich. Aber wenn ich unter die Decke krieche – und die Uhrzeit spielt dabei überhaupt keine Rolle –, geht das Plärren los. Ist das ein normales Verhalten für Babys, Sir?«

Picard wußte nicht, wie sich Babys normalerweise verhielten, und er wollte es auch gar nicht herausfinden. Er sah in Säuglingen seltsame, brabbelnde Geschöpfe, die manche Leute ›süß‹ fanden und zu denen er lieber einen sicheren Abstand wahrte.

»Sie sollten besser jemand anders fragen, Mr. O'Brien«, erwiderte er. »Wenden Sie sich an die Kinderärztin.«

»Oh, ich beklage mich nicht, Sir. Ich schätze, Molly ist eben einfach nur ein … Baby. Und ich möchte sie gar nicht anders.«

»Haben Sie alle notwendigen Vorbereitungen für den Transfer getroffen?« Genug von dem Gerede über Babys. Picard war aus einem ganz bestimmten Grund gekommen. Es ging um den Beginn einer Mission, die ihn mehr berührte als viele andere vorher. Visionen von Spock drängten sich in sein waches Bewußtsein und begleiteten ihn auch in den Schlaf. Das Rätsel von Spocks Verschwinden beschäftigte ihn so sehr, daß es an Besessenheit grenzte. Zweifellos gab es einen direkten Zusammenhang mit der Mentalverschmelzung zwischen seinem Ich und dem Sareks.

»Aye, Sir«, bestätigte der Transporterchef. »Ich kann ihn jederzeit einleiten.«

»Also los.«

Picard näherte sich der Transporterplattform, während hinter ihm O'Briens Finger über Schaltflächen huschten. Kurz darauf funkelte es über einem Transferfeld, und eine Frau materialisierte.

Perrin stand vor dem Captain, so schön und elegant wie immer. Das Gesicht zeigte Ruhe, aber die Augen verrieten den Schmerz, den ihr Sareks Leid bereitete.

»Captain Picard …« Sie trat auf ihn zu und streckte dabei beide Arme aus. Das honigblonde Haar war wie immer kunstvoll frisiert, und Würde prägte ihre Züge.

»Perrin ...« Picard hob die Hände, und Sareks Frau griff fest zu.

»Es freut mich, Sie wiederzusehen.«

»Die Freude ist ganz meinerseits. Wie geht es Sarek?«

Perrins Miene umwölkte sich, als sie zur Tür des Transporterraums gingen. Picard musterte sie aus den Augenwinkeln und beobachtete, wie sich subtile Emotionen auf dem Antlitz der Frau widerspiegelten, dort sanft hin und her glitten, wie das Spiel von Licht und Schatten auf bewegtem Wasser. Das Leben in der vulkanischen Kultur hatte sie Selbstkontrolle gelehrt, und schon immer war sie reserviert gewesen. Dennoch: Ihre menschliche Natur wirkte nicht unterdrückt, eher auf das Wesentliche reduziert. Gleich bei ihrer ersten Begegnung hatte Picard diese Frau bezaubernd gefunden, und zwar so sehr, daß er nicht sehr oft an sie zu denken wagte. Und wenn er doch einmal an sie dachte, so erinnerte er sich daran, daß es sich um Sareks Ehefrau handelte. Vielleicht ging zumindest ein Teil dieser Gefühle auf die Mentalverschmelzung zurück; er wußte es nicht.

»Sarek hat gute Tage – und auch schlechte. Leider werden die schlechten immer häufiger.«

Sie gingen nun durch den Korridor zum nächsten Turbolift.

»Die Krankheit ist also schlimmer geworden?«

»Sie tötet auf eine heimtückische Weise. Sarek verdient einen würdevollen Tod. Statt dessen wird er ein Opfer des Wahnsinns.«

»Es muß sehr schwer für Sie sein.« Als Picard diese Worte formulierte, drehte Perrin den Kopf und wirkte überrascht. Ein oder zwei Sekunden später verstand der Captain den Grund dafür: Sie war nicht mehr daran gewöhnt, daß jemand so offen über ihre Gefühle und Bedürfnisse sprach.

Eine Zeitlang schwieg die Frau, und schließlich antwortete sie: »Jeder Tag, den ich mit Sarek verbringen kann, ist ein Geschenk. Der wahre Schmerz kommt erst, wenn ich ihn verliere.«

»Ich hoffe, das geschieht nicht so bald.«

»Schwer zu sagen. Manchmal glaube ich, daß er keine weitere Nacht übersteht. Dann wieder scheint er stark genug, noch Jahre zu leben.«

Stumm gingen sie weiter, und Picard spürte die Präsenz der Frau an seiner Seite immer deutlicher. Ein frischer Duft wie von blühenden Blumen ging von ihr aus. Die nächsten Worte kamen von ganz allein über Jean-Lucs Lippen, schienen sich irgendwie seiner bewußten Kontrolle zu entziehen. »Perrin ... Sie ahnen nicht, wie sehr ich Ihre Kraft bewundere.«

Erneut warf sie ihm einen kurzen Blick zu, doch er sah auch weiterhin geradeaus. Sareks Frau gab keine Antwort, und den Rest des Wegs legten sie schweigend zurück.

Perrin blickte aus dem Fenster des Konferenzzimmers auf das matte Rot des Planeten Vulkan. Sie befand sich nicht zum erstenmal im All, doch die Schönheit dieser Welt beeindruckte sie erneut. Sie empfand es fast als läuternd, Vulkan aus der Umlaufbahn zu sehen. Dadurch veränderte sich nicht nur die visuelle Perspektive; hier konnte sie jene Bürde abstreifen, die sie auf dem Planeten zu tragen hatte.

Bürde? Hatte sie dieses Wort wirklich gedacht? Wie kam es in ihr Bewußtsein? Schuldgefühle erwachten in Perrin, als sie sich eingestand, daß Sareks Krankheit tatsächlich zu einer Bürde wurde. Er war ihr Ehemann; sie liebte ihn über alles andere und verdankte ihm so viel – deshalb durfte sie in seinem furchtbaren Leid keine Bürde sehen.

Bestimmt hatte Captain Picards unerwartete Anteilnahme solche Emotionen in ihr geweckt. Durch den Hinweis darauf, daß er um die Problematik ihrer Situation wußte, regte sich nun etwas in Perrin, das seit langer Zeit ruhte. Ein Riß in den mentalen Barrieren entstand, und die dahinter angestauten Emotionen wollten sich Bahn brechen, die Öffnung erweitern. Nun, es würde ihnen nicht gelingen. Sie hielt an der Entschlossenheit fest, alle Gefühle hinter den psychischen Schild zurückzuschieben und die Kontrolle über ihr Denken und Empfinden zu wahren. In dieser Hinsicht verfügte sie inzwischen über viel Erfahrung.

»Perrin?« Picards Stimme veranlaßte sie, sich umzudrehen. Er stand direkt vor ihr, mit zwei Tassen Tee. Sie lächelte, nahm eine entgegen und schnupperte.

»Pfefferminztee – den habe ich seit Jahren nicht mehr getrunken. Auf Vulkan gibt es ein seltsames Gebräu, das angeblich ›Pfefferminztee‹ sein soll, aber es schmeckt ganz anders.« Perrin trank einen Schluck und blickte wieder aus dem Fenster. Wenn sie nur stundenlang hier stehen könnte, um Tee zu trinken und aus dem Panoramafenster zu schauen und die Pracht des Alls zu bewundern ...

»Sie wissen, warum ich nach Vulkan gekommen bin.« Picard sprach sanft, aber für Perrin hatte die Stimme trotzdem einen unangenehmen Klang. Natürlich wußte sie, was Picard hierherführte, doch alles in ihr sträubte sich gegen entsprechende Erörterungen. Ihr war klar, daß sie früher oder später darüber reden *mußten,* aber bis dahin ... Bis dahin wollte sie einfach nur aus dem Fenster sehen und sich Vulkan als einen Planeten unter vielen vorstellen.

»Ich muß Ihnen einige Fragen über Spock stellen.«

Langsam drehte sich Perrin um, und Bitterkeit stieg in ihr empor, setzte die gerade zurückgewonnene emotionale Kontrolle neuerlicher Gefahr aus.

»Er verabschiedete sich nicht einmal von seinem Vater, bevor er ging.« Sie spürte Picards Blick auf sich ruhen, sah sein Mitgefühl und die Bereitschaft, es leichter für sie zu machen. Dankbarkeit durchströmte sie.

»Ist er vielleicht entführt worden?«

»Nein. Seine geschäftlichen Angelegenheiten hat er sehr sorgfältig geregelt. Er wußte, daß er Vulkan verlassen würde.« Während der vergangenen Wochen war in Perrin die Erkenntnis herangereift, daß Absicht hinter dem Verschwinden ihres Stiefsohns steckte. Spock hatte jemanden mit der Verwaltung seiner Ländereien beauftragt und alle diplomatischen Aufträge zum Abschluß gebracht. Dadurch erschien ihr sein Verhalten um so verwerflicher.

»Haben Sie eine Erklärung dafür, warum er einfach so verschwunden ist?«

Perrin bedachte Picard mit einem durchdringenden Blick. Wie konnte jemand wissen, warum Spock so und nicht anders handelte? Sie kannte keinen verschlosseneren Mann; im Vergleich zu seinem Sohn war Sarek aufgeschlossen und gesellig.

Sie bemühte sich um einen ruhigen Tonfall, als sie erwiderte: »Was mich betrifft, Captain, verschwand Spock schon vor langer Zeit.«

Perrin bemerkte die Überraschung in Picards Miene und begriff, daß der bittere Unterton in ihrer Stimme mehr verraten hatte, als sie preisgeben wollte.

Von Anfang an war ihre Beziehung zu Spock schwierig gewesen. Sie erinnerte sich daran, nicht auf das Leben unter Vulkaniern vorbereitet gewesen zu sein. Damals dachte Perrin, die Bewohner des Wüstenplaneten gut zu kennen. In der Skidmore University des Staates New York hatte sie vulkanische Freunde gewonnen und ihre kühle Reserviertheit bewundert. Die unerschütterliche Ruhe der Vulkanier schuf ein Gegengewicht zu ihrem eigenen kapriziösen Wesen; sie sah darin eine erstrebenswerte und auch angenehme Kombination.

Sareks Einfluß auf ihr Leben erstaunte Perrin noch

heute. Als junge Historikerin reiste sie nach Vulkan, um dort seine Sekretärin zu werden. An dem Morgen, als sie Sarek gegenübertrat, verliebte sie sich in ihn. Ein Löwe von einem Mann war er, voller Kraft und Vitalität. Es erschien ihr noch immer wie ein Wunder, daß er ihre Empfindungen erwiderte.

Als sie Sarek heiratete, war sein Sohn Spock etwa viermal so alt wie sie.

Sie hatte nicht die geringste Ahnung, was Spock von ihr hielt. Er erwies sich als höflich, zuvorkommend und respektvoll. Sein Gebaren Perrin gegenüber war in jeder Hinsicht makellos. Doch seine Kühle verbarg, was er für die Stiefmutter empfand. Vielleicht haßte er sie – Perrin wußte es nicht.

Warf er ihr vor, den Platz seiner Mutter zu beanspruchen? Amanda war vor vielen Jahren gestorben, als alte Frau – die menschliche Lebenserwartung reichte nicht annähernd an die vulkanische heran. Jedes Kind litt durch den Verlust eines Elternteils, und Perrin fürchtete, daß sich der entsprechende Schmerz gegen sie richtete. Sie hatte versucht, mit Spock darüber zu reden, um das Trennende beiseite zu schaffen und den Weg zu ebnen für eine entspannte, wenn nicht gar herzliche Beziehung. Doch Spock wies sie ab, höflich zwar, aber bestimmt – ganz offensichtlich war er nicht bereit, derart persönliche Dinge mit ihr zu besprechen. Auf diese Weise endete Perrins letzter Versuch, ihm näherzukommen.

Sie wußte nicht einmal, wie sie ihre Rolle ihm gegenüber definieren sollte. Der Begriff ›Stiefmutter‹ erschien ihr in diesem Zusammenhang absurd – immerhin war der ›Stiefsohn‹ viel älter. Freundschaft – ein wünschenswertes Ziel. Aber Spock wollte offenbar nicht, daß sie es erreichte. Letztendlich blieb eine Definition ihres Verhältnisses zueinander aus. Perrin war einfach Sareks Frau.

Spocks Verschwinden erfüllte sie mit Zorn, denn sie sah, wie Sarek darauf reagierte, wie sehr er litt.

Picard schien ihre Gedanken zu lesen, als er sich umdrehte und fragte: »Darf ich mich danach erkundigen, was zwischen Ihnen und Spock vorgefallen ist?«

Perrin musterte ihn, während andere Gefühle in ihr vibrierten. Konnte sie einfach stumm bleiben und diesen Ort verlassen? Wenn es so weiterging, brach sie vielleicht noch in Tränen aus.

Sie atmete tief durch.

»Zwischen mir und Spock ist nichts vorgefallen. Aber zwischen ihm und seinem Vater... Schon seit Jahren stritten sie sich; das war längst normal. Doch als die Debatten über den cardassianischen Krieg begannen, griff Spock Sareks Standpunkt in aller Öffentlichkeit an. Er zeigte nicht die geringste Loyalität dem Vater gegenüber.« Es war eine schreckliche Zeit gewesen, und Perrin erinnerte sich in aller Deutlichkeit daran: an Sareks Pein, an seine Weigerung, den Sohn zu verurteilen. Während jener Phase wuchs ihr Zorn auf Spock.

»Ich wußte nicht, daß sich Sarek durch Spocks Verhalten verletzt fühlte«, sagte Picard vorsichtig.

»Es verletzte nicht ihn, sondern *mich.* Und das habe ich Spock auch zu verstehen gegeben.« Ein Fehler? Hatte sie damit vielleicht die Distanz zwischen Vater und Sohn vergrößert? Perrin entsann sich ihres Bemühens, Zurückhaltung zu üben. Doch der Ärger brannte immer wieder heiß in ihr, wenn sie den Schmerz in Sareks Augen sah. »Ich bin sehr fürsorglich, was meinen Mann betrifft. Und ich sehe keinen Grund, mich dafür zu entschuldigen.«

Stille folgte, und nach einigen Sekunden entschied Picard offenbar, das Thema zu wechseln. »Könnte Sarek wissen, warum Spock die Föderation verlassen hat?« fragte er.

Wenn Perrin mit jemand anders gesprochen hätte,

wäre sie nicht annähernd so offen gewesen. Aber in der Gegenwart dieses Mannes wagte sie es, aus sich herauszugeben. »Wenn Sie ihn so sähen wie ich ... während er vor sich hin flüstert ...« Wieder erkannte sie Anteilnahme in Picards Gesicht, und daraufhin fiel es ihr leichter hinzuzufügen: »Bevor er stirbt, möchte er noch einmal seinen Sohn sehen. Um ihre ... Kontroverse zu überwinden. Aber jetzt ist es vielleicht zu spät.«

Ihre Stimme versagte, und sie wandte sich ab, um das Ausmaß ihres Kummers zu verbergen. Trotz allem fühlte sie sich jetzt ein wenig besser. Es nahm ihr einen Teil der Bürde – wieder dieses Wort –, sich jemandem anzuvertrauen. Außerdem wußte sie, daß Picards Mitgefühl wirklich von Herzen kam.

»Perrin ... Würden Sie mir erlauben, Sarek zu besuchen?«

Jähe Ungewißheit erfaßte sie. Ahnte Picard, was er da von ihr verlangte? Wußte er, wie sehr sie Sarek vor den Augen von Unbeteiligten abgeschirmt hatte? Wie konnte sie ihren Mann demütigen, indem sie jemanden zu ihm ließ?

Und doch ...

»Bei jedem anderen würde ich ablehnen.« Perrin trat vor und sah dem Captain tief in die Augen. »Aber Sie sind ein Teil von ihm, und er von Ihnen.«

Sie wandte sich ab – ihre Entscheidung war getroffen.

Mit Rikers Stimmung stand es nicht zum besten.

Zusammen mit dem Chefingenieur Geordi LaForge befand er sich in Frachtkammer zwei und beobachtete, was sich dort tat. Langeweile und Ärger fraßen an seinen Nerven. Auf dem Boden des großen Raums lagen Metallteile: groß und klein, beschädigt und intakt, in allen möglichen Formen – ein Durcheinander aus Schrott.

»Die Vulkanier wissen nicht, was es damit auf sich

hat«, sagte Riker zu Geordi. »Sie haben nur festgestellt, daß es sich bei dem Metall um eine Dentariumlegierung handelt.«

»Was auf vulkanischen Ursprung hindeutet«, erwiderte LaForge. »Und die Präsenz von Dentarium läßt auch folgenden Schluß zu: Diese Metallteile waren für den Einsatz im All bestimmt.«

Die beiden Männer betrachteten schweigend die Objekte. Der blinde Geordi trug ein spezielles Gerät vor den Augen, ein sogenannter Visor – nur damit konnte er sehen. Eine Operation während seiner Kindheit hatte ein neurales Interface geschaffen: Die vom Visor ermittelten Daten wurden direkt an den visuellen Kortex im Gehirn weitergeleitet.

»Die Schäden sind vermutlich von einem Aufprall mit hoher Geschwindigkeit verursacht worden«, meinte der Chefingenieur.

Riker nickte kurz. »Ein Frachtshuttle der Ferengi erlitt im Hanolin-Asteroidengürtel Schiffbruch. Die Trümmer waren über einen Bereich von hundert Kubikkilometer verteilt.«

Kein einziger Ferengi hatte überlebt – andernfalls wären diese langwierigen Untersuchungen überhaupt nicht möglich. Untersuchungen, die praktisch ohne konkretes Ergebnis blieben. Rätselhafter Schrott, untergebracht in Containern, die angeblich medizinische Versorgungsgüter enthielten.

Vielleicht standen den Ferengi keine anderen Behälter zur Verfügung, dachte Riker, dessen Interesse an dieser Angelegenheit immer mehr nachließ. Eins stand fest: In seinem nächsten Leben wollte er auf keinen Fall Archäologe werden. Für solche Nachforschungen, bei denen man überhaupt nicht voranzukommen schien, fehlte ihm die Geduld. Wenn es Antworten gab, so wollte er sie sofort.

Unruhe.

Riker versuchte, sich auf die unmittelbare Realität zu besinnen. Langsam schritt er an den einzelnen Gegenständen entlang, die Geordi und seine Assistenten hier bereitgelegt hatten. Er griff nach einem Containerfragment, drehte es hin und her. LaForge nahm ein anderes Fragment und sondierte es mit dem Tricorder.

»Könnte es ein Waffensystem sein?« fragte der Chefingenieur.

»Das war meine erste Vermutung«, gestand Riker. »Aber die Vulkanier haben keine Waffen als gestohlen gemeldet. Auch keine Teile davon. Bei ihnen wird überhaupt nichts vermißt.«

Geordi schüttelte den Kopf, als sein Visor-Blick über die vielen Metallteile glitt. »Diese Sache ähnelt einem Puzzlespiel, bei dem es darum geht, die einzelnen Stücke zu einem einheitlichen Ganzen zusammenzufügen. Allerdings wissen wir nicht, wie das Bild aussieht.«

Riker nickte erneut und trachtete danach, irgend etwas Aufregendes in der Untersuchung zu erkennen – vergeblich. Einige Sekunden später bemerkte er Fähnrich Naylor, die auf der anderen Seite des Raums stand und die Anzeigen eines Datenblocks studierte. War sie die ganze Zeit über zugegen gewesen? Und wieso fiel sie ihm erst jetzt auf? Gehörte sie zum Mitarbeiterstab dieses Projekts?

Verhieß sie die ersehnte Aufregung? Alarmsirenen schrillten hinter Rikers Stirn, und er wandte sich ab, bevor er dem Blick der jungen Frau begegnen konnte.

Es wirkte beruhigend, durch Sareks Anwesen in den Bergen zu schreiten, und dahinter steckte Absicht, wie Picard wußte. Die sorgfältig gestaltete Landschaft, in der Pflanzen der Außenwelt und Hybriden wuchsen, sollte einen derartigen Effekt erzielen. Mauern umgaben die meisten vulkanischen Residenzen – Picard hielt diesen Brauch für fast mittelalterlich –, und das war auch hier der Fall. Als der Captain das Tor passierte, empfing ihn der Anblick eines parkartigen Gartens, dessen Ordnung den Eindruck von Ausgeglichenheit vermittelte. Hier und dort gab es Springbrunnen, deren sanftes Plätschern eine akustische Erweiterung der Symmetrie der Anpflanzungen darstellte. Picard fühlte sich an gewisse japanische Gärten erinnert, die er einmal besucht hatte. Auch hier glaubte er zu spüren, wie die Umgebung seine geistigen Kräfte erneuerte.

Auf Vulkan war es natürlich sehr heiß. Seit dem Transfer waren erst wenige Minuten verstrichen, und schon brach dem Captain der Schweiß aus. Die Hitze schien sich mit bleierner Schwere auf ihn herabzusenken und ihm den Atem zu nehmen. Perrin, die Picard am Tor empfangen hatte, richtete einen mitfühlenden Blick auf ihn.

»Schrecklich, nicht wahr? Als ich hierher umzog, mußte ich zunächst Kleidung mit einem integrierten Kühlsystem tragen. Nach und nach gewöhnte ich mich an die hohen Temperaturen. Aber es ist noch immer so, als wohnte man im Death Valley.«

Sie führte Picard durch den Garten und ins Haus. Dort kamen sie durch große, spärlich eingerichtete Zimmer mit hohen Decken. Hier zeigte sich ein seltsamer Kontrast in der vulkanischen Natur: Die Vulkanier fanden großen Gefallen an kunstvoll angelegten Gärten, doch ihre Häuser blieben ohne persönliche Atmosphäre. Nur die absolut notwendigen Einrichtungsgegenstände gab es dort, kaum irgendwelche Ornamente. Das Innere eines vulkanischen Hauses wies Ähnlichkeiten mit einem Tempel auf.

Als sie durch die mit Schieferfliesen ausgelegten Korridore gingen, merkte Picard, daß Personen wie Phantome vor ihnen zurückwichen. Schattenhafte Gestalten verschwanden in dunklen Zugängen oder hinter abgerundeten Ecken. Die im Gebäude anwesenden Vulkanier folgten damit ihren Traditionen der Höflichkeit: Sie gewährten dem Gast Privatsphäre, indem sie ihre Präsenz vor ihm verbargen. Picard wußte das zwar, aber er empfand trotzdem Unbehagen und hatte das seltsame Gefühl, durch ein Geisterhaus zu wandern.

Vor einer großen Holztür mit vielen Schnitzmustern – eins der wenigen Beispiele für Schmuck im Haus – blieb Perrin stehen. Der Captain sah Anspannung und Besorgnis in ihrem Gesicht, als sie sich nun anschickte, ihn in Sareks Kammer eintreten zu lassen. Ihre Augen baten ihn um ... was? Um Verständnis? Um Anteilnahme? Er erwiderte den Blick und versprach stumm, ihrer Bitte nachzukommen – worum auch immer sie bitten mochte.

Die Tür schwang auf. Perrin und Picard traten über die Schwelle.

Ein großes, luftiges Zimmer erwartete sie. Helles Licht fiel durch breite Fenster. Es gab nur einen Einrichtungsgegenstand in dem Raum: ein großes Bett, das auf einem halbhohen Podium stand. Darauf lag Sarek. Er wandte ihnen das Gesicht zu, ohne sie zu sehen. Sein Blick war nach innen gerichtet, galt einer ganz persönlichen Welt. Tränen hatten Spuren auf seinen Wangen hinterlassen, und die Lippen bewegten sich lautlos.

Picard sah den Zustand des Mannes, und es war wie ein Schock. Als er ihn zum letztenmal gesehen hatte, hatte sich das Bendii-Syndrom noch im Anfangsstadium befunden. Sarek hatte damals mit Gefühlen gerungen, die außer Kontrolle zu geraten drohten, aber mit geistiger Disziplin und Meditation war es ihm gelungen, die Beherrschung zu wahren.

Nun sah Picard einen Sarek, der keine Gewalt mehr über sich hatte. Das weiße Haar war feucht und zerzaust; ausgeprägte Hohlwangigkeit deutete auf Erschöpfung durch intensive Emotionen hin. Trockene, spröde Lippen bewegten sich unablässig in einem stummen Monolog.

»So ist er die meiste Zeit«, sagte Perrin. »Ein Opfer seiner Gefühle.«

Sie näherte sich dem Bett, gefolgt von Picard. Im Captain verdichtete sich der Eindruck, daß hier unerhörtes Unrecht geschah. Sarek hatte es verdient, daß er als eine Art Fürst in Erinnerung blieb, als jemand, der sowohl Autorität als auch Würde besaß. Es war nicht richtig, ihn in einem so erbärmlichen Zustand zu sehen.

»Sarek! Du wirst zuhören!«

Verblüfft nahm Picard die Schärfe in Perrins Stimme zur Kenntnis. Doch sie bewirkte eine sofortige Reaktion – er knurrte, und Zorn huschte über sein Gesicht.

»Fort mit dir!« donnerte der ehemalige Botschafter und stieß einen Schrei aus, der ganz und gar nicht schwach klang. Er schien von einem verwundeten wilden Tier zu stammen.

»Picard ist hier«, erwiderte Perrin fest. Sie ließ sich nicht einschüchtern, und Sarek hämmerte mit den Fäusten aufs Bett.

»Kein ... Chaos ... mehr!« heulte der kranke Vulkanier, und Picard spürte, wie sich tief in seinem Innern etwas zusammenkrampfte.

Perrin sah ihn an, und ihre Züge waren nun maskenhaft starr. »Ich gehe jetzt. Entweder nimmt er Sie zur Kenntnis oder er ignoriert Sie.« Sie drehte sich um und verließ das Zimmer.

Picard blieb allein mit dem Kranken zurück.

Erinnerungsbilder stiegen in ihm empor, Szenen der ersten Begegnung mit Sarek und Reminiszenzen der Mentalverschmelzung. Einmal mehr fühlte er die Finger des Vulkaniers an bestimmten Nervenpunkten im Gesicht; seltsame Empfindungen regten sich in ihm, als Sareks Energie in seinen mentalen Kosmos strömte. Und dann folgten die Emotionen, eine Woge nach der anderen: Zorn, Kummer, Verlangen ... Ein wirres Kaleidoskop aus Gefühlen, wild, ungestüm und unheilvoll. Es war unerträglich – doch er *mußte* es ertragen. Hatte Sarek ein Leben lang solche Emotionen unter eiserner Kontrolle gehalten? Wie ließ sich so etwas bewerkstelligen, ohne daß man dabei den Verstand verlor? Nie zuvor hatte Picard auf so intensive Weise empfunden, und er fürchtete, daß ihn die heißen Emotionen innerlich verbrannten …

Er beobachtete Sarek, der noch immer mit den Fäusten aufs Bett einhieb. Sein Selbst blieb in einem Zorn gefangen, an dessen Grund er sich vermutlich gar nicht mehr entsann.

Der Captain nahm sich ein Beispiel an Perrin, trat ans Bett heran und sprach mit betont fester Stimme.

»Ich habe einen weiten Weg zurückgelegt, um mit Ihnen zu reden, Sarek.«

Diese Worte schienen Öl ins Feuer der vulkanischen Wut zu gießen. Sarek brüllte, und die Sehnen an seinem Hals traten hervor.

»Ich will mit niemandem sprechen!«

»Ich brauche Auskunft von Ihnen.«

»Ich will allein sein!«

»Es geht um Spock.«

Sofort verstummte Sarek. Die krampfhafte Anspannung wich aus seinem Leib, und er erschlaffte förmlich. Langsam drehte er den Kopf und richtete einen bewußten Blick auf Picard.

»Spock?« Er flüsterte dieses Wort, und der Captain mußte genau hinhören, um den Vulkanier zu verstehen.

»Ja. Er wird vermißt.«

In Sareks Augen flackerte es kurz. Wo auch immer sich sein Ich bisher befunden hatte – kehrte es nun in die Gegenwart zurück?

»Sind Sie das, Picard?«

»Ja, mein Freund.«

Sarek musterte ihn wie ein verwirrtes Kind.

»Sie sind hierhergekommen … nach Vulkan …«

»Weil ich Ihre Hilfe brauche. Ich muß Spock finden.«

Tränen traten Sarek in die Augen, und Picard begriff: Die außer Rand und Band geratenen Gefühle des Vulkaniers waren so wechselhaft, daß sie ihn praktisch von einem Augenblick zum anderen überwältigen konnten. Er schluchzte leise; es klang fast erstickt, so als versuchte er, die Emotionen wieder unter seine Kontrolle zu zwingen. »Er ist nicht hier.«

»Ich weiß. Er befindet sich auf Romulus.«

Wieder sah Sarek zu Picard und schien seine letzten Kräfte zu sammeln.

»Auf Romulus. Warum?«

»Ich habe gehofft, von Ihnen eine Antwort auf diese Frage zu bekommen.«

»Auf Romulus.«

Sarek schwieg und überlegte. Diesmal spürte Picard keinen Rückzug aus der Gegenwart, sondern echtes, konzentriertes Nachdenken. Als er erneut den Blick auf Jean-Luc richtete, waren seine Augen klar. Der Captain sah eine erstaunliche Verwandlung: Aus dem schwachen, im Sterben liegenden Kranken wurde der legendäre Sarek, jemand, der sich nie zu etwas Unvernünftigem hinreißen ließ. Welche Mühe kostete es ihn, in einem so fortgeschrittenen Stadium der Krankheit wieder zum alten Selbst zurückzufinden?

»Sie wollen zu jener Welt, nicht wahr?« fragte Sarek. »Um dort Spock zu finden.«

»Ja.«

Sarek setzte sich auf. Entschlossenheit verlieh ihm neue Kraft, vertrieb Mattigkeit und Wahn. Picard glaubte zu beobachten, wie ein Toter ins Leben zurückkehrte.

»Haben Sie eine Ahnung, was ihn zu der Reise nach Romulus veranlaßt haben könnte?«

»Nein.«

»Gibt es dort jemanden, den er kennt, mit dem er sich in Verbindung setzen möchte?«

Sarek überlegte und erinnerte sich an etwas. »Pardek«, hauchte er.

»Wer ist Pardek?«

»Nur er kommt in Frage ...«

»Wer ist Pardek?« wiederholte Picard.

Sarek schwang die Beine über den Rand des Bettes und stand auf. Sein Umhang wehte, als er auf und ab schritt.

Der Captain glaubte, seinen Augen nicht trauen zu können.

»Ein romulanischer Senator. Im Lauf der Jahre hat sich zwischen ihm und Spock ein freundschaftliches Verhältnis entwickelt. Ich weiß nicht, wo sie sich kennenlernten. Vielleicht bei der Konferenz von Khitomer.«

»Pardek repräsentierte Romulus?«

»Ja. Ja, ich glaube schon.«

Sarek ging mit langen Schritten, wie ein Löwe in Menschengestalt, so klar bei Verstand wie vor Jahren. Die neue Situation verunsicherte Picard ein wenig. Er wußte nicht, ob der Vulkanier stundenlang in diesem Zustand verharren konnte oder ob jederzeit mit einem Kollaps gerechnet werden mußte.

»Ich erinnere mich daran, daß sich Spock einmal optimistisch über einen kontinuierlichen Dialog mit den Romulanern äußerte. Woraufhin ich erwiderte, seine Hoffnungen seien ganz offensichtlich irrationaler Natur.« Er dünnes Lächeln umspielte Sareks Lippen. »Spock ist immer leicht zu beeindrucken gewesen.«

Er trat an eins der großen Fenster heran und sah in den Garten hinaus, blickte dann zu der braunen und ockerfarbenen Wüste, die sich bis zu den roten Bergen am Horizont erstreckte. »Der Romulaner Pardek genoß in seiner Heimat keine Unterstützung. Und natürlich behielt ich zum Schluß recht.«

Sarek drehte sich um und zuckte mit den Schultern. Seine wortlose Botschaft lautete: Wann hören Söhne schon einmal auf ihre Väter?

»Ich habe versucht, ihm mit Erfahrung und Logik zu helfen, aber er hörte nie zu«, fuhr Sarek fort. »Er hörte wirklich nie zu …«

Der Vulkanier verlor den Faden, und ein Teil seiner Gedanken schien zurückzugleiten in eine visionäre Welt. Sareks geistige Klarheit trübte sich nun wieder, und damit wich die Hoffnung, nützliche Informationen von ihm zu bekommen.

»Man vermutet, daß Spock zu den Romulanern übergelaufen sein könnte«, sagte Picard.

Sarek durchbohrte ihn mit einem strengen Blick. »Unmöglich. Mein Sohn mag zu vielen Dingen fähig sein, aber dazu gewiß nicht.«

»Aber Sie halten es für möglich, daß er Pardek aufsucht, oder?«

Sarek blinzelte verwirrt. »Meinen Sie den romulanischen Senator? Woher kennen Sie ihn?«

»Ich habe von ihm gehört«, sagte Picard. Er hielt es für sinnlos, den Vulkanier daran zu erinnern, daß dieser Hinweis von ihm selbst stammte. Sarek schritt noch immer umher und nickte.

»Ja, deshalb ist er nach Romulus geflogen. Um Pardek aufzusuchen.«

»Wissen Sie, was ihr Sohn mit dem Senator zu besprechen hat?«

»Nein.« Sarek wandte sich ab, ging zum Bett und offenbarte nun Anzeichen von Erschöpfung. »Ich wußte nie über Spocks Aktivitäten Bescheid. Als Junge blieb er manchmal tagelang fort. Nahm seinen Sehlat I-Chaya und kletterte irgendwo in den Bergen. Dann war seine Mutter außer sich vor Sorge.«

Picard wußte nicht, ob Sarek sich an die Vergangenheit erinnerte oder nur phantasierte. Wie auch immer: Er hatte ganz offensichtlich das Bedürfnis, sich mitzuteilen.

»Später fragte ich ihn, wo er gewesen sei und was er unternommen habe, doch er gab nie Antwort. Er schwieg selbst dann, wenn ich mit allem Nachdruck Auskunft von ihm verlangte. Ich verbot ihm die langen Ausflüge – und er brach trotzdem auf. Ich bestrafte ihn. Er nahm es einfach hin. Und kehrte immer wieder in die Berge zurück.«

Sarek fing Picards Blick ein. »Genausogut könnte man einen Fluß auffordern, nicht mehr zu fließen.«

Erneut schimmerte es feucht in den Augen des Vulkaniers, als die Gefühle ihn zu überwältigen drohten. Doch er verstummte nicht. »Insgeheim bewunderte ich ihn – seinen stolzen Kern, der nicht nachgeben wollte ...«

Er brach ab, und Tränen rannen ihm über die Wangen. Picard war zutiefst gerührt. Sareks Kummer schien sein eigener zu sein. Er litt mit ihm und fühlte, wie seine Augen brannten.

»Sarek ... Sie sind ein Teil von mir, und ich bin ein Teil von Ihnen. Ich weiß, daß Spock Ihnen Kummer beschert hat. Aber mir ist auch klar, daß Sie Ihren Sohn lieben.«

Der Vulkanier schrie und richtete einen flehentlichen Blick auf Picard. »Sagen Sie es ihm ...«

Dann trübten sich seine Augen, und Panik huschte über die Züge des ehemaligen Botschafters, als er um die Kontrolle über sich selbst rang. Er starrte auf die Hand hinab, hob sie und versuchte, die Finger zum vulkanischen Gruß zu spreizen. Aber sie gehorchten ihm nicht. Sie zitterten, neigten sich hin und her, lehnten es hartnäckig ab, in der richtigen Position zu verharren. Picard griff nach Sareks Hand und rückte die Finger zurecht. Dann wiederholte er selbst den Gruß.

»Glück und langes Leben, Sarek.«

»Glück und langes ... langes ...« Der Kranke zögerte verwirrt. »Glück und langes ...« Auch diesmal brachte er den Satz nicht zu Ende. Er ließ die Hand sinken, verlor den Bezug zum Hier und Jetzt. Ein Schluchzen kam über seine Lippen, als Emotionen die Reste von Rationalität fortspülten.

»Spock ... mein Sohn ...« Sarek schluchzte lauter, gab sich ganz Trauer und Sehnsucht hin.

Eigener Kummer erfaßte Picard, als der Vulkanier wie ein Kind weinte, dabei gelegentlich den Namen seines Sohns nannte. Er wußte, daß er Sarek jetzt zum letztenmal sah.

»Und langes Leben«, sagte er leise.

4

Es ist FALSCH. Ein Leben der Disziplin – ruiniert, durch Chaos ersetzt. Absolutes Chaos. Und ich kann nichts dagegen unternehmen! Ich bin alt! Was ist übrig? Nur trockene Knochen und tote Freunde. Und Müdigkeit …

Picard schlug die Augen auf und fand sich in seinem Bett an Bord der *Enterprise* wieder. Das Herz hämmerte ihm bis zum Hals empor, und an den Wangen spürte er die Feuchtigkeit von Tränen.

Langsam setzte er sich auf und sah sich im halbdunklen Zimmer um. Sein Quartier. Ein Datenblock lag auf dem kleinen Tisch am Bett, neben einer halb ausgetrunkenen Tasse Tee. Wohin hatte ihn der Traum geführt?

Die Erinnerung daran löste sich jetzt auf, war wie Rauch, der zerfaserte, wenn man danach zu greifen versuchte. Er entsann sich, alt gewesen zu sein, unglaublich alt. Kummer und Leid gesellten sich jenem Empfinden hinzu. Tief in ihm erbebten intensive Gefühle, die ihn zu ersticken drohten …

Sarek. So lautete die Erklärung. Eine neue Art von Mentalverschmelzung hatte stattgefunden.

Praktisch von einer Sekunde zur anderen war Picard hellwach. Eine seiner Angewohnheiten bestand darin, unangenehme Träume sofort zu analysieren. Er mied und verdrängte sie nicht, sondern stellte sich ihnen. Darin sah er die einzige Möglichkeit, mit den Dämonen der Nacht fertig zu werden: Er zerrte sie in den Fokus des Bewußtseins, ins Licht der Rationalität, das sie auflöste, bevor sie in die Dunkelheit des Unbewußten fliehen und sich dort verbergen konnten.

Es bestand kein Zweifel daran, daß zwischen ihm und Sarek eine Verbindung existierte – ein Umstand, der sich vermutlich auch auf seine Träume auswirkte. Welche Folgen sich daraus für die Begegnung mit Spock ergeben mochten, wenn es schließlich dazu kam, wußte er nicht. Unbehagen ging mit dieser Erkenntnis einher. Picard strebte immer nach Gewißheit, und gerade darauf mußte er bei dieser Mission verzichten. Er sah sich mit Dutzenden von Möglichkeiten konfrontiert, die vom Absurden bis zum Grotesken reichten, sich sowohl seinem Verständnis als auch seiner Kontrolle entzogen. Das gefiel ihm ganz und gar nicht.

Er griff nach dem Datenblock und versuchte, die Gedanken zu sammeln, sich auf Konkretes zu konzentrieren. Einige Minuten lang arbeitete er an dem Plan, prüfte noch einmal die Details. Eine riskante Sache. Aber sie konnte klappen. Vorausgesetzt natürlich, er bekam Admiral Bracketts Genehmigung.

In dieser Hinsicht hatte er die eine oder andere Idee.

Picards Gesicht auf dem Bildschirm wirkte freundlich und zuversichtlich. Für Admiral Brackett bedeutete das: Er wollte einen ebenso ungewöhnlichen wie gefährlichen Vorschlag unterbreiten.

Ruah bewunderte diesen Mann.

»Jean-Luc …« Sie lächelte besonders freundlich und offen. »Wie kann ich Ihnen helfen?«

»Admiral …« Picard erwiderte das Lächeln. »Ich bin auf Vulkan gewesen und habe dort sowohl mit Spocks Vater als auch mit seiner Stiefmutter gesprochen.«

»Ja?«

»Sie konnten mir keine Erklärung für Spocks Reise nach Romulus geben. Sarek nannte allerdings den

Namen eines Romulaners, mit dem sein Sohn vielleicht Kontakt aufgenommen hat.«

»Wie heißt er?«

»Pardek.«

»Oh, ja, Pardek.«

»Kennen Sie ihn?«

»Ein Senator, der angeblich zu den Gemäßigten zählt.«

»Das habe ich gehört.«

»Beabsichtigen Sie, sich mit Pardek in Verbindung zu setzen?«

»Ja, Admiral«, sagte Picard. »Allerdings: Der Flug durch die Neutrale Zone und nach Romulus wird nicht leicht sein.«

»Sicher nicht.«

»Ich habe einen Plan, aber er muß von Ihnen genehmigt werden.«

Bracketts Instinkte schlugen Alarm. Picard sprach in einem beiläufigen Tonfall, doch das mit dem Plan klang unheilverkündend.

»Lassen Sie mich erläutern, worum es geht«, fügte der Captain hinzu.

»Nein, bitte nicht«, entgegnete Brackett.

Das Gesicht auf dem Bildschirm brachte Verwirrung zum Ausdruck.

»Jean-Luc ... Ich glaube, von den Einzelheiten Ihres Plans möchte ich nichts hören.«

»Ich brauche Ihre Genehmigung, Admiral.«

»Die haben Sie.«

»Wie bitte?«

»Es ist bereits alles genehmigt.«

»Ich verstehe.«

»Weitere Fragen?«

Einige Sekunden des Schweigens folgten, und Brackett hielt dem Blick des Captains ruhig stand. Picard war kein Narr, und daher wußte er: Zwar räumte ihm die Admiralin vollen Ermessensspielraum ein, aber wenn etwas schiefging, so lag die Verantwortung allein bei ihm. Ruah sah keine andere Möglichkeit, ihm für diese schwierige Mission die notwendige Handlungsfreiheit zu gewähren.

Deuteten die Lippen des Captains ein dünnes Lächeln an? Vielleicht. Vielleicht auch nicht.

»Nein, Admiral«, antwortete er schließlich und klang völlig gelassen. »Keine weiteren Fragen. Ich glaube, wir verstehen uns.«

Brackett nickte, und damit endete der Kom-Kontakt. *Gute Reise, Jean-Luc. Bitte kehren Sie zurück. Ich würde Sie sehr vermissen.*

Picard betrat den neben der Brücke gelegenen Bereitschaftsraum, der ihm als eine Art Arbeitszimmer diente, und sofort spürte er, wie sich seine Stimmung verbesserte. Es gab viele Personen an Bord, die an diesem Ort Unbehagen empfanden. Der private Raum des Captains konnte klaustrophobische Gefühle wecken, insbesondere dann, wenn Picards Wille (oder sein Zorn) eine besondere Intensität gewann. Will Riker hatte die Erfahrung einmal mit folgenden Worten beschrieben: Es fühlte sich an, als beanspruche das energische Wesen des Captains den gesamten zur Verfügung stehenden Sauerstoff; dadurch gewann der Besucher den Eindruck, allmählich zu ersticken. Picard nahm diese Schilderung mit einem zufriedenen Lächeln zur Kenntnis.

Für ihn kam der Bereitschaftsraum einem Sanktuarium gleich. Er erinnerte ihn an die Kleiderkammer seiner Mutter, daheim in Frankreich, unweit des Ortes Labarre. Jenes Zimmer entdeckte er als kleiner Junge. Eigentlich handelte es sich dabei um einen sehr großen eingebauten Kleiderschrank, der an der Rückwand ein Fenster aufwies. Der Knabe Jean-Luc verbrachte dort viele Stunden, hockte zwischen der aufgehängten Kleidung, las und gab sich Phantasien seiner Zukunft hin.

Während er sich in der Kleiderkammer aufhielt, hörte er manchmal, wie der Vater oder sein älterer Bruder Robert nach ihm riefen. Sie wollten, daß er ihnen bei der Arbeit in den Weinbergen half. Doch Jean-Lucs Träume galten nicht der Erde, sondern den Sternen. Er war ganz sicher, daß er eines Tages in einem Raumschiff durchs All fliegen würde. Welchen Sinn hatte es angesichts solcher Perspektiven, sich um Weintrauben zu kümmern?

Sein Vater wußte viele Antworten auf diese Frage und reagierte einigermaßen ungehalten, wenn Jean-Luc schließlich wieder auftauchte. Nie verriet der Junge, wo er die letzten Stunden verbracht hatte – er wollte sein Versteck nicht preisgeben.

Ich fragte ihn, wo er gewesen war – und er gab keine Antwort. Ich bestand darauf, daß er mir Auskunft gab, doch er weigerte sich. Und kehrte immer wieder in die Berge zurück.

Sareks Worte hallten durch Picards Selbst, und er schnappte unwillkürlich nach Luft, als er die Parallelen erkannte. Spock und Sarek, er und sein Vater. Väter und Söhne ...

Der Türmelder summte, und Picard schob seine Überlegungen beiseite. »Herein.«

Lieutenant Commander Data betrat den Bereitschaftsraum. »Sie wollten mich sprechen, Sir?« fragte er und wartete geduldig auf die Anweisungen des Kommandanten.

Picard musterte den Zweiten Offizier, und die gelben Augen des Androiden erwiderten den Blick ohne ein Zeichen von Unsicherheit. Der Captain hatte sich so sehr den Grübeleien hingegeben, daß er sich erst jetzt wieder daran erinnerte, Data gerufen zu haben. So etwas sah ihm gar nicht ähnlich. Er sammelte seine Gedanken und konzentrierte sich.

»Ich brauche Ihre Hilfe, Mr. Data. Bei den Vorbereitungen für meine Reise nach Romulus.«

»Ich bin Ihnen gern zu Diensten.«

Natürlich wäre Picard auch allein zurechtgekommen, aber er legte in jedem Fall großen Wert auf Kooperation. Dadurch erhielt er mehr Informationen, was die Wahrscheinlichkeit von Fehlern reduzierte. Oft sprach er in diesem Zusammenhang mit Riker, aber er wandte sich auch an Data. Der Zweite Offizier war bestens geeignet, um Theorien, Hypothesen und Ideen zu prüfen. Data war kein organisches, sondern ein synthetisches Geschöpf, und dadurch blieben seine Reaktionen unbelastet von menschlicher Emotionalität. Er zeichnete sich aus durch eine objektive, neutrale Rationalität, die bisweilen sehr hilfreich sein konnte.

»Ich möchte feststellen, welche Informationen die Starfleet-Archive über romulanische Senatoren enthalten.«

»Ja, Sir. Geht es dabei um ein bestimmtes Individuum?«

»Um einen Mann namens Pardek.«

»Sir, ich glaube, ich weiß jetzt, warum wir bisher keine Antwort erhalten haben.«

Picard runzelte andeutungsweise die Stirn, als er diese Worte des klingonischen Sicherheitsoffiziers vernahm. Lieutenant Worf stand an der taktischen Station im Kontrollraum der *Enterprise.* Der Captain hatte seinen Platz verlassen und den rückwärtigen Bereich der Brücke aufgesucht, um das von Data gesammelte Datenmaterial einzusehen.

Der Flug zur klingonischen Zentralwelt – die erste Etappe der Reise nach Romulus – dauerte nun schon drei Tage, und während dieser Zeit hatten sie immer wieder versucht, einen Kontakt mit Kanzler Gowron herzustellen. Das Oberhaupt des Hohen Rates verdankte seinen Aufstieg zur Macht vor allem Picard und der *Enterprise*-Crew. Aus diesem Grund zweifelte Picard daran, daß Gowron sie einfach ignorierte. Vermutlich hatte er alle Hände voll damit zu tun, nach dem Bürgerkrieg im Imperium alles unter Kontrolle zu bringen. In einer Nation, in der Verrat und Mord zur täglichen Routine gehörten, konnte es sich kein Herrscher leisten, die Zügel zu lockern und unaufmerksam zu sein.

Picard erinnerte sich so deutlich an die Zeit des Chaos, daß sich das Gefühl einstellte, erneut in die politischen Machenschaften des Imperiums verstrickt zu sein.

Vor dem inneren Auge des Captains formte sich ein mentales Bild, das ihm die Romulanerin Sela zeigte.

In der Nähe des klingonischen Zentralplaneten war er jener Frau zum erstenmal begegnet, und seitdem beschäftigte ihn ihr Geheimnis. Die überaus fähige und geschickte Kommandantin einer romulanischen Flotte hatte versucht, Einfluß auf den klingonischen Bürgerkrieg zu nehmen – fast mit Erfolg.

Was Picard noch erstaunlicher fand: Sie behauptete, die Tochter von Tasha Yar zu sein. Yar hatte die Sicherheitsabteilung der *Enterprise* geleitet, bis sie vor Jahren bei einem Einsatz ums Leben kam – ohne je ein Kind zur Welt zu bringen.

Aber Sela sah Tasha ähnlicher, als es der Zufall erlaubte. Sie trug das Haar kurz und nach romulanischem Zuschnitt, doch es hatte den gleichen honiggelben Glanz, den Picard von Tasha her kannte. Die blauen Augen erschienen ihm sogar noch vertrauter. Tasha hatte ihn vom Bildschirm her angesehen. Tasha war in seinem Bereitschaftsraum unruhig hin und her gewandert.

Guinan hatte bestätigt, daß Sela tatsächlich Tasha Yars Tochter war. Picard wußte, daß er ihren Worten vertrauen durfte. Guinan arbeitete als eine Art Wirtin der *Zehn Vorne*-Bar an Bord der *Enterprise,* und der Captain wußte, daß sie über rätselhafte Fähigkeiten verfügte. Er vertraute ihr bedingungslos.

Dennoch fiel es ihm schwer, sich Sela als Tasha Yars Tochter vorzustellen. Je länger er über sie nachdachte, desto mehr verdichtete sich der Schleier des Geheimnisvollen, der sie umgab.

Picard sah auf und begegnete Worfs erwartungsvollem Blick. Er nickte.

»Gowron hat das jüngste Kapitel der klingonischen Geschichte neu geschrieben«, fuhr der Sicherheitsoffizier jetzt fort. Seine dunklen Augen schienen zu glühen und trugen zusammen mit den Stirnhöckern zu einem beeindruckenden Erscheinungsbild bei.

»Wie meinen Sie das?« fragte Riker.

»Er behauptet, es sei in erster Linie seiner mutigen Entschlossenheit zu verdanken, daß der Bürgerkrieg beendet wurde.«

»Ich verstehe.«

»In Gowrons Version der historischen Wahrheit gibt es keinen Platz für die Unterstützung durch die Föderation.«

Deshalb war Worf verärgert – man hatte die Ehre seines Captains verletzt. Picard sah die Sache aus einer pragmatischeren Perspektive und gestattete sich ein Lächeln.

»Schon gut, Mr. Worf. Die Sieger gehen mit der Geschichte oft so um, wie es ihnen gefällt. Soll Gowron ruhig den ganzen Ruhm für sich beanspruchen. Ich brauche in erster Linie ein Schiff.«

Der Captain dachte kurz über die Situation nach. »Wenn er nicht mit mir reden will ... Verbinden Sie mich mit einem anderen Angehörigen des Hohen Rates, zum Beispiel mit K'Tal.«

»Ja, Captain«, erwiderte Worf – offenbar hielt er von diesem Kompromiß nicht viel. Picard wandte sich an Data, der auf ein Display sah.

»Ich habe eine visuelle Identifizierung des Senators Pardek von Romulus vorgenommen, Captain.«

Picard setzte sich neben den Androiden, der einen Monitor aktivierte.

Der Bildschirm zeigte mehrere Bilder von Romulanern und anderen Personen beim Händeschütteln.

»Dies ist eine barolianische Aufzeichnung der Wirtschaftsverhandlungen, die vor vier Jahren stattfanden. Pardek nahm an ihnen teil.«

Von einem Augenblick zum anderen wurde der Bildschirm dunkel.

»Das ist alles?« fragte Picard.

»Ja, Sir.«

»Ich möchte die Bilder noch einmal sehen.«

Data wiederholte die Sequenz, und Picard achtete auf die Einzelheiten. Das Gesicht eines Romulaners wirkte vertraut. Der Captain berührte eine Schaltfläche und fror die Darstellung ein.

»Blenden Sie das von den speziellen Fernbereichssensoren aufgenommene Bild von Spock ein«, wies der Captain den Androiden an.

Kurz darauf sah er noch einmal die unbewegte Szene, die ihm Admiral Brackett vor einigen Tagen gezeigt hatte. In der Begleitung von Sareks Sohn bemerkte er einen ganz bestimmten Romulaner.

»Der gleiche Mann«, sagte Picard. »Pardek.«

Der Fremde schien gut fünfzig Jahre zu zählen, aber Romulaner hatten eine ähnlich lange Lebenserwartung wie Vulkanier. Deshalb gab es für Picard keine Möglichkeit, das Alter zu schätzen. Spock hatte ihn vor etwa achtzig Jahren kennengelernt, was darauf hindeutete, daß sie etwa im gleichen Alter waren: um die hundertvierzig Jahre.

Darüber hinaus erwies sich Pardek als recht kräftig gebaut – ein ungewöhnliches Charakteristikum bei einem Romulaner. Er hatte ein rundes, koboldhaftes Gesicht, das ihm etwas Großväterliches verlieh. Eins stand fest: Dieser Romulaner ließ sich leicht von allen anderen unterscheiden – ein Umstand, der Picard zugute kam.

»Was wissen wir über ihn?« fragte er.

Der Captain zweifelte kaum daran, daß Data bereits alle gespeicherten Informationen abgerufen hatte, und der Androide enttäuschte ihn nicht. »Als junger Mann begann er eine Laufbahn in der Politik, und seit neun Jahrzehnten ist er Senator. Er steht in dem Ruf, ein ›Mann des Volkes‹ zu sein – er hat viele Reformen unterstützt. Bei der romulanischen Regierung gilt er als Radikaler, weil er immer für den Frieden eintrat.«

»Jetzt verstehe ich, warum Spock eine Beziehung zu ihm anknüpfte«, sagte Picard nachdenklich. »Wo können wir ihn finden – abgesehen vom Versammlungssaal des romulanischen Senats?«

»Er repräsentiert einen Distrikt, der Krokton-Segment genannt wird«, antwortete der Androide. »Dort wohnt er auch.«

Picard betrachtete das Bild auf dem Monitor. *Diesen Mann muß ich finden,* dachte er. *Pardek von Romulus. Er kann mich zu Spock führen …*

»Das ist noch nicht alles, Sir«, fuhr Data fort, als der Captain schwieg. »Ich habe mir die Freiheit genommen, die Parameter der Datensuche zu erweitern, und dabei ergab sich folgendes: Pardek hat mehrere Verwandte im Krokton-Segment. Vermutlich hält er sich dort auf, wenn der Senat nicht tagt – und zwar am dritten Tag der romulanischen Woche.«

Picard lächelte. »Sie erstaunen mich immer wieder, Mr. Data – im positiven Sinn«, sagte er und meinte es ernst.

»Danke, Sir.«

Eine Idee formte sich hinter der Stirn des Captains. Ursprünglich hatte er beabsichtigt, allein auf Romulus nach Spock zu suchen. Ein Mann erregte weniger Verdacht als zwei. Ein einzelner Mann war auch erheblich mobiler. Und wenn das Unternehmen scheiterte, mußte nur einer mit dem Tod rechnen.

Doch ein zweites Augenpaar, ein zweiter analytischer

Verstand, die Möglichkeit, auf kompetente Hilfe zurückzugreifen …

»Ich brauche Unterstützung, wenn wir Romulus erreichen«, meinte er. »Bitte begleiten Sie mich.«

Im Gesicht des Androiden zeichnete sich nicht nur Überraschung ab, sondern auch noch etwas anderes. Freude? Genugtuung? »Ich soll Sie begleiten, Sir?«

»Ja.«

»Ich weiß, auf welche Weise man Sie wie einen Romulaner aussehen lassen kann, Sir. Aber bei mir dürfte so etwas weitaus schwerer zu bewerkstelligen sein.«

»Dr. Crusher fällt bestimmt etwa ein.«

»Captain!« Worfs Stimme hallte durch den Kontrollraum. »Die klingonische Zentralwelt setzt sich mit uns in Verbindung.«

Picard trat zur Station des Sicherheitsoffiziers und spürte dabei, wie sich ein Teil seiner Besorgnis verflüchtigte. »Gowron oder T'Kal?« fragte er.

»Weder noch, Sir.« Worf zögerte kaum merklich, bevor er hinzufügte: »Es handelt sich um einen Assistenten des diplomatischen Dienstes.«

Fast eine Provokation. Picard überlegte, wie er darauf reagieren sollte, als er sich dem großen Wandschirm näherte. Als er an Worf vorbeikam, fragte er leise: »Wie heißt er?«

»B'ijik, Sir.«

»Auf den Schirm.«

Im großen und ganzen bot B'ijik das typische Aussehen eines Klingonen, obgleich die Knochenkämme bei ihm weniger ausgeprägt schienen. Außerdem war sein langes Haar besser frisiert. Doch etwas ganz anderes rückte sofort in den Mittelpunkt von Picards Aufmerksamkeit. Er erkannte einen engstirnigen, anmaßenden und arroganten Mann, der es genoß, an der Autorität seines Vorgesetzten teilzuhaben. Er gehörte zu den Schergen der Mächtigen, die befugt sind, ›nein‹ zu sagen, aber nicht ›ja‹. Solche Personen fanden großen Gefallen daran, anderen Leuten Schwierigkeiten zu bereiten – es war ihre Art der Selbstbestätigung.

»Ich grüße Sie, Captain«, begann der Klingone großspurig. »Ich bin B'ijik, Assistent von Gowron. Leider muß ich Ihnen mitteilen, daß der Kanzler derzeit sehr beschäftigt ist und heute nicht mit Ihnen sprechen kann.«

»Weiß er, daß wir schon seit drei Tagen versuchen, einen Kom-Kontakt mit ihm herzustellen?«

B'ijik gab sich überrascht, aber sein schauspielerisches Talent ließ zu wünschen übrig. »Seit drei Tagen? Nun, ich frage im Kommunikationsbüro nach. Allerdings bin ich schon jetzt ziemlich sicher, daß wir keine Mitteilungen von Ihnen empfangen haben.«

Der Captain kniff die Augen zusammen. Der aufgeblasene Kerl ärgerte ihn; trotzdem versuchte er, ruhig zu bleiben, als er erwiderte: »Wenn Sie Gowron ausrichten, daß ich etwas mit ihm erörtern möchte ... Dann ist er bestimmt bereit, mit mir zu reden.«

B'ijik lächelte übertrieben freundlich. »Captain ... Gowron würde gern mit jedem sprechen, der eine Audienz wünscht. Aber zu viele Leute möchten dieses oder jenes Anliegen an ihn herantragen. Er ist der Kanzler, und das bedeutet: Er muß sich um Dutzende sehr wichtiger Dinge kümmern. Wenn Sie mir eine Nachricht für ihn geben möchten ...«

»Eine Nachricht. Na schön.«

Kurze Stille folgte, als Picard vortrat und versuchte, einen Ärger zu unterdrücken, der sich langsam in Empörung und Zorn verwandelte – Typen wie B'ijik konnte er nicht ausstehen. Als er schließlich sprach, ertönte eine den Brückenoffizieren vertraute Stimme: Sie klang ruhig, kündigte jedoch Unheil an.

»Teilen Sie Gowron, Kanzler des klingonischen Imperiums, folgendes mit: Jean-Luc Picard, Schlichter beim Herrschaftsstreit, bittet um einen Gefallen.«

»Um einen Gefallen?«

»Ich benötige ein Raumschiff mit einsatzbereiter Tarnvorrichtung.«

B'ijiks Lippen verzogen sich zu einem herablassenden Lächeln. »Ein getarntes Raumschiff. Sie bitten um einen ziemlich großen Gefallen.«

»Ich brauche es für eine Mission, die Auswirkungen auf den ganzen Quadranten haben könnte.«

»Welchen Nutzen hätte das Imperium? Ich bin sicher, Gowron würde diese Frage stellen.«

Erneut zögerte Picard und trachtete danach, sich nichts anmerken zu lassen – viel zu gern hätte er diesem eingebildeten Burschen eine Lektion erteilt. »Der Nutzen für das klingonische Imperium bestünde in ... unserer Dankbarkeit«, sagte er.

B'ijik lächelte süffisant. »Und das soll ich Gowron ausrichten?«

»Ja. Bitte fügen Sie folgendes hinzu: Wenn er nicht imstande ist, uns ein Schiff mit Tarnvorrichtung zur Verfügung zu stellen ... Bestimmt gibt es andere im Imperium, die bereit wären, uns zu helfen. Und die dafür mit unserer Dankbarkeit rechnen könnten.«

Diese schlichte Bemerkung bewirkte eine subtile Veränderung. Picard wußte, daß er ins Schwarze getroffen hatte. Bestimmt dachte B'ijik nun an Gowrons Gegner, die sich über eine solche Gelegenheit freuen würden.

»Ich verstehe«, erwiderte er nach einer Weile.

»Und noch etwas. Sagen Sie ihm auch dies: Ich freue mich sehr darüber, daß er so erfolgreich ist. Es beweist sein politisches Führungsgeschick.«

B'ijik gab keine Antwort darauf und neigte nur den Kopf – er schien über das Ende des Gesprächs froh zu sein. Sein Bild verschwand vom Schirm, und die Sterne kehrten ins große Projektionsfeld zurück.

Picard drehte sich zu Riker um, der ebenfalls zur

Brücke gekommen war und dem Wortwechsel amüsiert zugehört hatte.

»Nicht schlecht«, kommentierte er.

»Hoffentlich hat's geklappt«, sagte der Captain. Adrenalin floß in seinen Adern und bewirkte eine recht angenehme Empfindung. Picard mochte Herausforderungen. Es gefiel ihm, sich dann und wann in Schwung zu bringen – das war gut für den Kreislauf.

5

Picard verspürte einen seltsamen Reiz im Ohr. Zuerst empfand er Kühle, als der interferometrische Scanner mit der Sondierung begann. Es folgte ein Prickeln, das zwar keine Schmerzen verursachte, aber recht unangenehm war. Erleichterung erfaßte ihn, als der Scan zu Ende war und der Computer ein dreidimensionales Modell der Ohren speicherte.

Der Captain drehte den Kopf und beobachtete, wie sich Beverly Crusher Datas Ohren zuwandte. Die attraktive Ärztin mit der porzellanhellen Haut und dem erdbeerroten Haar konzentrierte sich, als sie den Androiden untersuchte. Data drehte den Kopf gehorsam hin und her.

Seit einer halben Stunde befanden sie sich auf der Krankenstation. Die Frage lautete: Wie konnten Picard und Data in Romulaner verwandelt werden? Der Captain vertraute Beverlys Geschick; sie hatte solche Aufgaben schon des öfteren bewältigt.

»Sie lassen sich nicht entfernen, oder?« fragte die Ärztin jetzt.

»Wie meinen Sie das?« erwiderte der Androide ein wenig verwirrt.

»Ihre Ohren – kann man sie abnehmen?«

»Nein, Doktor. Es sind vollständig integrierte Komponenten meines Körpers.«

Crusher nickte einem Assistenten zu. »Auch in diesem Fall müssen wir eine Anpassung vornehmen.«

Der Assistent begann sofort damit, den Computer

zu programmieren, um dann Datas Ohren zu sondieren.

»Was ist mit der Hautfarbe?« erkundigte sich Picard.

Einige Sekunden lang musterte Beverly die fahle Haut des Androiden. »Wir müssen einige Tests hinsichtlich der Pigmentierung durchführen. Es sollte nicht weiter schwer sein, die Farbe so zu verändern, daß man ihn für einen Romulaner hält. Allerdings müssen wir darauf achten, daß später eine Rückkehr zum Normalzustand möglich ist.«

Vielleicht wäre es ihm recht, die Hautfarbe auf Dauer zu verändern, dachte Picard – und stellte fest, daß sich Beverly mit einem weiteren Scanner näherte, den sie auf seinen Kopf richtete. Aus den Augenwinkeln sah er, wie Riker die Krankenstation betrat und die Situation des Captains mit einem schadenfrohen Lächeln zur Kenntnis nahm.

»Ihr rechtes Auge ist vier Tausendstel höher als das linke«, verkündete Beverly Crusher ernst.

»Ausgeschlossen«, entgegnete Picard.

Die Ärztin schmunzelte. »Möchten Sie riskieren, daß die Prothese nicht paßt? Vertrauen Sie Ihrem Schneider.«

Riker stand ein wenig abseits und beobachtete das allgemeine Geschehen.

»Das mit den Augen verrate ich niemandem, Sir«, versprach er mit gespieltem Ernst.

»Neuigkeiten von Gowron?« fragte Picard. Die Crew hatte lange genug ihren Spaß mit ihm gehabt. Er konnte es kaum mehr abwarten, die ›Verwandlung‹ endlich hinter sich zu bringen und die Mission anzutreten.

»Nein, Sir. Aber wenn der Schneider mit Ihnen fertig ist, würden Sie mich dann zur Frachtkammer begleiten? LaForge hat bei den Untersuchungen der Metallteile einige Fortschritte erzielt.«

Doch Dr. Crusher war noch nicht bereit, den Captain gehen zu lassen. »Diese beiden Herren werden von Mister Mot erwartet, der sich um die Haare kümmert.«

Picard stöhnte innerlich. Bestimmt redete der blauhäutige Friseur pausenlos, wodurch alles doppelt so lange dauerte.

Nun, bin ich der Captain oder nicht? dachte er. *Ich mache von meiner Autorität Gebrauch und gebe ihm eine halbe Stunde, mehr nicht.* »In dreißig Minuten, Nummer Eins«, sagte er fest. Riker nickte und ging.

»Halten Sie still«, ordnete Beverly an. »Sonst stimmen die Maße nicht.«

Mot vertrat die Ansicht, daß in Starfleet viele Leute Entscheidungen trafen, ohne vorher gründlich nachzudenken. Man nehme nur die Sache mit der angeblichen vulkanischen Botschafterin T'Pel, die zu den Romulanern gebracht wurde. Mot hätte gleich sagen können, daß es falsch war, sich mit Admiral Mendak zu treffen. Alle Instinkte des Friseurs sprachen sich dagegen aus, und sie behielten recht: Mit T'Pel kehrte eine Spionin ins romulanische Reich zurück, die zwanzig Jahre lang Gelegenheit hatte, bei Starfleet geheime Informationen zu sammeln.

Vielleicht lag es daran, daß Mot mehr Zeit hatte, sich die Dinge durch den Kopf gehen zu lassen. Der durchschnittliche Starfleet-Offizier nahm sich nur selten die Muße, das Für und Wider sorgfältig abzuwägen. Darauf kam es nach Mots Meinung an – aufs Nachdenken. Sein Motto lautete: Man betrachte eine Sache von allen Seiten und prüfe alle Aspekte einer bestimmten Situation; man wende sie hin und her, um auch versteckte Details zu erkennen. Nur unter solchen Umständen hielt er es für möglich, bei wichtigen Entscheidungen alle Faktoren zu berücksichtigen, die es zu berücksichtigen galt. Ja, dem Nachdenken kam enorme Bedeutung zu. Und Mot glaubte voller Stolz, in dieser Hinsicht meisterliches Geschick entwickelt zu haben.

Deshalb wunderte es ihn, warum man nicht öfter seinen Rat einholte. Schon häufig hatte er zutreffend vorhergesagt, welche Konsequenzen sich aus gewissen Entwicklungen ergeben hatten – während die Leute auf der Brücke völlig blind zu sein schienen. Sicher würde man viel Zeit und Mühe sparen, wenn man ihn fragte, worin der wahre Kern eines Problems bestand und wie man es löste.

Nun, natürlich erhielt er gelegentlich die Chance, seine Ansichten in Worte zu fassen. Der Captain ließ sich in regelmäßigen Abständen von ihm die spärlichen Haare schneiden, ebenso Riker und LaForge. Dabei versäumte es Mot nie, auf ihre falschen Entscheidungen hinzuweisen und zu erklären, auf welche Weise gehandelt werden mußte. Offenbar wußten die Offiziere das zu schätzen. Mot war ganz sicher: Früher oder später würden sie begreifen, wie sehr er ihnen helfen konnte. Dann forderte man ihn vermutlich auf, sein analytisches Geschick nicht länger in einem Frisiersalon zu vergeuden und an Einsatzbesprechungen teilzunehmen.

Heute gab es einige besonders wichtige Dinge, die er mit dem Captain besprechen wollte. Er erwartete Picard und Commander Data für die individuelle Anpassung romulanischer Haarteile; bei der Gelegenheit wollte Mot verdeutlichen, wie gut er über die bevorstehende Mission unterrichtet war. Er plante, dem Captain in diesem Zusammenhang die eine oder andere Überraschung zu bescheren.

»Oh, da sind Sie ja«, sagte er, als Kommandant und Zweiter Offizier eintraten.

»Wie geht es Ihnen, Mr. Mot?« erwiderte Picard freundlich. Ein wahrer Gentleman, kein Zweifel.

»Gut, gut«, sagte der Friseur. »Bitte nehmen Sie Platz. Es geht sofort los.«

»Dafür wäre ich Ihnen sehr dankbar, Mr. Mot. Wir haben es recht eilig. In einer halben Stunde bin ich mit Mr. Riker verabredet. Es müssen noch diverse Vorbereitungen getroffen werden.«

»Oh, es geht schnell, keine Sorge«, meinte Mot und maß Picards Schädel mit einem optischen Scanner. »Ich glaube, ich habe ein geeignetes Exemplar hier. Mal sehen, wie's paßt.«

Er holte ein braunes Haarteil hervor, das mit einem epidermalen Klebstoff am Kopf befestigt werden sollte. Er rückte es auf Picards Haupt zurecht und prüfte dessen Erscheinungsbild. An der Paßform gab es nichts auszusetzen, aber das Haar mußte natürlich zurechtgestutzt werden – derzeit hing es dem Captain bis über die Augen, wie bei einem Hirtenhund im Winter.

»Nun, Sir, offenbar steht Ihnen ein neues Abenteuer bevor«, sagte Mot, griff nach einem Frisierlaser und begann, hier und dort zu schneiden. »Ich weiß natürlich, daß alles streng geheim ist, aber solche Dinge sprechen sich herum. Und da ich beauftragt bin, Sie mit einem romulanischen Haarschnitt auszustatten, kann ich natürlich eins und eins zusammenzählen, wenn Sie verstehen, was ich meine.«

»Mhm«, entgegnete Picard, dessen Augen noch immer hinter einem Vorhang aus Haaren verborgen blieben.

»Natürlich bin ich nicht so dumm zu glauben, daß Sie tatsächlich zu den Romulanern wollen«, fuhr der Friseur fort. »Das wäre viel zu offensichtlich und zu einfach für jemanden wie Sie, habe ich recht?«

»Vielleicht ...«

»Woraus folgt: Die Sache mit den Romulanern dient allein zur Ablenkung. Alle sollen *glauben,* daß Sie nach Romulus unterwegs sind. In Wirklichkeit aber haben Sie ein ganz anderes Ziel.«

»Hmmm.«

»Kein übler Plan. Alle sehen nach rechts – und Sie gehen nach links. Nicht schlecht.«

»Danke.«

»Nun, möglicherweise nutzen Sie das romulanische Erscheinungsbild als Tarnung – oder auch nicht. Ich bin sicher, Sie wollen sich tatsächlich als Romulaner ausgeben. Aber Sie haben *nicht* die Absicht, Romulus zu erreichen. Die Frage lautet: Welchen Ort könnten Sie als Romulaner aufsuchen, ohne Verdacht zu erregen? Ich glaube, ich weiß eine Antwort darauf.«

»Ach.«

Mot schnippelte und schwieg einige Augenblicke, um seinen intellektuellen Triumph auszukosten. Bestimmt fragte sich der Captain jetzt, ob er den ganzen Plan erraten hatte. Inzwischen sollte es ihn eigentlich nicht mehr erstaunen, daß Mot der Friseur genau wußte, was sich hinter den Kulissen abspielte.

»Klammern wir die einzelnen Möglichkeiten aus«, schlug Mot vor. »Welches Einsatzgebiet kommt für eine ebenso bedeutungsvolle wie heikle diplomatische Mission in Frage? Ein Föderationsplanet gewiß nicht. Und wenn Sie es mit Klingonen zu tun bekämen, müßten Sie sich wohl kaum in einen Romulaner verwandeln. Wir fliegen also aus einem anderen Grund zum klingonischen Zentralplaneten. Geht es darum, dort etwas abzuholen, das Sie brauchen?«

Picard blieb stumm, und Mot wertete sein Schweigen als Zustimmung. »Nun, Romulus ist zu offensichtlich – darauf habe ich schon hingewiesen. Worum könnte es sonst gehen?«

Er ließ den Frisierlaser sinken und überlegte. Manchmal fiel es ihm schwer, nachzudenken und gleichzeitig Haare zu schneiden. Nur ein Auge des Captains spähte unter romulanischen Strähnen hervor, und darauf konzentrierte sich Mot nun.

»Die Talarianer?« spekulierte er. »Nein, das glaube ich

nicht. In dem Fall wären keine so umfangreichen Vorbereitungen nötig. Sie würden sich einfach auf den Weg machen, um mit ihnen zu reden. Die Breen? Üble Burschen, zugegeben. Aber nichts deutet darauf hin, daß Verhandlungen irgendeiner Art bevorstehen. Ich fürchte, bis dahin dauert's noch eine Weile. Die Kateloxianer? Verhalten sich in letzter Zeit ziemlich ruhig. Angeblich herrscht eine schlimme Dürre auf ihrem Heimatplaneten; das eigene Überleben dürfte sie derzeit vollauf in Anspruch nehmen.«

Mot spürte, wie der Captain unruhig zu werden begann. Sicher war er von dieser genauen Analyse der Föderationsgegner zutiefst beeindruckt.

»Wer bleibt übrig?« fragte der Friseur rhetorisch. »Die Murdoth? Zu passiv. Die Phylosianer? Längst bezwungen. Die Skorr? Spielen keine Rolle. Die Ferengi? Irrelevant. Die Pakled?«

Picard verlagerte das Gewicht im Sessel. »Entschuldigen Sie bitte, Mr. Mot, aber ich habe bald einen Termin mit Commander Riker.«

»Oh, wir sind im Nu fertig, Captain«, behauptete der Friseur. Er schnippelte wieder. »Wo bin ich stehengeblieben? Ah, ja, bei den Pakled. Nun, Sie stimmen mir sicher zu, wenn ich sage, daß man in diesem Zusammenhang nicht von einem ›Problem‹ sprechen kann.« Er neigte den blauen Kopf zurück und lachte herzhaft.

Der Captain schmunzelte.

»Was ergibt sich daraus?« fuhr Mot fort und klopfte Picard sanft aufs Haupt. »Ich glaube, wir wissen es beide.« Er beugte sich vor und flüsterte verschwörerisch: »Die *Cardassianer.*«

Er wich einen Schritt zurück und beobachtete die Reaktion des Kommandanten. Picard starrte ihn groß an – inzwischen war auch das zweite Auge fast von dem Vorhang aus Haaren befreit.

»Die Cardassianer«, wiederholte Picard, ohne daß

seine Stimme irgend etwas verriet. Damit hatte Mot auch gar nicht gerechnet. Immerhin mußte alles geheimgehalten werden.

»In der Tat, Captain. Sie haben bestimmt nicht damit gerechnet, daß jemand dahinterkommt, aber für mich ist die Sache sonnenklar. Sie begeben sich ins stellare Territorium der Cardassianer, und zwar als Romulaner getarnt. Ich wette, es bahnt sich eine gefährliche Allianz an. Sie rechnen damit, daß die Cardassianer ganz offen mit Ihnen reden, wodurch Sie wichtige Informationen für Starfleet erhalten!«

Mot strahlte. Picard sah zu ihm auf, und im Gesicht des Captains sah der Friseur etwas, das nur Bewunderung sein konnte.

»Mr. Mot«, begann Picard leise, »ich muß Sie bitten, dies *alles vertraulich* zu behandeln. Sonst könnte die Mission in große Gefahr geraten.«

»Oh, meine Lippen sind versiegelt. Niemand kann besser schweigen als ich.«

»Davon bin ich überzeugt.«

Mot hob den Frisierlaser und schnitt wieder. »Und nun ... Wissen Sie, ich habe über uns und die Cardassianer nachgedacht. Meiner Ansicht nach ist mehrmals ein Fehler wiederholt worden, und zwar ...«

Er schilderte dem Captain seine Philosophie hinsichtlich der Cardassianer, und diesen Ausführungen schlossen sich Bemerkungen über die Folgen eines Bündnisses zwischen Romulus und Cardassia an. Zwar kam der Captain zu spät zu seiner Verabredung mit Commander Riker, aber er war bestimmt dankbar für das Gespräch mit dem Friseur. Vermutlich geschah es nicht oft, daß man ihm so brillante Ideen vortrug, noch dazu auf einer ausgezeichneten analytischen Basis.

Riker wußte nicht genau, warum er die Ermittlungen jetzt wesentlich interessanter fand. Vielleicht ahnte etwas in ihm, daß sich hinter dem vermeintlichen ›Schrott‹ wesentlich mehr verbarg. LaForge und seinen Technikern war es endlich gelungen, in den vielen Metallteilen eine gewisse Struktur zu erkennen. Das vorläufige Ergebnis ihrer Untersuchungen sollte eigentlich eine Enttäuschung sein, aber statt dessen stachelte es Rikers Eifer an. Gerade die so banale Natur der Objekte ließ den Ersten Offizier vermuten, daß es sich hier um etwas Rätselhaftes handelte.

Jetzt war endlich der Captain eingetroffen – fünfundvierzig Minuten zu spät. Gemeinsam mit ihm und Geordi betrachtete Riker noch einmal die Gegenstände auf dem Boden der Frachtkammer. Es fehlten viele Teile; trotzdem hatten es Geordi und seine Leute geschafft, das Puzzle zusammenzusetzen.

»Offenbar handelt es sich um einen Navigationsdeflektor«, sagte LaForge. »Beziehungsweise Reste davon.«

Picard ließ den Blick über die Trümmer wandern. »Was könnte jemand mit einem vulkanischen Deflektorsystem anfangen?«

Riker lächelte – damit stellte der Captain genau die Frage, die ihm auf der Zunge lag.

»Keine Ahnung, Sir«, erwiderte LaForge. »Jede Frage, die wir hier beantworten, wirft zwei neue auf.«

»Sind Sie ganz sicher, daß diese Teile vulkanischen Ursprungs sind?«

»Ja, Sir. Eine metallurgische Analyse hat das bestätigt. Wir haben die molekularen Spurenmuster untersucht und konnten dadurch das betreffende Raumschiff identifizieren: die *T'pau*. Vor einem Jahr wurde sie außer Dienst gestellt und zum Depot von Qualor Zwei geschickt. Dort müßte sie noch immer sein.«

»Worf an Captain«, tönte die Stimme des Klingonen durch den Frachtraum.

Picard klopfte auf seinen Insignienkommunikator. »Ja, Lieutenant?«

»Ein klingonischer Kreuzer hat vor uns die Tarnvorrichtung deaktiviert. Gowron übermittelt seine Grüße.«

Picard und Riker wechselten einen amüsierten Blick. »Bitte richten Sie ihm unsere Dankbarkeit aus, Mr. Worf. Und teilen Sie dem Captain des Schiffes mit, daß Lieutenant Commander Data und ich uns in Kürze an Bord beamen.«

»Aye, Sir.«

Damit stand dem Flug durch die Neutrale Zone nichts mehr im Wege. Der Captain würde bald aufbrechen.

»Ich möchte mit der *Enterprise* nach Qualor Zwei fliegen, wenn Sie gestatten, Sir«, wandte sich Riker an ihn.

Picard nickte sofort. »Einverstanden, Nummer Eins.«

Er streckte die Hand aus, und Riker ergriff sie. »Viel Glück, Will.«

»Das wünsche ich Ihnen auch, Sir.«

Picard nickte erneut und schritt zum Ausgang. Ein oder zwei Sekunden lang bedauerte Riker, daß nicht ihm das Abenteuer des Flugs durch die Neutrale Zone bevorstand. Dann wich dieser Gedanke einem anderen, der ihn auch während der nächsten Tage beschäftigen sollte: Was könnte jemand mit einem vulkanischen Deflektorsystem anfangen?

6

Captain K'Vada knurrte, als er eine Schüssel Gagh aß. Von frischer Nahrung konnte keine Rede sein. Einige der wurmartigen Geschöpfe bewegten sich noch, doch die meisten waren bereits tot. Der angenehmste Aspekt an einer Gagh-Mahlzeit bestand darin, das Zittern der Würmer zu fühlen. Selbst wenn man sie durchbiß … Sie wanden sich noch eine Zeitlang hin und her, bis sie sich schließlich dem Tod ergaben. Das Prickeln reichte vom Mund bis zum Magen. Es hatte überhaupt keinen Sinn, tote Gagh zu verspeisen – die Biester schmeckten scheußlich.

K'Vada stieß die Schüssel beiseite. Sie rutschte durch den Kontrollraum des klingonischen Schiffes *Kruge*. Hier und dort fielen Gagh heraus, bis der Napf schließlich unter die Navigationskonsole rollte. Kein Brückenoffizier riskierte einen Blick; er hätte damit rechnen müssen, schwer bestraft zu werden.

Das tote Fleisch war nur eins von vielen Ärgernissen an diesem Tag. Ein Kampf mit der Partnerin lag hinter dem Captain, und das Ergebnis bestand aus Schulterschmerzen. Der sehr agilen K'kam mangelte es nicht an Kraft, und hinzu kam ihr furchteinflößendes Temperament. Es war sicher nicht sehr klug, gegen sie zu kämpfen, aber manchmal ließ sie ihm keine andere Wahl. K'Vada knurrte erneut, als er an ihre sture Entschlossenheit dachte, mit einem wissenschaftlichen Kreuzer zum Lambdor-System zu fliegen. Es paßte ihm ganz und gar nicht, für längere Zeit auf seine Partnerin verzichten zu müssen.

Er zog bei der Auseinandersetzung den kürzeren, als ihm K'kam die Schulter ausrenkte. Voller Pein gab er sein Einverständnis zu dem Forschungsflug, und anschließend half sie ihm, die Schulter wieder einzurenken. Doch die Schmerzen blieben. Und bald würde ihn K'kam verlassen, was bedeutete: Ein Jahr lang hatte er sie nicht im Bett. Diese Vorstellung verursachte Schmerzen anderer Art, denn in Hinsicht auf das Sexuelle war K'kam ebenso aggressiv wie beim Kampf. Daraus ergaben sich einzigartige Erfahrungen.

Und der schlimmste Zwischenfall dieses Tages: K'Vadas Kommandeur hatte ihm mitgeteilt, daß er auf Gowrons persönlichen Befehl hin zwei Starfleet-Offiziere zu einem geheimen Ziel bringen sollte. Wenn ihre Mission fehlschlug, so würde man sie einfach vergessen. Wenn sie ihre Aufgabe erfüllten und sicher heimkehrten, erwuchs ihm kein Ruhm aus dem Erfolg.

Solche Aufträge stellten keine Ehre in Aussicht, und deshalb hielt K'Vada nichts von ihnen.

Der Captain hatte sein Schiff zur großen *Enterprise* gesteuert und dann die Tarnvorrichtung deaktiviert. Er wußte nicht, um wen es sich bei den beiden Offizieren handelte. Ihre Identität und die Details ihrer Mission waren ein Geheimnis, das erst noch gelüftet werden mußte. K'Vada mochte keine Geheimnisse – sie sorgten dafür, daß die Schmerzen in der Schulter zunahmen.

»Zwei Personen sind für den Transfer zur Brücke bereit, Captain«, meldete der Erste Offizier. K'Vada nickte, und wenige Augenblicke später materialisierten zwei Gestalten in Starfleet-Uniformen. Verblüfft erkannte er Picard, den Kommandanten der *Enterprise;* und die andere Person schien der Androide zu sein. Bei der Mission mußte es um sehr wichtige Dinge gehen, wenn sich diese beiden Senior-Offiziere anschickten, durch die Neutrale Zone zu fliegen.

»Willkommen an Bord, Captain Picard. Ich bin Captain K'Vada.«

»Danke, Sir. Das ist Lieutenant Commander Data.«

K'Vada bemerkte, daß sich der Androide neugierig auf der Brücke umsah – versuchte er, das Potential der *Kruge* einzuschätzen? Er musterte Picard und stieß mit besonders scharf klingender Stimme hervor: »Als ich meinen Einsatzbefehl erhielt, versäumte man es leider, das Ziel zu nennen, Captain.«

Er starrte den Terraner an, und das Funkeln in seinen Augen forderte eine Erklärung.

Doch die blieb aus. Der würdevolle Starfleet-Captain erwiderte den Blick des Klingonen ruhig und schwieg.

»Man übermittelte mir Flugdaten«, fuhr K'Vada nach einer Weile fort. »Der Kurs führte durch die Neutrale Zone und nach Romulus.«

»Das stimmt.« Es war nur eine Bestätigung des Offensichtlichen, mehr nicht. Der Schmerz in K'Vadas Schulter pulsierte heißer.

»Ich kenne meine Pflicht, Captain. Wenn ich Befehle erhalte, so befolge ich sie.« Er zögerte, und seine Miene verfinsterte sich. »Aber ich mag keine Geheimnisse. Sie bescheren mir Schmerzen in der Schulter.« K'Vada hoffte, daß Picard eine alte Kriegsverletzung oder dergleichen vermutete. »Ich muß wissen, was es mit der Mission auf sich hat.«

»Tut mir leid. Es handelt sich um eine vertrauliche Angelegenheit.« Der menschliche Captain wirkte weder eingeschüchtert noch verunsichert. Er strahlte auch weiterhin Ruhe aus und sprach noch immer in einem freundlichen Tonfall. Ärger regte sich in K'Vada.

»Sie haben es auf den Überläufer abgesehen, nicht wahr?« Er behielt Picard im Auge, davon überzeugt, daß der Terraner nicht mit dieser Frage gerechnet hatte.

Aber der Gesichtsausdruck des anderen Captains blieb neutral und verschlossen. »Überläufer?«

»Glauben Sie vielleicht, daß solche Informationen geheim bleiben? Botschafter Spock ist nach Romulus geflogen und Sie folgen ihm.« K'Vadas Tonfall kam einer Frage gleich: *Wollen Sie das etwa abstreiten?*

Picard ließ sich auch davon nicht beeindrucken. »Sie haben die Anweisung, uns in die Nähe von Romulus zu bringen und später mit uns hierher zurückzukehren. Ich bin nur bereit, diesen Punkt mit Ihnen zu erörtern.«

»Wenn wir in der Nähe von Romulus entdeckt werden, droht uns allen der Tod.«

»Ich weiß.«

K'Vada starrte Picard an, und seine buschigen Brauen zogen sich zusammen. Doch die Gelassenheit des menschlichen Captains war unerschütterlich. Der Klingone begriff, daß er von ihm keine Informationen bekommen würde. Er wandte sich an den Navigator, fauchte einen Befehl und sah dann wieder Picard an. »Na schön, Captain. Wir sind unterwegs nach Romulus.«

»Danke. Ich hoffe, die Schmerzen in Ihrer Schulter lassen bald nach.«

K'Vada hielt in diesen Worten vergeblich nach einer Spitze Ausschau.

Nach dem Retransfer an Bord des klingonischen Kreuzers gewann Picard den Eindruck, daß Captain K'Vada die Konfrontation mit ihm suchte. Er sah keinen Sinn darin, ihm diesen Wunsch zu erfüllen. K'Vada schien einer von jenen Klingonen zu sein, deren Kriegerruhm immer mehr verblaßte. Bestimmt verabscheute er es, Starfleet-Offiziere befördern zu müssen. Picard beschloß, wachsam zu bleiben, um Auseinandersetzungen mit dem Kommandanten der *Kruge* zu vermeiden.

Als K'Vada die Tür des Quartiers öffnete, das dem terranischen Captain an Bord des klingonischen Kreuzers zur Verfügung stand, reifte eine bittere Erkenntnis in Picard heran: Sicher würde es ihm sehr schwerfallen, dem Klingonen auch weiterhin mit Freundlichkeit zu begegnen. K'Vada hatte offenbar eine winzige Abstellkammer zu einer Unterkunft herrichten lassen. Der Raum war ebenso klein wie schäbig. Die Luft roch muffig, und Picard nahm an, daß hier schon seit langer Zeit niemand mehr ›gewohnt‹ hatte.

»Ihre Kabine«, sagte K'Vada. Und mit unverhohlenem Spott fügte er hinzu: »Vielleicht nicht unbedingt das, was sie von Starfleet-Schiffen her gewohnt sind.«

Picard atmete tief durch und bedachte K'Vada mit einem Lächeln. »Es genügt mir, danke.« Er glaubte, in der Miene des Klingonen einen Hauch von Enttäuschung zu erkennen – also hatte er richtig reagiert.

Data sah sich mit der Ruhe eines Androiden um. »Ist das mein Quartier oder das des Captains?«

»Sowohl als auch«, erwiderte K'Vada.

Picard konnte seine Überraschung nicht verbergen. Schon für eine Person war es in der Kammer ziemlich eng. Hier zwei unterzubringen, grenzte ans Absurde.

In den Augen des Klingonen funkelte so etwas wie Genugtuung. »Es gibt nicht viel Platz an Bord. Immerhin ist die *Kruge* ein Kriegsschiff.«

»Ich verstehe. Wir erheben keine Einwände.«

K'Vada hatte einen Erfolg erzielt, und dadurch fühlte er sich etwas besser. Er durchmaß das Zimmer, genoß die Verunsicherung der beiden Starfleet-Offiziere und erklärte die Einrichtung. Mit der flachen Hand schlug er auf ein Bett, dem Matratze, Kissen und Laken fehlten.

»Sie schlafen hier in der Art von Klingonen. Wir vermeiden Verweichlichung, indem wir keine Polster benutzen.«

Picard trat an die Liege heran und klopfte ebenfalls darauf. »Ausgezeichnet. So hab ich's am liebsten.«

K'Vada warf ihm einen herausfordernden Blick zu. »Sie essen mit uns zusammen. Und wir servieren keine Nahrungsmittel der Föderation.«

»Schon seit einer ganzen Weile habe ich keine Gagh mehr verspeist. Ich bin gespannt, wie sie hier bei Ihnen schmecken. Ihre sind doch frisch, oder?«

K'Vada sah zur Seite. »Bedauerlicherweise hat mein Patakh von Koch nicht gerade die frischesten Gagh in der Kombüse gelagert. Hoffentlich macht es Ihnen nichts aus, die Würmer im gleichen Zustand zu essen wie ich.«

Picard neigte höflich den Kopf. »Es wäre mir eine Ehre.« Er spürte, daß K'Vada genau hinhörte und nach irgendwelchen Hinweisen auf emotionale Reaktionen horchte – Abscheu, Ekel und so weiter. Deshalb achtete er darauf, daß seine Stimme nichts dergleichen vermuten ließ.

K'Vada sah sich noch einmal in dem winzigen Raum um und ging dann zur Tür. Dort zögerte er, und Picard ahnte, daß ihnen noch etwas Unangenehmes bevorstand.

Der Klingone drehte sich um und lächelte dünn. »Noch etwas. Der Flug durch die Neutrale Zone ist illegal und daher gefährlich. Von allen Personen an Bord, die nicht unbedingt für die Gefechtsbereitschaft des Schiffes notwendig sind, erwarte ich, daß sie in ihren Unterkünften bleiben.«

Picard fühlte Fassungslosigkeit und trachtete danach, sie unter Kontrolle zu halten. *Wir sollen viele Stunden in dieser Kammer verbringen?* Er versuchte, sich auch diesmal nichts anmerken zu lassen, doch allem Anschein nach gelang ihm das nicht ganz, denn K'Vada lächelte zufrieden.

»Uns können Sie damit sicher nicht meinen, Captain. Wir sind Starfleet-Offiziere und an die Gefahren des Kampfes gewöhnt.«

Der Klingone wußte, daß er endlich den erhofften wunden Punkt berührt hatte. Er gab nicht nach. »Als Kommandant dieses Schiffes bin ich für alle Personen an Bord verantwortlich. Um Ihrer eigenen Sicherheit willen muß ich Sie bitten, diesen Raum nicht zu verlassen.« Er lächelte noch einmal, zeigte dabei fleckige Zähne, an denen noch Reste der letzten Mahlzeit klebten. Dann verließ er die Kammer.

Picard wandte sich um und sah die völlig unbewegte Miene des Androiden.

»Offenbar werden wir ziemlich viel Zeit miteinander verbringen, Sir«, sagte Data. »Darf ich eine amüsante Möglichkeit vorschlagen, der Langeweile vorzubeugen? Ich denke an ein Spiel, bei dem es darum geht, höhere Polynome in Form von rationalen Koeffizienten auszudrücken. Diese Tätigkeit nimmt einen so sehr in Anspruch, daß Stunden wie Minuten vergehen.«

Picard seufzte. Er ging zu einem Stuhl, der alles andere als bequem wirkte und ebensowenig ein Polster aufwies wie die Betten, und setzte sich. »Wie Sie meinen, Mr. Data. Es klingt sehr vielversprechend.«

7

Im matten Licht des Gesellschaftsraums wirkten Gretchen Naylors Augen noch eindrucksvoller: ein blasses, fast durchscheinendes Grün, lange, dunkle Wimpern. Dadurch gewann das Gesicht etwas Exotisches und Fremdes. Doch Naylor war eine menschliche Frau, auf der Erde geboren und in Nordamerika aufgewachsen, im landwirtschaftlichen Paradies von Indiana. Riker hatte jene Region als Schüler besucht; er erinnerte sich deutlich an die Schönheit einer Landschaft, die aus Hügeln und grünen Ebenen bestand. Durch die Entwicklung moderner Replikator- und Synthetisierungstechnik war es nicht mehr nötig, überall Getreide und Sojabohnen anzubauen. Deshalb hatte man weite Landstriche in Agrikulturparks verwandelt. Dort wuchsen nun Blumen, Kräuter und medizinisch nutzbare Pflanzen. Ein Farbenteppich reichte bis zum Horizont und darüber hinaus: Burgunder- und Korallenrot, silbriges Grün, Kobaltblau und zahlreiche andere Töne. Dutzende von verschiedenen Aromen vereinten sich zu einem herrlichen Duft.

Vielleicht führte eine solche Umgebung dazu, daß die dort lebenden Menschen besonders freundlich und großzügig waren. Riker entsann sich an die Familie, bei der er damals gewohnt hatte. Sie hatte ihn sofort in ihre Gemeinschaft aufgenommen, ihn so behandelt, als gehörte er schon immer dazu. Freundschaften entstanden, dauerten viele Jahre lang. Riker stammte aus Alaska. Die dort lebenden Menschen waren ehrlich und arbeiteten hart. Doch ihre Anstrengungen galten in erster Linie dem Überleben; für die Pflege von Freundschaften blieb nur wenig Zeit. Während seiner Kindheit hatte Will die Bedeutung von Disziplin und Charakterfestigkeit gelernt. Die damals gewonnenen Erkenntnisse spielten eine gewichtige Rolle für ihn, und er wollte nicht auf sie verzichten. Doch wenn er daran dachte, wie es sein mochte, in der ruhigen Schönheit von Indiana heranzuwachsen ... Solche Vorstellungen übten durchaus einen gewissen Reiz aus.

Das offene Wesen von Gretchen Naylor war typisch für die Bewohner von Indiana, aber ihr fehlte jene entspannte Gelassenheit, an die sich Riker von seinem Besuch her erinnerte. Tief in ihr brodelte etwas – Ehrgeiz und Ambition, der Wille, etwas zu erreichen. Nun, andernfalls hätte sie wohl kaum Gelegenheit zur Ausbildung an der Starfleet-Akademie erhalten. Im Schnitt schaffte es nur einer von zwölftausend Bewerbern, einen Studienplatz zu bekommen. Naylor hatte sich durchgesetzt, was sowohl auf Kompetenz als auch auf ein gehöriges Maß an Willenskraft schließen ließ.

»... und dann wurde ich zur *Reliant* versetzt. Zwei Jahre gehörte ich als Junior-Sicherheitsoffizier zur Crew. Als sich mir die Möglichkeit bot, einen Posten an Bord der *Enterprise* zu bekommen ... Ich konnte es kaum fassen. Alle wollen zur *Enterprise.* Ich bewarb mich, ohne mir große Hoffnungen zu machen. Aber das Wunder geschah: Ich bekam die Stelle. Meine Freunde meinten, sie hätten den Freudenschrei durch die halbe Galaxis gehört.« Die junge Frau lächelte, und dadurch erhellte sich ihr ganzes Gesicht. Sie beugte sich vor, um einen Schluck Fruchtsaft zu trinken, und einige Strähnen des dunklen Haars fielen ihr in die Stirn. Genau so hatte es sich Riker vorgestellt.

»Wir können bestimmt froh sein, daß Sie hier bei uns sind, Fähnrich.« Der Erste Offizier achtete darauf, eine gewisse Förmlichkeit zu wahren. Worf hatte Naylor beauftragt, Informationen über die Zakdorn zu sammeln – Angehörige jenes Volkes verwalteten das Depot von Qualor Zwei. Riker nahm die Wahl des Klingonen mit Zufriedenheit zur Kenntnis. Er selbst hatte entschieden, die Besprechung im Gesellschaftsraum stattfinden zu lassen. Trotzdem: Er war sich nach wie vor der Gefahr einer zu engen Beziehung bewußt. Herrliche grüne Augen erinnerten ihn an die damit verbundenen Risiken.

»Möchten Sie jetzt hören, was ich über die Zakdorn herausgefunden habe, Sir?« Naylor sprach nun in einem ernsteren Tonfall – sie hatte Rikers subtile Botschaft verstanden und akzeptiert.

Eine intelligente Frau, dachte Will. *Wenn wir uns unter anderen Umständen begegnet wären ...*

»Ja.« Er lehnte sich zurück und beobachtete, wie Naylor einen Datenblock auf den Tisch legte und Tasten betätigte.

»Die Zakdorn gehören erst seit kurzer Zeit zur Föderation. Sie sind ein friedliches Volk ohne Gegner. Die Warptechnik entwickelten sie in einem vergleichsweise frühen Stadium ihrer Evolution, weil alle Ressourcen in Wissenschaft und Forschung investiert werden konnten.«

Auf der Erde zog man es vor, Kriege zu führen, dachte Riker. Er nickte knapp, und die junge Frau fuhr fort:

»Die besondere Stärke der Zakdorn liegt in Organisation und Effizienz. Es mangelt ihnen an Phantasie und Kreativität – es gibt fast gar keine Kunstformen bei ihnen. Dafür sind sie hervorragende Verwalter, Buchhalter und Kartographen.«

Riker lächelte. »Klingt nach ziemlich langweiligen Leuten. Ein ganzes Volk von Bürokraten.«

Naylor erwiderte das Lächeln. »Diesen Eindruck habe auch ich gewonnen: Bürokraten. Aber gut geeignet, um auf ausgemusterte Raumschiffe achtzugeben.«

»Deshalb gibt's dort das größte entsprechende Depot.« Es existierten noch drei weitere in anderen Sektoren, doch während der vergangenen zwanzig Jahre war das Schiffsdepot von Qualor Zwei zum größten angewachsen. Mehrere tausend Raumer ›lagerten‹ dort. Ihr Spektrum reichte von einst stolzen Schlachtkreuzern, die bei ihrem letzten Gefecht zu Wracks geworden waren, bis hin zu Schiffen, die einfach nur neueren Modellen weichen mußten. Riker hatte nie zuvor einen solchen Friedhof für Raumschiffe gesehen und war sehr neugierig.

Natürlich galt sein Interesse vor allem der *T'Pau.* Vielleicht bot sie Hinweise darauf, wie ihre Deflektoreneinheit in die Hände der Ferengi geraten konnte.

Er schob den Sessel zurück. »Gute Arbeit, Fähnrich. Morgen um elf Uhr Bordzeit schwenken wir in eine Umlaufbahn um Qualor Zwei ein, und dann können wir die von Ihnen gesammelten Informationen gut gebrauchen.«

Naylor nickte, sie griff nach ihrem Datenblock und stand auf.

»Ich begleite Sie zu Ihrem Quartier«, bot sich Riker höflich an.

»Danke, Sir, aber das ist nicht nötig«, erwiderte die junge Frau zu seiner Enttäuschung. Sie zögerte kurz und musterte ihn, wobei in ihren grünen Augen ein seltsames Licht glomm. »Es freut mich, daß Sie mit meiner Arbeit zufrieden sind, Commander. Falls Sie weitere Aufgaben für mich haben ... Ich stehe Ihnen jederzeit zur Verfügung.«

Riker fühlte sich plötzlich so unsicher wie ein verliebter Halbwüchsiger. Kam in Naylors letzten Worten eine Einladung zum Ausdruck? Oder handelte es sich dabei um Wunschdenken, hervorgerufen von seinen Gefühlen? Die junge Dame strahlte etwas aus, daran bestand kein Zweifel. Aber *was?*

»Danke, Fähnrich«, sagte er förmlich, woraufhin sich Naylor umdrehte und zur Tür ging. Der Erste Offizier sah ihr nach und versuchte, sich von ihrer aufregenden Figur nicht zu sehr beeindrucken zu lassen.

»Die meisten Romulaner wohnen in Gebäudekomplexen, die in viele einzelne Apartments unterteilt sind und ›Takas‹ genannt werden. Es gibt nur wenige Häuser, die einer einzelnen Person beziehungsweise Familien vorbehalten sind – solche Personen sind entweder sehr reich oder gehören der herrschenden Schicht an. Die Bevölkerungsdichte in der Hauptstadt beträgt vierzigtausend Einwohner pro Quadratkilometer.« Picard reckte den Hals, als er auf das Display des Datenblocks sah. Seit Stunden befaßten sie sich mit diesen Dingen, und er spürte eine Steifheit, die er dem unbequemen klingonischen Stuhl verdankte – den er immer mehr als ein geschickt konstruiertes Folterinstrument erkannte.

»Pardeks Heimat, das Krokton-Segment, gehört zum älteren Teil der Stadt«, fügte Data hinzu. Er brauchte keinen Blick auf die Anzeige des kleinen Geräts zu werfen und konnte die Informationen jederzeit aus seinen internen Speichermodulen abrufen. »Die Unterschicht der romulanischen Gesellschaft wohnt in jenem Stadtteil, der sich durch keine architektonischen Besonderheiten auszeichnet. Seit vielen Jahren hat Pardek dort eine Taka.«

»Das Krokton-Segment«, murmelte Picard. »Ein geeigneter Ort, um mit der Suche zu beginnen.« Er sah zu Data auf, dankbar, den Zweiten Offizier mitgenommen zu haben. Allein wäre die Reise noch viel beschwerlicher ausgefallen. Er empfand die ruhige Präsenz des Androiden als sehr angenehm; in seiner Gesellschaft fiel es leichter, sich mit der Situation auf Romulus vertraut zu machen.

Der Captain massierte sich den Nacken und spürte eine Müdigkeit, die ihn daran gemahnte, daß er an Bord der *Enterprise* um diese Zeit längst im Bett lag.

»Das reicht fürs erste«, sagte er. »Ich glaube, ich sollte mich jetzt besser hinlegen.«

Data sah sich in dem kleinen Zimmer um. »Da ich keinen Schlaf benötige, überlasse ich Ihnen das ...« Er zögerte, da er nicht wußte, wie er jenes Loch in der Wand bezeichnen sollte, das als Koje diente. »... Bett. Es belastet mich keineswegs, auch weiterhin zu stehen.«

»Wie Sie meinen, Mr. Data. Danke.« Picard trat an die Nische heran und betrachtete sie. Die Öffnung begann etwa hundertzwanzig Zentimeter über dem Boden und war nur etwas mehr als einen halben Meter hoch. Man mußte eine Art Schlangenmensch sein, um in sie hineinzugelangen.

Der Captain kam sich ungelenk und schwerfällig vor, als er in das Loch kletterte; er stieß dabei mit Kopf und Schienbeinen an.

Schließlich lag er auf einer harten Unterlage und starrte an die kaum dreißig Zentimeter entfernte ›Decke‹ der Bettnische. Als er den Kopf drehte, begegnete er dem Blick des Androiden.

»Haben Sie es bequem, Sir?« fragte Data.

»Mehr oder weniger«, antwortete Picard.

»Ich wünsche Ihnen eine gute Nacht, Sir.«

»Danke.«

Picard schloß die Augen in der festen Absicht, sich zu entspannen und neue Kraft zu schöpfen. Er hatte schon des öfteren unter eher ungünstigen Umständen geschlafen. Es kam nur darauf an, den Geist von allem Ballast zu befreien, die Gedanken treiben zu lassen. Es half, an etwas zu denken, das Ruhe verhieß: eine friedliche Lagune; eine tropische Brise, in der sich Palmwedel sanft hin und her neigten; Wellen, die langsam an den Strand rollten ...

Er schlug die Augen auf und sah zu Data. »Was machen Sie?«

Der Androide runzelte verwirrt die Stirn. »Sir? Habe ich ein Geräusch verursacht?«

»Nein.«

»Ich bin dabei, Informationen über die romulanische Kultur zu verarbeiten – um mich darauf vorzubereiten, in die Rolle eines Romulaners zu schlüpfen.«

»Ich verstehe.«

»Möchten Sie, daß ich damit aufhöre?«

»Nein, nein. Fahren Sie ruhig fort.« Picard ärgerte sich über sein eigenes Verhalten. Natürlich hörte man nichts, wenn der Androide Daten verarbeitete – es war ein lautloser Vorgang, ebenso wie das Denken. Aber es genügte ihm zu *wissen,* daß Data auf diese Weise beschäftigt war. Er stellte sich die Schaltkreise in seinem Kopf vor, dachte an Millionen von Bits, die durch neurale Netzwerke rasten. Vielleicht gingen damit doch Geräusche einher, ganz leise, die sich jedoch summierten und von einem positronischen Gehirn ausgingen, das kaum anderthalb Meter entfernt rege Aktivität entfaltete ...

Erneut hob Picard die Lider – und schnappte fast nach Luft, als er Datas Blick begegnete. »Warum sehen Sie mich an?«

Der Androide zeigte sich erneut verwundert. »Ich sehe Sie nicht bewußt an, Sir. Ich bin noch immer dabei, Dateien zu sortieren.«

»Ihr Blick galt mir.«

»Es tut mir leid, wenn ich Sie gestört habe, Sir. Von jetzt an sehe ich nicht mehr in Ihre Richtung.« Data drehte sich um, kehrte Picard den Rücken zu. Der Captain beobachtete ihn eine Zeitlang, spürte dabei eine Mischung aus Verlegenheit und Ärger. Es war viele Jahre her, seit er zum letztenmal ein Zimmer mit jemandem geteilt hatte. Und selbst damals, an der Starfleet-Akademie, war ihm die Präsenz eines Stubenkameraden nie sehr angenehm gewesen.

»Mr. Data ...«

»Ja, Sir?«

»Wäre es Ihnen irgendwie möglich zu … schlafen?«

»Dazu bin ich nicht imstande, Sir.«

»Ich verstehe.« Picard schloß die Augen wieder und wollte sich auf keinen Fall geschlagen geben. Er war daran gewöhnt, die Dinge zu kontrollieren. Um Ruhe zu finden, brauchte man nur gewisse Methoden der Entspannung anzuwenden. Ja, darauf kam es an: entspannen … entspannen … entspannen …

Entspannen …

Nach einer Weile kroch Picard aus der Wandnische, und Data richtete einen erstaunten Blick auf ihn.

»Sir? Wollen Sie nicht mehr schlafen?«

»Nein, ich bleibe lieber wach. Was halten Sie davon, wenn wir uns auch mit den übrigen Informationen über die Romulaner befassen?«

»Sehr gern«, erwiderte Data. »Ich habe inzwischen alle Informationen über das Krokton-Segment korreliert und mehrere geeignete Orte für unseren Retransfer gefunden. Ich beschreibe sie Ihnen.«

Picard gähnte und nahm wieder auf dem Folterstuhl Platz.

Um neun Uhr am nächsten Morgen kam die *Enterprise* bis auf Kom-Reichweite an Qualor Zwei heran, und Riker bat Worf, einen Kontakt herzustellen. Er wollte nicht warten, bis sie in den Orbit eintraten. Eine Ewigkeit schien zu vergehen, ohne daß jemand auf die Kommunikationssignale reagierte. Dann meldete der Klingone schließlich, daß jemand antwortete.

»Auf den Schirm«, sagte Riker. Er trat vor und konnte es gar nicht abwarten, endlich mit einem Zakdorn zu sprechen. Er hoffte, hier und jetzt einige Rätsel seiner Mission zu lösen.

Der Wandschirm präsentierte einen Humanoiden, dessen Anblick den Ersten Offizier überraschte. Das Geschöpf wirkte ergraut und irgendwie ausgelaugt und schien sich damit dem Erscheinungsbild jener Schiffe angepaßt zu haben, die es beaufsichtigte. Ein Schatten von Ärger verdunkelte das Gesicht des Zakdorn – vielleicht war er gerade mit einer für ihn wichtigen Angelegenheit beschäftigt gewesen. Die Falten zwischen den typischen Hauptlappen schienen noch ausgeprägter zu sein als sonst.

»Ich bin Commander William Riker vom Föderationsschiff *Enterprise*«, sagte Will freundlich.

»Klim Dokachin, Quartiermeister des Depots Z eins fünf.« Die Stimme des Zakdorn klang scharf und abweisend.

»Wir brauchen Informationen über ein vulkanisches Schiff, die *T'pau*«, fuhr Riker fort. »Man schickte es vor einigen Jahren hierher.«

»Haben Sie einen Termin vereinbart?«

Der Erste Offizier zweifelte nicht daran, daß man ihm seine Verblüffung deutlich ansah. Mit einer solchen Frage hatte er nicht gerechnet.

»Einen Termin? Nein, ich ...«

»Dann kann ich Ihnen leider nicht helfen. Wenden Sie sich ans Sekretariat.«

Damit unterbrach der Zakdorn die Verbindung. Er verschwand vom Wandschirm, und die Sterne kehrten ins große Projektionsfeld zurück. Riker wandte sich fassungslos an Deanna Troi. »Für wen hält sich der Bursche?«

In den Augen der Counselor zeigte sich ein amüsiertes Funkeln, als sie entgegnete: »Für den Quartiermeister des Depots von Qualor Zwei, Commander. Außerdem hat er Informationen, die wir benötigen.«

Riker dachte darüber nach. Deanna hatte ihm gerade zu verstehen gegeben, daß er eine andere Taktik benutzen mußte, um die erforderlichen Auskünfte von dem sturen alten Bürokraten zu bekommen. Er atmete tief durch. »Na schön. Mr. Worf. Stellen Sie einen weiteren Kom-Kontakt her.«

»Ja, Sir.«

Kurz darauf blickte Dokachin erneut vom Wandschirm und schien noch etwas ungehaltener zu sein. Riker lächelte betont freundlich. »Mr. Dokachin ...«

»A*h*chin«, unterbrach ihn der Zakdorn sofort. »Klim Doka*h*chin.«

Der Erste Offizier seufzte innerlich. »Mr. Doka*h*chin ... Die von uns benötigten Informationen sind von großer Bedeutung für die Föderation.«

»Ach?« erwiderte der Quartiermeister unbeeindruckt.

»Ich benötige den Zugriff auf Ihre Logbücher und Dateien.« Riker legte eine kurze Pause ein, aber Dokachin reagierte nicht. »Es wird nicht lange dauern. Und meine Leute erledigen die Arbeit.«

Stille folgte. Der Zakdorn strich sich übers Kinn, trommelte mit den Fingern und sah an die Decke. Schließlich sagte er: »Ich erlaube Fremden nicht, in meinem Computersystem herumzuschnüffeln.«

»Wie Sie meinen. Beauftragen Sie einen Ihrer Mitarbeiter.« Das Wie spielte für Riker keine Rolle – wichtig war nur, daß er die Informationen bekam.

»Leider sind meine Assistenten alle sehr beschäftigt.«

Es kostete Will große Mühe, ruhig zu bleiben. Alles in ihm drängte danach, dem Zakdorn die Meinung zu sagen.

»Was schlagen Sie also vor?« fragte er.

»Derzeit gar nichts. Setzen Sie sich noch einmal mit mir in Verbindung, wenn Sie in der Umlaufbahn sind.«

Damit ging auch der zweite Kom-Kontakt zu Ende. Rikers Blick wanderte zu Troi, und er bebte förmlich vor Empörung. »Ich fasse es einfach nicht.«

Um Deannas Lippen spielte ein Lächeln. »Er ist der König seines kleinen Reiches, Commander. Dementsprechend will er behandelt werden.«

Riker sah sie an und erwiderte so leise, daß nur Troi ihn hörte: »Diese Aufgabe überlasse ich dir.«

Und damit nahm er Platz. Als Kommando-Offizier mußte man auch in der Lage sein, Verantwortung zu delegieren. Unter den gegenwärtigen Umstände war Riker gern dazu bereit.

Counselor Deanna Troi unterdrückte ein Lächeln, als Riker es ihr überließ, sich mit Klim Dokachin zu verständigen. Diese Entscheidung des Ersten Offiziers überraschte sie nicht, und sie konnte ihm deshalb auch keine Vorwürfe machen – der Zakdorn war ein echtes Ärgernis. Einem ungeduldigen Mann wie Riker fiel es schwer, das anmaßende Verhalten eines Dokachin einfach hinzunehmen.

Es belastete Deanna nicht, daß es nun ihr zukam, eine Vereinbarung mit dem Quartiermeister zu treffen. Mit solchen Dingen kannte sie sich aus. Als Counselor der *Enterprise* fand sie großen Gefallen daran, sich mit exotischen Persönlichkeiten zu befassen.

Je mehr Völker sie kennenlernte, desto mehr wurden ihr die Konstanten bewußt. Das Gemeinsame in Hinsicht auf die psychischen Strukturen der meisten Spezies war stärker als das Trennende. Fast alle intelligenten Geschöpfe reagierten positiv auf Fürsorge, Freundlichkeit, Anteilnahme und Verständnis, während sie Aggressivität, Unhöflichkeit, Unempfindlichkeit und Demütigung für etwas Negatives hielten. Das bedeutete: Für gewöhnlich durfte Deanna ihren empathischen Instinkten vertrauen, wenn sie es mit Fremden zu tun bekam.

Troi erschien es nicht besonders problematisch, mit Klim Dokachin fertig zu werden. Es kam nur darauf an, ein wenig seinem Ego zu schmeicheln – damit ließen sich alle Türen öffnen. Bei ihm bildeten Persönlichkeit und Arbeit eine untrennbare Einheit. Die Erfüllung der Pflicht war sein Lebensinhalt und gab ihm Befriedigung;

dafür wollte er Anerkennung und Respekt. Es sollte relativ einfach sein, seine Wünsche zu erfüllen.

Die Counselor blickte zum Bildschirm und sah vorbeigleitende Sterne, während die *Enterprise* den Warpflug nach Qualor Zwei fortsetzte. So etwas wie Melancholie regte sich in ihr. Seit einer Weile herrschte im Zentrum ihrer Persönlichkeit ein ziemliches Durcheinander. Immer wieder dachte sie über ihr Leben nach und versuchte, Prioritäten zu setzen. Der Vorgang gefiel ihr nicht sonderlich. Normalerweise neigte sie zu Gleichmut und nahm das Leben so, wie es kam, was auch immer es ihr bescheren mochte – ohne dabei Furcht zu empfinden oder sich Sorgen zu überlassen.

Doch vor kurzer Zeit war etwas geschehen, durch das sie sich völlig verändert fühlte. Die Ereignisse hatten sich über einen Zeitraum von nur zwanzig Stunden erstreckt, und Deanna wußte: Sie konnte nie wieder zu ihrem alten Selbst zurückkehren.

Seltsame Umstände hatten zu einer einzigartigen Situation geführt. Einmal mehr erinnerte sie sich ... Zusammen mit Chief O'Brien weilte sie auf der Brücke, während sich Riker woanders aufhielt und der Captain die drei Gewinner eines von der Bordschule veranstalteten wissenschaftlichen Wettbewerbs durchs Schiff führte. Unglücklicherweise wurde die *Enterprise* von Quantenfragmenten getroffen, wodurch fast alle Bordsysteme ausfielen. Der Brückenoffizier Lieutenant Monroe starb.

Auch die interne Kommunikation funktionierte nicht mehr, und dadurch war der Kontrollraum vom Rest des Schiffes abgeschnitten. Von den Personen, die sich auf der Brücke befanden, bekleidete Deanna den höchsten Rang, und das bedeutete: Sie mußte die Pflichten des Captains wahrnehmen.

Zuerst geriet sie fast in Panik. Sie wußte nicht genau, was es in solchen Notfällen zu unternehmen galt. Wenn O'Brien und Fähnrich Ro nicht gewesen wären ... Dann hätte sie vielleicht versucht, der ungewohnten Verantwortung irgendwie auszuweichen.

Doch die Situation verlangte mutige Entscheidungen. Ro betonte, es müsse auf eine ganz bestimmte Weise gehandelt werden, doch Deanna lehnte es ab, ihren Rat zu beherzigen. Statt dessen vertraute sie ihren Instinkten – was sich als richtig erwies.

Der Geschmack von Blut. Troi schauderte innerlich. Dieses Konzept war ihr vom Studium terranischer Tiere her bekannt. Wenn ein neugeborenes Raubtier seine Mutter verlor, so konnte es gezähmt werden, sofern man sich kurz nach der Geburt seiner annahm. Aber wenn es Gelegenheit bekam, zu töten und Blut zu schmecken... Dann kehrte es zu seiner wahren Natur zurück und gab sich nicht damit zufrieden, gezähmt worden zu sein.

Seit Deanna Gelegenheit gehabt hatte, das Kommando über die *Enterprise* zu führen, kreisten ihre Gedanken häufig um diese Metapher. *In gewisser Weise habe auch ich Blut geleckt,* kam es ihr in den Sinn. Nichts anderes konnte sie mit einer solchen Erregung erfüllen. Sie nahm auch weiterhin ihre Pflichten als Bordcounselor wahr, und bestimmt ahnte niemand etwas von ihren aus den Fugen geratenen Empfindungen. Doch die Welt der *Enterprise* erschien ihr plötzlich farblos. Sie sehnte sich nach neuem Glanz in ihrem Leben, nach etwas Außergewöhnlichem, das eine ganz neue Intensität in ihr Leben bringen würde.

Wenn sich ihre Mutter an Bord befunden hätte... Bestimmt wäre sie sofort auf die neue Sehnsucht der Tochter aufmerksam geworden – um anschließend eine Lösung des Problems vorzuschlagen, die Deanna nicht behagte. Lwaxana wollte sie noch immer dazu bewegen, die berufliche Laufbahn bei Starfleet aufzugeben, nach Betazed zurückzukehren, dort zu heiraten und Kinder zu haben. Die Counselor glaubte, daß sie eines Tages dazu bereit sein mochte – aber jetzt noch nicht. Außerdem ging es Lwaxana vor allem darum, endlich Großmutter zu werden; ob es Deanna tatsächlich nach Haus und Herd verlangte, spielte für sie nur eine untergeordnete Rolle.

»Wir nähern uns dem orbitalen Depot von Qualor Zwei«, meldete Worf, und Deanna merkte, daß die grollende Stimme des Klingonen ihr neuen Halt gab, sie lenkte von dem Aufruhr in ihrem Innern ab. Erneut sah sie zum Schirm, der nun einen unglaublichen Anblick bot: Ein gewaltiger Friedhof für Raumschiffe erstreckte sich vor der *Enterprise* – Hunderte, Tausende von alten, ausgemusterten Schiffen. Die stumme, reglose Armada wirkte verstörend, fast gespenstisch. Troi dachte an die vielen Geschichten, die mit jenen Raumern verbunden waren, an Geheimnisvolles und Rätselhaftes. Und sie fragte sich, ob sie jemals wieder die heiße Erregung eines atemberaubenden Abenteuers spüren würde.

Eigentlich wußte Deanna nicht genau, wonach sie suchte. Aber wenn sie es fand ... Sie zweifelte nicht daran, daß sie es auf den ersten Blick erkennen würde.

Nach dem Retransfer an Bord der *Enterprise* betrat Klim Dokachin einen Turbolift und versuchte, das Schwindelgefühl zu verdrängen. Die Transportertechnik war auf seinem Heimatplaneten eingeführt worden, als die Zakdorn Mitglieder der Föderation geworden waren, und der Quartiermeister hatte sich noch immer nicht daran gewöhnt. Zuerst war er entschlossen gewesen, die Starfleet-Offiziere zu sich kommen zu lassen – immerhin wollten sie etwas von *ihm,* und nicht umgekehrt. Doch dann gab er der Neugier nach. Man erhielt nicht jeden Tag Gelegenheit, ein so wundervolles Schiff wie die *Enterprise* zu besuchen.

Als sich die Tür des Turbolifts öffnete und Dokachin die Brücke betrat, war er froh über seine Entscheidung.

Er fühlte die Aufmerksamkeit der Offiziere, als er sich

umsah. Glücklicherweise trug er die beste Kleidung, ausgestattet mit den Verdienstemblemen, die ihm im Laufe der Jahre verliehen worden waren. Den Starfleet-Leuten mußte also klar sein, daß er kein Anfänger war.

Während er den Blick durch die Zentrale des Föderationsschiffes schweifen ließ, spürte er die Unruhe der anwesenden Besatzungsmitglieder. Der große, bärtige Mann, mit dem er bereits gesprochen hatte, wirkte recht ungeduldig. Nun, sollte er noch etwas länger warten. Klim Dokachin war bestrebt, seine Autorität herauszustreichen und sich nicht unter Druck setzen zu lassen.

»Danke dafür, daß Sie an Bord gekommen sind, Mr. Dokachin«, sagte der Bärtige. Es ging ihm ganz offensichtlich darum, eine freundliche Atmosphäre zu schaffen, um die gewünschten Auskünfte zu erhalten. Nun, vielleicht würde er so darauf reagieren, wie man es hoffte – oder auch nicht. Zuerst wollte er einen besseren Eindruck von der Situation gewinnen, um anschließend zu entscheiden, ob er den Besuchern die angeblich so wichtigen Informationen gab.

Er schlenderte über die Rampe, sah sich Operatorstation und Navigationskonsole an. Alles war in einem makellosen Zustand und funktionierte einwandfrei. Nie zuvor hatte Dokachin ein besseres Raumschiff gesehen.

»Nicht schlecht«, kommentierte er nach einer Weile.

Der Bärtige folgte ihm und versuchte, zur Sache zu kommen. »Wir haben eine Verbindung zu Ihrem Computersystem hergestellt. Wenn Sie jetzt bitte die Daten abrufen könnten ...«

Dokachin setzte die Besichtigungstour fort; sie führte ihn zu anderen Konsolen und dem vorderen Turbolift. »Ich sehe praktisch nie Schiffe, die in einem so guten Zustand sind. Wenn sie bei mir eintreffen, fallen sie auseinander, mehr oder weniger.«

Aus den Augenwinkeln sah Dokachin, wie der Bärtige den Kopf drehte und jemanden ansah – eine Frau, die einen hautengen grauen Overall trug. Sie kam näher, und der Zakdorn wandte sich ihr zu.

Er sah ein Geschöpf, wie es schöner kaum sein konnte.

Bisher hatte er Menschen nicht für besonders attraktiv gehalten – bei ihnen spannte sich die Haut viel zu straff über den Knochen. Diese Frau schien menschlichen Ursprungs zu sein, doch ihre Augen unterschieden sich von denen anderer Terraner, sie waren völlig schwarz. Das galt auch für ihr Haar. Und die Haut ... Sie hätte ein ganzes Stück schlaffer sein und mehr Falten aufweisen können, aber sie wirkte herrlich weich.

»Wir müssen ein ganz bestimmtes Raumschiff finden, Mr. Dokachin, und nur Sie können uns dabei helfen.« Die Frau sprach sanft, und Freundlichkeit leuchtete in ihren Augen, als sie lächelte. Der Quartiermeister begriff plötzlich: Die Attraktivität der Fremden beschränkte sich nicht nur aufs Äußerliche. In ihrem Innern schimmerte eine prächtige Seele und hüllte sie in das Licht der Schönheit.

»Wer sind Sie?« fragte er.

»Ich heiße Deanna Troi und bin die Bordcounselor.«

Dokachin trat einen Schritt auf sie zu und nickte in Richtung des Bärtigen. »Er denkt wahrscheinlich, daß wir hier draußen nicht viele hübsche Frauen sehen, weshalb wir bereit sind, jemandem wie Ihnen zu helfen.« Er freute sich darüber, die Absichten des Terraners durchschaut zu haben.

Dann blickte er erneut in die dunklen Augen. »Nun, mit dieser Annahme könnte er durchaus recht haben.« Er ging zu einer der rückwärtigen Stationen, und die Frau folgte ihm, ebenso der Bärtige. Einige Sekunden später erreichte Klim ein Computerterminal, gab Anweisungen ein und hoffte, daß die Counselor sein Geschick bemerkte.

»Es geht um die *T'Pau,* nicht wahr? Ein vulkanisches Schiff ...« Er gestikulierte, als Datenkolonnen über den

Schirm wanderten. »Da haben wir's. Ankunft Sternzeit vier eins drei drei vier.«

»Wo befindet sich das Schiff jetzt?«

Dokachin blickte auf, als er eine neue Stimme vernahm. Die betreffende Person hatte dunkle Haut und trug ein silbernes Gerät vor den Augen. Vielleicht ein Nichtmensch; der Zakdorn war nicht ganz sicher.

»Am Liegeplatz«, erwiderte er. »Sektion achtzehn Gamma zwölf. Möchten Sie, daß ich Sie dorthin bringe?«

»Das wäre sehr freundlich von ihnen«, bemerkte der Bärtige.

»Steuermann ...« Dokachin sprach nun in einem befehlenden Tonfall. »Kurs eins vier eins zu zwei null acht. Langsam voraus. Geschwindigkeit zwohundert Stundenkilometer.« Die Besucher sollten sehen, wie gut er sich im Depot auskannte. Vermutlich war er schon damit vertraut gewesen, als einige von ihnen noch gar nicht geboren waren.

Klim stellte fest, daß der Steuermann den Befehl erst ausführte, als der Bärtige nickte. Darüber ärgerte er sich – bis er einmal mehr dem Blick der schwarzen Augen begegnete.

»Es ist sicher sehr schwer, bei so vielen Raumschiffen die Übersicht zu behalten. Wie schaffen Sie das?«

Dokachin lächelte. Er hatte die Counselor gleich für recht neugierig gehalten. Sicher würde sie die Genialität im Klassifizierungssystem mit Dutzenden von Unter- und Subsektionen erkennen. Klims Kollegen fanden es so komplex, daß es ihnen schwerfiel, die Einzelheiten zu verstehen. Ganz anders diese Frau. Bestimmt eröffneten sich ihr die organisatorischen Feinheiten in allen Details. Und wenn das geschah, blieb Deanna Troi gar nichts anderes übrig, als sein Talent für effiziente Organisation zu bewundern.

»Nun ...« Klim schob sich noch etwas näher an sie heran. »Das erste Problem besteht in der Anfangskategorisierung. Man könnte glauben, das sei ganz einfach, aber die meisten geraten schon dabei in Schwierigkeiten.«

Die Frau nickte, und Dokachin wußte, daß er ihr Interesse geweckt hatte.

Riker behielt den Bildschirm im Auge, als sich die *Enterprise* dem ›Liegeplatz‹ der *T'Pau* näherte. Mit nur zweihundert Kilometern pro Stunde krochen sie durch das riesige Depot, wobei sie immer wieder Schiffen auswichen. Dann und wann bekam der Erste Offizier Gelegenheit, einen Namen oder eine Registrierungsnummer zu lesen. Einmal verkündete Worf, daß sie die *Ghandi* passierten, einen legendären Raumer, mit dessen Missionen sich Riker an der Akademie beschäftigt hatte. Die letzten Forschungsflüge der *Ghandi* waren damals Thema einer Junior-Dissertation. Es verblüffte – und betrübte – ihn nun, jenes Schiff zu sehen, über dessen Crew er geschrieben hatte. Antriebslos hing es im All, eine ausgebrannte Hülle, das Opfer von Gewalt während einer friedlichen Mission. Man hätte meinen können, der Name sei diesem Raumschiff zum Schicksal geworden. Riker legte kurz die Hand aufs Herz, als die *Enterprise* an dem Wrack vorbeischwebte.

Die ganze Zeit über hörte er Klim Dokachins Monolog. Mit erschöpfender Liebe zum Detail beschrieb der Zakdorn, wie er über die vielen Schiffe Buch führte. Riker konzentrierte sich kurz auf die Stimme.

»... und dann muß man auch Subkategorien für die Tonnage berücksichtigen. Einige ziehen es vor, nach dem Antriebssystem einzuteilen, aber meiner Ansicht nach wird dadurch die Abgrenzung erschwert. Ein Schiff der Galaxis-Klasse wie die *Enterprise* verfügt über einen Fünf-Phasen-Reaktor. Aber das kann auch bei einem kleinen Scout der Fall sein. Solche Einteilungen können also eine Menge Verwirrung stiften.«

»In der Tat«, bestätigte Troi.

Riker schmunzelte und stellte sich vor, wie Deannas Augen immer glasiger wurden.

»Commander ...«, erklang Worfs Baß. »Wir nähern uns den Zielkoordinaten.«

»Auf den Schirm«, sagte Riker. Alle blickten zum Projektionsfeld, in der Erwartung, das vulkanische Schiff zu sehen.

Doch vor ihnen war nur der leere Weltraum.

Klim Dokachins Kinnlade klappte nach unten, als er zum Sektor achtzehn Gamma zwölf sah und feststellen mußte, daß sich dort kein Raumschiff befand. In der einen Sekunde faszinierte er seine Zuhörerin mit Beschreibungen der Depotverwaltung – und in der nächsten schien der Wandschirm einen Beweis seiner Inkompetenz zu präsentieren.

Er stand auf und trat langsam zum Projektionsfeld. »Wo ist das Schiff?« brachte er hervor und starrte ins All, als könnte er die *T'Pau* allein mit Willenskraft erscheinen lassen. »Was ist hier passiert?« *Überprüfe die Koordinaten,* sagte ihm eine innere Stimme. Er schritt zum Computerterminal und berührte vorsichtig eine Schaltfläche nach der anderen. Ein Blick über die Schulter teilte ihm mit: Das vulkanische Schiff fehlte noch immer.

»Die Koordinaten stimmen«, kam es leise von seinen Lippen. Es klang fast wie eine Entschuldigung.

»Die *T'Pau* wird vermißt?« fragte der Bärtige.

»Die *T'Pau ...*«, begann Dokachin und sah wieder zum Bildschirm, der ihm noch immer nicht das zeigte, was er sehen wollte, »... ist verschwunden.«

Der Bärtige kniff die Augen zusammen. »Wie kann ein Raumschiff einfach so aus Ihrem Depot verschwinden?«

Klim fühlte sich in die Enge getrieben und sah seinen beruflichen Stolz in Gefahr. Er holte tief Luft und wandte sich wieder der Konsole zu – auf keinen Fall wollte er wie ein Versager dastehen.

»Ich bin nicht daran gewöhnt, Dinge zu verlieren, Commander«, sagte er fest. »Ich finde Ihr Schiff.« Seine Finger huschten über die Schaltfelder. »Die Daten der *T'Pau* sind mit vier anderen Dateisystemen verknüpft.«

»Als man das vulkanische Schiff hierherbrachte ... wurden Waffen, Sensorsysteme und so weiter demontiert?« Diese Frage stammte von dem dunkelhäutigen Mann mit dem Gerät vor den Augen.

»Natürlich«, entgegnete Dokachin, der sich weiter bemühte, den vermißten Raumer zu finden.

»Was ist mit dem Navigationsdeflektor geschehen?«

Klim sah auf den Monitor. Er hatte eine *T'Pau*-Datei geöffnet und wußte, wohin die demontierten Apparaturen gebracht worden waren. »Man transferierte ihn zur *Tripoli*, einem Schiff am Rande des Depots.«

»Dort befindet er sich nicht mehr«, warf der Bärtige ein. »Die Reste des Deflektors liegen in unserer Frachtkammer.«

Furcht stieg in Dokachin empor, als er begriff: Es war etwas geschehen, das sich seiner Kontrolle entzog. Er hatte seinen Aufzeichnungen, Dateien und Kategorisierungssystemen vertraut, und nun schien sich das alles einfach aufzulösen. Wenn der Computer behauptete, daß sich bestimmte Gegenstände an einem bestimmten Ort befanden – dann mußten sie auch dort sein. Andernfalls war auf *nichts* mehr Verlaß.

»Wie kann das möglich sein?« flüsterte er.

»Vielleicht sollten wir der *Tripoli* einen Besuch abstatten«, meinte der Bärtige.

Dokachin hatte plötzlich Angst vor dem, was sie am Rand des Depots erwartete.

Natürlich machten sie sich trotzdem auf den Weg. Klim nannte dem Steuermann die Koordinaten und versuchte, dabei ebenso energisch zu klingen wie beim erstenmal. Anschließend glitt die *Enterprise* erneut durch den Schiffsfriedhof. Dokachin schwieg, während er fieberhaft nach einer Erklärung für das fehlende Schiff suchte. Mehrere Möglichkeiten kamen ihm in den Sinn, doch keine hielt einer genaueren Überprüfung stand. Alles deutete darauf hin, daß ihm ein Fehler unterlaufen war. Die *T'Pau* befand sich nicht in Sektor achtzehn Gamma zwölf, sondern an einem anderen, ihm unbekannten Ort. Bei wem lag die Schuld? Hatte irgendein junger Operator das Schiff einem anderen Sektor zugewiesen und falsche Daten im elektronischen Logbuch hinterlassen?

Nein, ausgeschlossen. Klim überprüfte die Aufzeichnungen immer, um solchen Fehlern vorzubeugen. Langsam sank er in einen Sessel und spürte dabei, wie sich ein schweres Gewicht aus Kummer und Elend auf ihn herabsenkte.

»Bestimmt gibt es einen Grund für diese Sache, Mr. Dokachin – und wir werden ihn finden.« Die sanften Worte kamen von der wundervollen Frau mit der wundervollen Stimme und dem wundervollen Mitgefühl. Klim sah in die großen dunklen Augen und gab sich bereitwillig ihrem Trost hin. Zum erstenmal seit geraumer Zeit fand er genug Kraft, um wieder zu sprechen.

»Seit die Zakdorn das Depot verwalten, ist nie etwas verlorengegangen«, versicherte er der Counselor. »Nie.« Er fühlte sich besser, als sie voller Anteilnahme nickte. »Eins steht fest: jemand wird dafür zur Rechenschaft gezogen. Ich stelle Ermittlungen an. Wer auch immer die Verantwortung trägt ...«

»Wir nähern uns den Koordinaten der Tripoli, Sir«, meldete der Klingone. Dokachin spürte, wie sich neuerliches Unbehagen in ihm regte. Der Bärtige sah zu ihm.

Er bemühte sich, gelassen zu wirken.

»Auf den Schirm«, sagte der Mann mit dem Bart.

Die Tripoli befand sich nicht an dem ihr zugewiesenen Platz.

Dokachin riß fassungslos die Augen auf. »Ich verstehe das nicht. Es ist … unmöglich.« Seine ganze Welt brach zusammen; nichts ergab mehr einen Sinn.

»In regelmäßigen Abständen beamen wir Ausrüstungsmaterialien zur Tripoli«, fügte Klim verzweifelt hinzu. »Gestern erfolgte eine Lieferung, und für heute ist ebenfalls eine geplant. Das Schiff muß hier sein.«

»Wann soll der Transfer stattfinden?«

»In gut zwei Stunden. Er betrifft mehrere Deuteriumtanks.«

Der Bärtige dachte einige Sekunden lang nach und wandte sich dann an die Navigationsstation. »Fähnrich … Richten Sie die *Enterprise* so aus, daß man sie für eins der hier deponierten Schiffe hält. Mr. LaForge, deaktivieren Sie das Triebwerk und alle Bordsysteme, sobald wir in Position sind. Nur Sensoren und Lebenserhaltung bleiben aktiv.«

»Aye, Sir.«

Der Mann näherte sich dem Sessel, der dem Kommandanten vorbehalten war.

»Vermutlich kommt bald jemand, um die nächste Lieferung in Empfang zu nehmen. Ich bin gespannt, wer das sein wird.«

Dokachin fühlte sich besser, als er Autorität und Selbstbewußtsein in der Stimme des Bärtigen hörte. Er sah die Frau an, und wieder schenkte sie ihm ein freundliches Lächeln. Zum erstenmal verband ihn so etwas wie Kameradschaft mit diesen Starfleet-Leuten. Was auch immer geschah – es betraf sie alle, nicht nur ihn allein.

8

Diesmal wußte Picard, daß es sich um einen Traum handelte, und er versuchte, sich aus ihm zu befreien. Kalter grauer Nebel hielt ihn fest, und er brüllte zornerfüllt und fühlte sich hilflos. Etwas abseits stand ein Mann und trachtete danach, ihm zu helfen. Oder war es gar keine andere Person, sondern ein zweiter Picard? *Wer* war dort? Er war bemüht, sich dem Fremden zu nähern, doch die eisigen Schwaden gewannen plötzlich Substanz und hielten ihn zurück.

Nie zuvor hatte er so gefroren. Es war eine bittere, feuchte Kälte, die ihm durch Knochen und Muskeln kroch, ihn mit Schmerzen lähmte. Außerdem erfüllte sie ihn mit solcher Trauer, daß er schluchzte. Doch schon kurze Zeit später wich der Kummer Zorn, der rasch in ihm wuchs, immer mehr anschwoll, bis er den ganzen Kern seines Selbst ausfüllte. Picard heulte und schrie, bis ihm die brennende Wut Wärme brachte.

Nein! Diese Schwäche ist abscheulich! Ich hasse sie! Wohin ist die Logik? Verraten bin ich … verraten … verraten …

Jemand leistete ihm Gesellschaft. Vielleicht jener Mann, den er zuvor gesehen hatte? Wer war er? Er versuchte, ihn aus dem Nebel zu ziehen. Licht erschien in den Tiefen der farblosen Schwaden, glühte heller und dehnte sich aus, vertrieb den kalten Dunst. Eine Kugel schwebte näher, eine Kugel aus Licht und Wärme, Licht und Wärme …

Wo war der Fremde geblieben?

Picard öffnete die Augen und begegnete Datas besorgtem Blick.

»Sir? Vielleicht haben wir uns jetzt lange genug mit den Daten über Romulus beschäftigt. Möchten Sie nun zu Bett gehen?«

Picard hob den Kopf und stellte fest: Er weilte noch immer in der kleinen Kammer, die man ihm und dem Androiden an Bord der *Kruge* als Quartier zur Verfügung gestellt hatte. Er fühlte sich, als sei er stundenlang in dem sonderbaren Traum gefangen gewesen.

»Wie lange habe ich geschlafen, Mr. Data?« fragte er heiser. Sein Gaumen war völlig ausgetrocknet.

»Sie haben nur kurz die Augen geschlossen, Sir. Für ein oder zwei Sekunden.«

Picard starrte den Androiden an und blickte dann auf den Datenblock. Sie hatten sich mit der romulanischen Kultur befaßt, doch seitdem schienen mehrere Stunden vergangen zu sein. Er griff nach dem Gerät, betätigte einige Tasten und suchte nach einer Möglichkeit, in die Normalität zurückzufinden, alle seltsamen Empfindungen aus sich zu vertreiben. Er rückte das Display des Datenblocks in den Mittelpunkt seiner Aufmerksamkeit, konzentrierte sich so sehr darauf, daß ihm schon bald die Augen brannten. Daraufhin senkte er die Lider und sammelte seine ganze innere Kraft, um sich selbst unter Kontrolle zu bringen.

Sarek war Teil von ihm. Wenn er schlief, näherte sich das Ich des Vulkaniers, kroch in sein Selbst und wurde *zu ihm. Während er sich Spock näherte, gewann Sareks Präsenz eine immer deutlichere Ausprägung.*

Picard wandte ruckartig den Kopf, als K'Vada plötzlich hereinkam. Der klingonische Captain wirkte noch immer verärgert, aber Jean-Luc fühlte keine Gefahr, sondern etwas anderes. Trug jener Mann eine Bürde aus Einsamkeit? Verwirrt sah er zu ihm auf.

»Wir haben die Subraum-Kanäle überwacht und dabei

eine Meldung empfangen, die für Sie von Interesse sein dürfte, Captain.« Er hob eine Datenfolie. Picard nahm sie entgegen, warf einen kurzen Blick darauf – und versteifte sich innerlich.

»Danke«, sagte er, und es fiel ihm schwer, seine Stimme normal klingen zu lassen.

K'Vada starrte ihn an und schien mit mehr zu rechnen. Als der Captain auch weiterhin schwieg, drehte er sich schließlich um und marschierte aus der Kammer.

Data wartete geduldig auf eine Erklärung. Picard drehte sich zu ihm um und sagte langsam:

»Sarek ist tot.«

Als er die Worte aus dem eigenen Mund hörte, gewannen sie Realität und überzeugten Picard davon, daß er sich nicht erneut in einem Traum befand. Die viel zu kleine Unterkunft, das matte Licht, der unbequeme Stuhl, Data, der ihn aus gelben Augen ansah ... Das alles war real. Ebenso wie die Datenfolie und ihre Botschaft.

Picard nahm Platz und fühlte sich desorientiert. Das Zimmer schien sich um ihn herum zu drehen, als er den Blick erneut auf die Mitteilung richtete.

Kurz darauf spürte er einen Hauch eisiger Kälte und schauderte.

Riker hätte am liebsten laut gelacht. Oder geschrien. Die Anspannung in ihm verlangte irgendein Ventil. Er dachte daran, aufzustehen und eine unruhige Wanderung durch den Kontrollraum anzutreten. Statt dessen blieb er im Kommandosessel sitzen und starrte zum Wandschirm, als könnte er jeden Augenblick die Antwort auf folgende Frage präsentieren: Wer war der Empfänger der Materialien, die zu einem gar nicht existierenden Frachter gebeamt wurden?

Das Herz des Ersten Offiziers schlug immer rasender, und der Puls hämmerte in den Schläfen. Riker genoß diese von einem hohen Adrenalinspiegel bewirkte Erregung, denn sie rief Gefühle in ihm wach, die sonst nicht zu seiner Erlebniswelt gehörten. Er kam sich vor wie ein Jäger, der auf die Beute lauerte, wie ein Krieger, der sich anschickte, in den Kampf zu ziehen. Stammten diese Emotionen vielleicht aus der kollektiven Erinnerung der Spezies? Wie dem auch sein mochte: Riker kostete sie voll aus, während er darauf wartete, daß die kalte Schwärze des Alls ihn mit dem Unbekannten konfrontierte.

Die belastende Unruhe war von ihm gewichen.

Rikers Blick galt auch weiterhin dem Wandschirm, der ihm nur den Weltraum und Sterne zeigte. Nirgends rührte sich etwas. Nirgends zeigte sich etwas Ungewöhnliches ...

»Commander«, knurrte Worf, »die Sensoren orten ein fremdes Schiff, das sich mit Warpgeschwindigkeit nähert.«

Das Trommeln in Rikers Schläfen wurde noch schneller und lauter.

»Identifizierung?«

»Negativ. Wir empfangen weder Transpondersignale noch ein Subraum-ID.«

»Klingt ganz so, als wollte jemand nicht identifiziert werden«, kommentierte Geordi.

»Das Schiff beendet den Warptransfer«, brummte Worf.

Riker starrte wieder auf den Schirm, konzentrierte sich ganz darauf und hielt nach einem Raumschiff Ausschau. Schließlich entdeckte er einen blassen Fleck.

»Vergrößerung«, sagte er. Sofort wurde der Fleck größer und bekam Konturen.

Ein großer, dunkler, unheilvoll anmutender Schatten glitt über das Projektionsfeld. Auf den ersten Blick waren mehrere Waffensysteme zu erkennen, doch Hoheitszeichen irgendeiner Art gab es nicht. Riker betrachtete das Schiff atemlos und spürte, wie es noch stärker in ihm prickelte. Die Konfrontation stand unmittelbar bevor.

»Die Sensorsondierung deutet auf ein schwer bewaffnetes Kampfschiff hin. Ursprung unbekannt.« Geordis ruhige Stimme bildete einen seltsamen Kontrast zu dem furchterregenden Anblick, den der fremde Raumer bot. »Masse und Dichte lassen volle Frachtkammern vermuten. Die von den Scannern ermittelten Daten deuten darauf hin, daß ein großer Teil der Ladung aus Waffen besteht.«

Riker beobachtete, wie das dunkle Schiff abdrehte und langsamer wurde.

»Es fliegt zum Sektor zwölf Beta drei«, verkündete Worf.

»Ganz offensichtlich will es die Position der Tripoli einnehmen«, warf der Zakdorn ein. »Die Koordinaten stimmen überein.«

»Energetische Aktivität, Commander«, sagte Geordi. »Der Transfer hat begonnen.«

Dokachin schnaufte empört. »Die Fremden nehmen meine Deuteriumtanks an Bord!«

»Volle Triebwerkskapazität, Mr. LaForge«, wies Riker den Chefingenieur an. »Und reaktivieren Sie auch die übrigen Systeme.«

Das geheimnisvolle Schiff hatte die Lieferung empfangen und wollte offenbar keine Zeit verlieren. »Ein Beschleunigungsmanöver beginnt, Sir«, meldete Worf.

»Externen Kom-Kanal öffnen«, erwiderte Riker und näherte sich dem Wandschirm.

»Kanal offen, Sir.«

»Hier spricht Commander William Riker von der *U.S.S. Enterprise.* Identifizieren Sie sich.«

Mehrere Sekunden verstrichen, ohne daß eine Antwort eintraf. Das Herz des Ersten Offiziers schlug nun so heftig, als wollte es ihm die Brust zerreißen. »Sie befinden sich in einem Föderationsdepot, und ich wiederhole: Identifizieren Sie sich.«

»Sir, die Fremden richten den Zielerfassungsfokus ihrer Phaserkanonen auf uns.«

»Schilde hoch. Alarmstufe Rot.«

Sirenen heulten, und rotes Licht pulsierte, wies alle Besatzungsmitglieder auf die Gefechtsbereitschaft der *Enterprise* hin. Riker spürte, wie nicht nur seine eigene Anspannung zunahm, sondern auch die der anderen Brückenoffiziere.

»Die Waffenstärke des fremden Schiffes ist durchaus mit der unsrigen vergleichbar, Commander«, sagte Geordi.

Mit anderen Worten: Ein Kampf konnte die *Enterprise* erheblichen Gefahren aussetzen. Der Wandschirm zeigte, wie sich das große Schiff langsam drehte und sich in Angriffsposition brachte.

Riker trat noch etwas näher an das Projektionsfeld heran. »Wenn Sie sich nicht identifizieren, müssen wir Sie als feindlich einstufen.«

»Das energetische Niveau in den Phaserkanonen steigt schnell an«, berichtete Worf. Nur eine Sekunde später fügte er lauter hinzu: »Waffensysteme werden aktiviert!«

Unmittelbar im Anschluß an diesen Hinweis donnerte es, und die *Enterprise* schüttelte sich. Das Licht flackerte, einige Offiziere verloren das Gleichgewicht und fielen zu Boden.

»Potential der Bugschilde auf zweiundsiebzig Prozent gesunken!« donnerte Worf.

»Zusätzliche Energie in die Schilde leiten!« rief Riker. »Mr. Worf, peilen Sie jetzt die Waffensysteme des Gegners an und ...«

Weiter kam er nicht. Der dunkle Raumer feuerte erneut, und die *Enterprise* erbebte noch heftiger als vorher. Funken stoben aus einigen Konsolen, und die Notbeleuchtung schaltete sich ein.

»Potential der Bugschilde auf achtundsechzig Prozent gesunken. Heckdeflektoren bei vierzig Prozent.«

»Mr. Worf, setzen Sie auf meinen Befehl hin die Phaser mit null Komma sieben fünf Normalenergie ein«, wies Riker den Klingonen an. »Wir werden den Fremden nur eine Lektion erteilen.« Geordi hatte zwar darauf hingewiesen, das andere Schiff sei der *Enterprise* ebenbürtig, aber der Erste Offizier wollte auf keinen Fall riskieren, es zu vernichten. Er erhoffte sich noch immer Antworten.

»Mr. Worf – Feuer!« befahl er, und der klingonische Sicherheitsoffizier reagierte sofort. Phaserstrahlen rasten durchs All, trafen an verschiedenen Stellen auf die Deflektoren des Gegners. Riker wußte, daß sie den großen Raumer nicht ernsthaft gefährden konnten, aber bestimmt weckten sie die Aufmerksamkeit der Crew.

»Die Bugschilde sind nicht mehr stabil, Sir«, berichtete Worf, und in seiner Stimme schwang dabei ein Hauch von Triumph.

»Eine Phaserbank ist zerstört, und offenbar kam es auch im Frachtbereich zu Schäden.« Geordi unterbrach sich kurz, als ihm ein Display die neuesten Sensordaten zeigte. Seine Stimme klang alarmiert, als er hinzufügte: »Sir, an Bord des fremden Schiffes kommt es zu starken energetischen Fluktuationen. Offenbar stammen sie von Explosionen! Und angesichts der vielen Waffensysteme, die der Raumer transportiert ... Er platzt auseinander!«

Trotz dieses Hinweises war Riker nicht auf das vorbereitet, was nun geschah.

Das dunkle Schiff explodierte in einem Kataklysmus aus Feuer und Flammen. Weitere Detonationen folgten schnell hintereinander, schleuderten glühende Trümmer Hunderte von Kilometern weit durchs All. Die Explosionen dauerten an, bis sich Riker kaum mehr vorzustellen vermochte, daß es überhaupt noch Materie gab, die explodieren konnte.

Schließlich blieb nichts mehr von dem Raumer übrig. Kleine Trümmerstücke schwebten hier und dort durchs All – auf dem Wandschirm waren sie deutlich zu sehen, obgleich die Entfernung viele tausend Kilometer betrug. Das letzte Glühen verblaßte, und dann gab es nur noch die Finsternis des Alls sowie das kalte Leuchten ferner Sterne.

Das große fremde Schiff schien nie existiert zu haben.

9

»Nun, Mr. Data, was halten Sie davon?« – Sie befanden sich noch immer in der winzigen Kammer an Bord des klingonischen Kreuzers *Kruge.* Picard reichte Data einen Spiegel; der Androide nahm ihn entgegen und blickte hinein.

Er sah das Ergebnis einer erstaunlichen Verwandlung. Seine Haut zeichnete sich jetzt nicht mehr durch anämisch anmutende Blässe aus, sondern hatte einen rötlichen Ton angenommen. Spezielle Linsen verliehen den gelben Augen ein sattes Braun; durch eine Prothese zeigten Kopf und Stirn die für Romulaner typischen knochigen Strukturen. Das zurechtgeschnittene Haarteil vervollständigte die Tarnung.

Beverly Crusher hatte ausgezeichnete Arbeit geleistet. Das wurde vor allem an Picards und Datas romulanischen Ohren deutlich. Sie bestanden aus synthetischen Biopolymeren und verbanden sich direkt mit der Haut, wenn man ein wenig Druck ausübte. Eine Naht oder dergleichen war nicht zu erkennen; die falschen Ohren wirkten ebenso natürlich wie die echten.

Data prüfte sein Erscheinungsbild eine volle Minute lang und sagte dann: »Ich bin sehr zufrieden, Sir. So etwas hätte ich nicht für möglich gehalten.«

Picard mußte zugeben, daß auch er skeptisch gewesen war, und er nahm sich vor, Beverly Crusher später zu danken.

An seiner eigenen Verwandlung gab es ebenfalls nichts auszusetzen. Die synthetischen Ohren fühlten sich zwar seltsam an, aber bestimmt dauerte es nicht lange, bis er sich daran gewöhnte. Das Haar hatte ihn zunächst ziemlich erstaunt. Wenn er sich damit im Spiegel betrachtete, glaubte er fast, das Porträt seiner Jugend zu sehen.

Sie hatten beide romulanische Kleidung angelegt; Data eine graue, einfach geschnittene Jacke und Picard einen braunen Umhang mit Stehkragen. Die Sachen stammten aus Replikatoren und waren aufgrund von authentischen Mustern produziert worden, die Starfleet Command zur Verfügung gestellt hatte.

»Ich freue mich bereits auf die Gelegenheit, das Ergebnis unserer Bemühungen zu testen, Sir. Es bleibt abzuwarten, ob uns die Romulaner in dieser Aufmachung als ihresgleichen akzeptieren.«

»Wir werden es bald herausfinden«, entgegnete Picard. Er wußte natürlich, daß sich Data nicht eigentlich *freuen* konnte, da ihm echte Emotionen fehlten. Seine Wortwahl bewies allerdings, daß er inzwischen gelernt hatte, menschliche Reaktionen auf bestimmte Umstände nachzuvollziehen. Jean-Luc fühlte die von dem Androiden nur vorgegebene Ungeduld. Er konnte es gar nicht abwarten, endlich nach Romulus zu gelangen. Die Phase der Inaktivität erwies sich als immer größere Belastung. Seit einigen Tagen hockten sie nun schon in der winzigen Kabine – sicher ein Grund für die wirren Träume. jetzt begann die Mission bald, und Picard hoffte, daß ihm dann jene seltsamen Visionen erspart blieben.

Sarek erschien nie in den Träumen, aber Picard wußte trotzdem, daß er zugegen war und sich irgendwo in der Nähe verbarg. Am Morgen erwachte Jean-Luc mit dem Gefühl eisiger Kälte und einer bedrohlichen Präsenz von intensiven, außer Kontrolle geratenen Emotionen. Manchmal überraschte er sich dabei, wie er den Namen Perrin murmelte.

Jeder Traum brachte die Furcht, daß Sarek zurückkehrte, daß er noch einmal in so gequält blickende Augen sehen mußte.

»Seit wir die Nachricht von Botschafter Sareks Tod erhalten haben, sind Sie sehr schweigsam und nachdenklich, Sir«, bemerkte Data.

Picard legte einige Gegenstände beiseite, die von Beverly stammten und ihnen geholfen hatten, ihre Tarnung zu vervollständigen. Er wußte, daß Datas Hinweis der Wahrheit entsprach. Seit einigen Tagen war er in sich gekehrt und verschlossen, er schreckte davor zurück, gründlich über alles nachzudenken.

»Zwischen Sarek und mir gab es eine besondere Verbindung«, erklärte er. Die Bemerkung des Androiden ließ ihm keine andere Wahl, als sich der Situation zu stellen. »Unsere Leben haben sich auf eine sehr ungewöhnliche Weise berührt. Deshalb ging mir sein Tod sehr nahe.«

Picard begriff, daß er den rationalen Aspekt betonte und eine Erklärung anbot, die alles Gefühlsmäßige ausklammerte. Er versuchte darüber hinwegzutäuschen, daß er noch nicht bereit war, seine Empfindungen zu prüfen.

»Unsere Mission hat sich verändert, zumindest für mich«, fuhr er fort und glaubte sich damit auf einem rhetorischen Terrain, das mehr Sicherheit versprach. »Wir sind beauftragt, die Hintergründe von Spocks Verschwinden zu klären. Jetzt geht es außerdem darum, ihm den Tod seines Vaters mitzuteilen.«

»Ich fürchte, das verstehe ich nicht ganz, Sir. Botschafter Spock ist Vulkanier. Müßte er im Tod nicht die logische Folge der Krankheit seines Vaters sehen?«

»So einfach ist das nie, nicht einmal für einen Vulkanier. Erst recht nicht für Spock, in dessen Adern auch menschliches Blut fließt.« Über Sarek und seinen Sohn zu reden ... Das fiel dem Captain leichter, als Einzelheiten seiner eigenen komplexen Beziehung zu ihnen beiden zu schildern. Er versuchte, jene beharrliche innere Stimme zu überhören, die ihn dauernd daran erinnerte, daß er etwas Wichtiges verdrängte. »Über viele Jahre hinweg bestand ein Konflikt zwischen Sarek und Spock. Jetzt haben sie keine Chance mehr, ihn zu überwinden.«

Data nahm sich einige Sekunden Zeit, um darüber nachzudenken. »Angesichts der hohen Lebenserwartung von Vulkaniern überrascht es mich, daß es Vater und Sohn nicht rechtzeitig gelang, ihre Differenzen beizulegen.«,

»Ja«, bestätigte Picard. »Das ist … unlogisch.« Er sah Data an und beneidete ihn, weil er nicht die Last menschlicher Gefühle mit sich herumzutragen hatte. »Sarek und Spock, beide stolz, beide stur … Sie sind – waren – sich ähnlicher, als sie selbst zugeben wollten. Und sie schafften es nicht, die im Verlauf eines langen Lebens konstruierten emotionalen Barrieren zu überwinden.«

Er schloß die Tasche mit Beverlys Utensilien. »Irgendwann ist es zu spät. Irgendwann begreift man, daß all die Dinge, die man sagen wollte, für immer unausgesprochen bleiben.«

Picard musterte den Androiden und fragte sich, ob Data auch nur einen Teil dessen verstand, was er ausdrücken wollte. »Ein solcher Moment ist sehr schwer. Und er bringt Einsamkeit. Genau das steht Spock nun bevor.«

Data neigte den Kopf ein wenig zur Seite und bemühte sich, die komplizierten Strukturen solcher Beziehungen zu verstehen.

Picard spürte einen kühlen Hauch und drehte sich um, sah jedoch nur eine kahle Wand.

Als Captain K'Vada sah, wie die beiden Starfleet-Offiziere als Romulaner verkleidet auf die Brücke kamen, lachte er schallend. Seiner Ansicht nach sahen sie absurd aus. Andererseits fand er, daß auch die *echten* Romulaner absurd aussahen mit ihren spitzen Ohren, geschwungenen Brauen und dieser seltsamen Hautfarbe.

»Na, das ist ja *sehr* beeindruckend!« rief er. Picard reagierte nicht darauf, und der Gesichtsausdruck des Androiden blieb praktisch immer unverändert. K'Vada konnte der Versuchung nicht verstehen, die beiden Passagiere zu verspotten. Er näherte sich Data, musterte ihn von Kopf bis Fuß. »Seien Sie vorsichtig, Androide. Wenn sich eine romulanische Schönheit in Sie verknallt und auf den Gedanken kommt, an Ihren Ohren zu knabbern ...«

Zufrieden stellte der Klingone fest, daß Data blinzelte.

Es erfüllte ihn mit Genugtuung, daß es ihm diesmal tatsächlich gelang, Unbehagen zu stiften. Er trat zu Picard und bedachte ihn mit einem durchdringenden Blick. »Wenn Ihnen die Romulaner auf die Schliche kommen ... Wissen Sie, was Ihnen dann blüht?«

»Ich habe eine ziemlich klare Vorstellung davon«, erwiderte Picard.

K'Vada fragte sich, ob das stimmte. Wenn er das Ergebnis eines romulanischen Verhörs nicht mit eigenen Augen gesehen hätte, wäre er kaum bereit gewesen, so etwas für möglich zu halten.

Picard sah ihn kühl an. »Wir sind für den Transfer bereit, Captain.«

Der schroffe Tonfall gefiel dem Klingonen ganz und gar nicht. Offenbar mußte der Terraner noch einmal daran erinnert werden, daß dieses Schiff nicht unter seinem Kommando stand.

»Damit wir uns verstehen ...«, knurrte K'Vada und gab seiner Stimme ein drohendes Timbre. »Meine Einsatzbefehle sehen keine Rettungsmission vor.«

Er beobachtete, wie sich in Picards Zügen etwas verhärtete. Die jähe Kühle in den Augen wirkte stärker auf ihn als eine zum Schlag erhobene Hand – fast wäre er einen Schritt zurückgewichen. Dieser Picard schien irgendwie *anders zu* sein …

Möglichst lässig winkte K'Vada seinem taktischen Offizier. »*YIghuHlup!*« befahl er und wandte sich dann noch einmal den beiden Starfleet-Offizieren zu. »Viel Glück, Captain«, sagte er ohne Groll und winkte erneut, woraufhin die falschen Romulaner entmaterialisierten.

Ihr braucht mehr als nur Glück, wenn ihr diese Sache mit heiler Haut überstehen wollt, dachte der Klingone. Er nahm im Kommandosessel Platz und beschloß, sich während der nächsten Stunden erotischen Phantasien über K'kam hinzugeben.

10

Die Welt Romulus pulsierte wie ein lebender Organismus.

Ein Planet konnte natürlich nicht pulsieren, gleichwohl hatte Picard diesen Eindruck gewonnen, als er ihn auf dem Hauptschirm im Kontrollraum der *Kruge* gesehen hatte: eine graue Kugel, an deren Peripherie es gelegentlich aufleuchtete, wenn sich rote Eruptionen einen Weg bis in die oberen Schichten der Atmosphäre brannten – die berühmten Feuerfälle von Gath Gal'thong. Bei jenem Bereich permanenter vulkanischer Aktivität handelte es sich um einen Aspekt der romulanischen Geologie, der auch außerhalb des Reiches bekannt war. Unter dem Kontinent Dektenb verschoben sich ständig tektonische Platten, und das glutflüssige Innere des Planeten drang durch Risse an die Oberfläche. Immer wieder kam es zu heftigen Magmafontänen, und manchmal loderten die Flammen viele Kilometer hoch, bis hinauf in die Stratosphäre.

Vom Weltraum aus gesehen, hatte es den Anschein, als pulsiere die Welt mit unheilvollem Leben.

Romulus war der dritte Planet des Doppelsternsystems Romulus und Romii. Alle Planeten zeichneten sich durch eine stark elliptische Umlaufbahn aus, und eine der Folgen war ihre geologische Instabilität. Wer sich nach Dektenb begab, mußte dort aufgrund einer unberechenbaren Natur jederzeit mit unangenehmen Überraschungen rechnen. Auf dem zweiten Kontinent, Masfarik, erstreckte sich ausgedehntes Ödland, abgesehen von einigen Oasen, in denen Städte um ihr Überleben rangen. Alle Bewohner des Planeten lebten in jenen urbanen Komplexen zusammengepfercht, die in erster Linie in die Höhe wuchsen. Das Resultat war eine fast unerträglich hohe Bevölkerungsdichte.

Pulsierendes Leben. Vom Weltraum her mochte sich ein solcher Eindruck einstellen, doch auf den Straßen der Hauptstadt Dartha sah es ganz anders aus. Als Picard und Data im sogenannten Krokton-Segment rematerialisierten, bemerkte der Captain so etwas wie Leblosigkeit. Gewaltige Gebäude aus Stahl und Glas ragten dem Himmel entgegen, und zwischen ihnen erstreckten sich schmale Tunnel, vom Sonnenlicht fast unberührt. Ewiges Zwielicht herrschte allenthalben. An einigen Stellen hatte man Lampen installiert, doch ihr grünlicher Schein vermochte kaum etwas gegen das Halbdunkel auszurichten.

Im Bereich der Straßen fielen Stahl und Glas nicht auf. Dartha war eine alte Stadt und vom Boden aus in die Höhe gewachsen. Die Fundamente bestanden aus altem, fleckigem Granit. Normalerweise zeichnete sich die Architektur durch eine gerade Linienführung und strenge Kanten aus, doch gelegentlich offenbarte sie auch eine gewisse Launenhaftigkeit. So bemerkte Picard zum Beispiel zwei steinerne Figuren, die an terranische Wasserspeier erinnerten und von einem Sims auf ihn herabstarrten.

Doch das Trostloseste an der Stadt waren ihre Bürger.

Dunkle, schlichte Kleidung trugen sie, gingen mit gesenktem Kopf einher, wechselten kaum ein Wort und vermieden sogar Blickkontakte. Niemand schien es eilig zu haben; niemand erweckte den Eindruck, bestimmten Aufgaben nachzugehen. An einigen Stellen bildeten sich Gruppen, aus keinem ersichtlichen Anlaß. Die meisten Romulaner sprachen mit gedämpfter Stimme. Picard hielt vergeblich nach Anzeichen von Freude, Ehrgeiz oder Erregung Ausschau. Niedergeschlagenheit und emotionale Düsternis prägten die allgemeine Stimmung.

Die beiden getarnten Starfleet-Offiziere wußten: Das Leben im Krokton-Segment war beschwerlich, und die hier wohnenden Romulaner neigten dazu, sich nur um ihre eigenen Angelegenheiten zu kümmern. Picard erinnerte sich an ein vor Jahrhunderten durchgeführtes Laborexperiment: Man brachte Ratten in immer kleineren Käfigen unter, bis die Tiere aufgrund des Platzmangels übereinander herfielen und sich gegenseitig zerfleischten. Er wußte, daß sie unter den hier herrschenden Umständen besonders auf der Hut sein mußten.

Zusammen mit Data blieb er stehen und nahm Eindrücke in sich auf. Dadurch erregten sie keinen Verdacht – hier und dort verharrten Romulaner in stummer Reglosigkeit. Der Androide sah sich wie beiläufig um, und Picard wußte, daß er alle Einzelheiten der Umgebung registrierte und abspeicherte.

Der Captain raffte den Umhang etwas enger um die Schultern. Er fror nicht, ganz im Gegenteil: In Dartha war es recht warm. Vielleicht ging es ihm nur darum, das bittere Gefühl der Hoffnungslosigkeit von sich fernzuhalten.

Prokonsul Neral von Romulus stand am Fenster seines Büros und genoß das Panorama. Im Vordergrund reckten sich die Türme der Stadt stolz dem Himmel entgegen, und weiter hinten erhoben sich zerklüftete Berge in wilder Pracht. Neral liebte jene Massive; er betrachtete sie oft, um sich an ihrer majestätischen Schönheit zu erfreuen.

Ein solches Panorama war selten in Dartha; man konnte es nur genießen, wenn man den höheren Schichten der romulanischen Gesellschaft angehörte. Nerals Büro offenbarte weitere Privilegien: Es bot viel Platz, präsentierte sowohl Würde als auch Eleganz. Marmor,

Sessel aus Leder, ein großer Schreibtisch aus handgeschnitztem Holz … Der Prokonsul fand Gefallen an solchen Dingen. Er arbeitete für das romulanische Volk und hielt es für angemessen, daß er diese Arbeit in einer angenehmen Umgebung leisten konnte.

Die Tür öffnete sich, und Neral lächelte, als er den dicklichen Besucher sah. »Ah, Senator Pardek. Sie haben meine Nachricht bekommen.«

»Ich bin so schnell wie möglich gekommen, Prokonsul.« Neral lächelte erneut und deutete zum Monitor auf dem Schreibtisch. »Was wissen Sie über den Terraner namens Jean-Luc Picard?«

Pardek runzelte verwirrt die Stirn. »Picard«, wiederholte er.

»Ja. Haben Sie ihn in letzter Zeit gesehen?«

»Wenn ich mich recht entsinne, bin ich ihm nie begegnet.«

»Der letzte Bericht des Geheimdienstes weist darauf hin, daß er hierher unterwegs ist«, sagte Neral. »Vielleicht hat er den Planeten bereits erreicht.«

Diese Worte bewirkten offensichtliches Erstaunen. »Er könnte hier sein – auf Romulus?«

»Ja. Seltsam, nicht wahr? Wir sollten besser herausfinden, ob der letzte Geheimdienstbericht den Tatsachen entspricht oder nur auf Gerüchten basiert.« Neral musterte den Senator und überlegte einige Sekunden lang. »Sorgen Sie dafür, daß die Sicherheitskräfte sein Bild bekommen. Und heben Sie folgenden Punkt hervor: Wenn Picard tatsächlich nach Romulus gekommen ist, so hat er sich vermutlich getarnt.«

»Ich kümmere mich darum«, erwiderte Pardek und eilte zur Tür.

Es erleichterte Neral, diese Angelegenheit dem Senator überlassen zu können. Er drehte sich um, und sein Blick kehrte zurück zur Schönheit der dunklen Berge.

Picard hatte das Gefühl, sich seit mindestens einer Stunde nicht vom Fleck gerührt zu haben, obgleich er wußte, daß er erst seit einigen Minuten hier stand. An diesem düsteren Ort schien sich die Zeit auszudehnen.

Datas Stimme beendete die Grübeleien des Captains.

»Dies ist eindeutig die Straße, in der sich Spock und Pardek trafen, Sir. Ich habe optische Verzerrungen berücksichtigt und die Einzelheiten des Ambiente mit Details des Bildes verglichen, das uns die Fernbereichssensoren zur Verfügung stellten. Die hiesigen architektonischen Besonderheiten stimmen mit denen der Aufnahme überein.«

»Wo befanden sich Spock und der Senator?« fragte Picard. Vielleicht erhielten sie dadurch einen Hinweis darauf, in welche Richtung sie sich wenden mußten. Er wartete, während sich Data orientierte. Seine Bewegungen ... Sie wirkten nicht natürlich und erregten vielleicht Aufmerksamkeit.

Picard trat näher und legte ihm wie beiläufig den Arm um die Schultern. »Data ...«

»Ja?«

»Sie bewegen sich zu sehr wie ein ... Androide.«

»Tut mir leid, Captain«, erwiderte Data. »Von jetzt an werde ich besser achtgeben.«

»Und nennen Sie mich nicht ›Captain‹.«

»Wie Sie meinen, Cap ...« Data unterbrach sich. »Ich verstehe.«

Ganz locker und lässig sah er sich um. »Ich habe die Stelle gefunden, an der Spock und Pardek miteinander sprachen.«

Picard nahm den Arm von den Schultern des Androiden – solche Gesten waren für Romulaner nicht unbedingt typisch. »Wo?« fragte er.

Data hob den Arm, legte ihn um die Schultern des Captains und führte ihn einige Schritte weit. »Hier«, sagte er. »Bei dieser Tür.«

Picard betrachtete ein kleines Schild neben dem Zugang, auf dem für ihn unverständliche romulanische Schriftzeichen zu sehen waren. Data ließ den Arm sinken und trat vor, um die Aufschrift zu lesen. »Das Büro eines Vermittlers«, verkündete er. »Der Name ähnelt dem Pardeks. Vermutlich handelt es sich um einen Verwandten.«

Der Captain versuchte, die Tür zu öffnen, doch sie war verriegelt. »Offenbar hat das Büro noch nicht geöffnet.«

»Ich würde empfehlen, daß wir diesen Bereich beobachten«, sagte der Androide. »In Pardeks Verhaltensmuster gibt es eine Routine, die sich ständig wiederholt: Wenn der Senat nicht tagt, kommt er nach der Mittagsstunde hierher.«

Picard ließ den Blick umherschweifen und fragte sich, wie sie in der Nähe bleiben konnten, ohne aufzufallen. Nicht weit entfernt aßen einige Leute an Tischen – ein *Dinglh,* das romulanische Äquivalent eines Restaurants. »Nutzen wir die Gelegenheit, um einen Eindruck von der hiesigen Küche zu gewinnen.«

Sie schlenderten zu dem Lokal, auf dem Weg kamen sie an einigen romulanischen Soldaten vorbei. Die Männer wirkten streng und argwöhnisch, während sie gemessenen Schrittes durch die Straßen patrouillierten. Picard und Data sahen geradeaus; daher konnten sie nicht feststellen, ob ihnen die Uniformierten Aufmerksamkeit schenkten.

In dem ›Restaurant‹ saßen die Gäste nicht etwa, sondern standen an den Tischen. Picard und Data nahmen sich ein Beispiel an ihnen. Fast sofort näherte sich eine verdrießliche Frau mit kleinen, durchdringenden Augen. Sie richtete einen fragenden Blick auf die beiden Neuankömmlinge.

»Was empfehlen Sie?« fragte Data.

»Suppe«, lautete die schlichte Antwort.

»Das klingt gut«, behauptete Data. »Ich probiere die Suppe.«

»Für mich ebenfalls«, sagte Picard, als sich die Frau ihm zuwandte.

Sie ging davon, und Picard wagte es, in Richtung der Soldaten zu schauen. Sie waren noch immer in der Nähe, unterhielten sich mit gedämpften Stimmen.

Kurze Zeit später kehrte die Wirtin mit zwei Tellern zurück.

»Wissen Sie, wann der Vermittler sein Büro dort drüben öffnet?« fragte Picard freundlich.

»Warum wollen Sie das wissen?« erwiderte die Frau schroff.

»Ich möchte seine Dienste in Anspruch nehmen. Er wurde mir empfohlen.«

Die Frau zögerte kurz. »Ich habe Sie hier noch nie zuvor gesehen.«

»Wir sind auf der Durchreise«, sagte Data glatt. »Wir kommen aus der Stadt Rateg.«

»Rateg«, wiederholte die Wirtin. »Das bezweifle ich.«

Picard versuchte, ruhig zu bleiben. Nur wenige Meter trennten sie von den Soldaten, und wenn diese Frau Verdacht schöpfte …

»Wie meinen Sie das?« fragte Data.

»Sie klingen nicht wie Leute, die aus Rateg stammen.«

»Oh.« Der Androide öffnete seine internen Datenspeicher und rief Informationen aus ihnen ab. »Es ist falsch anzunehmen, daß alle Bewohner von Rateg den gleichen Dialekt sprechen. Es gibt insgesamt zwölf verschiedene Arten von …«

»Wir kommen aus einem Vorort von Rateg«, warf Picard ein. Wenn Data zu einem längeren Vortrag ansetzte, bestand die Gefahr, daß sie sich verrieten.

Die Frau wich ein wenig zurück und musterte sie. »Vielleicht gehören Sie zu den Sicherheitskräften«, spekulierte sie. »Möglicherweise sind Sie beauftragt, das

Büro des Vermittlers zu beobachten. Ist er irgendwie in Schwierigkeiten geraten?«

»Sie irren sich«, entgegnete Picard überrascht.

»Nun, für mich einerlei.« Die Wirtin zuckte kurz mit den Achseln. »Ich weiß nicht, wann das Büro öffnet. Essen Sie Ihre Suppe – sie geht auf Kosten eines regierungstreuen Hauses. *Jolan tru.*«

Sie ging fort, und innerlich seufzte Picard erleichtert. Data aß bereits die Suppe, und der Captain starrte auf den eigenen Teller hinab. Er enthielt eine ölige, schleimartige Flüssigkeit, von der ein ranziger Geruch ausging. Jean-Luc hatte von dieser romulanischen Speise namens Gletten gelesen und bedauerte nun seine Kenntnisse. Es wäre ihm lieber gewesen, nichts über die Ingredienzen zu wissen.

Er probierte etwas von der Brühe, hob den Kopf und merkte, daß die Soldaten ihn anstarrten. Sie wandten rasch den Blick ab.

Picard trachtete danach, den abscheulichen Geschmack der Suppe zu ignorieren, als er einen weiteren Schluck nahm. »Wir können hier nicht lange bleiben«, raunte er Data zu.

»Vielleicht ist das auch gar nicht nötig«, erwiderte der Androide. »Sehen Sie einmal zu der Ecke dort drüben. Das scheint Pardek zu sein, oder?«

Picard hob den Teller – eigentlich eine kleine Schüssel – zu den Lippen und blickte in die entsprechende Richtung. Ein dicklicher Mann mit rundem Gesicht und einem braunen Umhang näherte sich und sprach mit einigen Romulanern. Die Ähnlichkeit mit dem Mann in den barolianischen Aufzeichnungen war unübersehbar.

»Ja«, bestätigte Picard. Er stellte den Teller ab und konzentrierte sich ganz auf den Senator – bis Data sagte: »Sie sollten besser zeigen, wie sehr Ihnen die Suppe schmeckt.«

Aus den Augenwinkeln stellte der Captain fest, daß

ihm erneut die Aufmerksamkeit der Soldaten galt. Einmal mehr hob er den Napf, schluckte die Brühe und gab sich alle Mühe, seinen Abscheu zu verbergen. Data hatte es da wesentlich leichter, er konnte seine Geschmacksrezeptoren einfach deaktivieren.

Wenn ich noch länger darüber nachdenke, muß ich mich übergeben, fuhr es Picard durch den Sinn.

Unbehagen erfaßte ihn. Die Uniformierten standen jetzt nur noch wenige Meter hinter ihm und sprachen über Belanglosigkeiten. Er behielt Pardek im Auge, der sich inzwischen von seinen Kollegen verabschiedete und weiterging.

Picard und Data setzten die Schüsseln ab und wollten das Restaurant verlassen, um sich dem Senator an die Fersen zu heften.

Von einem Augenblick zum nächsten versperrten ihnen die Uniformierten mit gezückten Intervallern den Weg. »Stehenbleiben«, knurrte einer von ihnen.

Die übrigen Gäste stahlen sich unauffällig davon. Sie senkten die Köpfe und ignorierten die Konfrontation, um nicht in die Sache hineingezogen zu werden.

»Was gibt es?« fragte Picard. »Ich fürchte, hier liegt eine Verwechslung vor.«

»Ruhe«, fauchte ein anderer Soldat. »Kommen Sie mit!«

Starke Hände packten den Captain und seinen Begleiter, zerrten sie über die Straße. Kurze Zeit später saßen sie in einem Antigravwagen und rasten durch Dartha. Picard glaubte zu wissen, was sie am Ziel erwartete: etwas sehr Unangenehmes.

Picards Befürchtungen verdichteten sich, als der Wagen die Stadt verließ. Seiner Ansicht nach verhieß das nichts Gutes. Die Sicherheitskräfte des Prokonsuls standen in dem Ruf, sehr geschickt zu sein, wenn es darum ging, Informationen aus Spionen zu pressen. Er konnte sich durchaus vorstellen, daß sie ihre diesbezüglichen Aktivitäten an besonderen Orten entfalteten. K'Vadas Warnung fiel dem Captain ein …

Vor einem Höhleneingang stiegen sie aus, und Jean-Lucs Unruhe wuchs. Die Soldaten führten ihn und Data durch einen langen Tunnel, in dem an manchen Stellen das grelle Licht von Chemolampen die Dunkelheit verdrängte. Picard wußte: selbst wenn man hier tagelang schrie, hörten einen nur die Folterer.

Es ging eine Rampe hinunter, und unten erstreckte sich eine große Kammer. Einige Romulaner warteten dort, und erstaunlicherweise trugen sie zivile Kleidung. Das hielt der Captain für ungewöhnlich.

»Warten Sie hier«, brummte einer der Soldaten. »Worauf?« fragte Picard, der spürte, wie sich sein Puls beschleunigte. Wenn er tatsächlich gehofft hatte, Auskunft zu bekommen, so mußte er eine Enttäuschung hinnehmen.

Die Soldaten schwiegen und hielten ihre Intervaller auch weiterhin schußbereit. Die Zivilisten beobachteten Picard und Data neugierig.

Schließlich bewegte sich etwas am oberen Ende der Rampe, und alle Anwesenden drehten sich um.

Pardek betrat die Kammer, und das heitere Lächeln auf seinem Gesicht wollte nicht zu der Situation passen. »Willkommen auf Romulus, Captain Picard.«

Jean-Lucs Gedanken überschlugen sich. Was geschah hier? Kein Ton kam ihm über die Lippen, während er an die verschiedenen Möglichkeiten dachte und sah, daß die vermeintlichen Soldaten nun ihre Uniformen abstreiften – darunter kam zivile Kleidung zum Vorschein.

»Lassen Sie sich von den ›Soldaten‹ nicht aus der Ruhe bringen«, fuhr Pardek fort. »Wir mußten Sie schnell fortbringen. Die romulanischen Sicherheitskräfte wissen, daß Sie hier sind.«

Picard sah sich in dem großen Raum um und versuchte, die Lage zu beurteilen. Gehörten diese Leute zu einer Art Untergrundbewegung, die von Pardek unterstützt wurde? Oder handelte es sich um einen Trick, der ihn dazu bringen sollte, wichtige Informationen preiszugeben?

»Ich bin Pardek«, stellte sich der Senator vor. »Sie sind bei Freunden, Captain.«

Picard sah dem Mann in die Augen und begriff, daß er ein Risiko eingehen mußte. Er hatte nicht die Neutrale Zone durchquert und die Zentralwelt des Feindes aufgesucht, weil es ihm darum ging, Gefahren zu meiden. Es stand einfach zuviel auf dem Spiel.

»Ich bin im Auftrag der Föderation hier«, sagte er. »Ich soll Botschafter Spock suchen.«

Stille folgte auf diese Worte.

Weiter hinten, in einer von Dunkelheit verhüllten Tunnelöffnung, ertönte eine Stimme:

»Interessant.«

Picard sah in die entsprechende Richtung.

Er vernahm das Geräusch von Schritten, die dumpf von den Wänden der Höhle widerhallten.

Jemand näherte sich, und der Captain versuchte, den Unbekannten zu erkennen. Doch zunächst erkannte er nur vage Konturen in der Finsternis.

Eine hochgewachsene Gestalt zeichnete sich in den Schatten ab. Noch einige Sekunden länger blieb das Gesicht Teil der Dunkelheit.

Dann trat der Fremde ins Licht.

Und erwies sich als Spock.

»Sie haben ihn gefunden, Captain«, sagte er.

Es war keine Wärme in der Stimme, und der durchdringende Blick des Vulkaniers war kalt. Spock musterte den Mann, der eine weite und gefährliche Reise hinter sich hatte, um mit ihm zu sprechen. Nichts deutete darauf hin, daß er Picard willkommen hieß.

11

Minuten schienen zu vergehen, während eine seltsame Art von Irrealität das Wirkliche und Unmittelbare verdrängte. Picard war sich des Schweigens der übrigen Anwesenden gewiß und spürte Datas neugierigen Blick. Er war sich auch Pardeks Präsenz und seiner Umgebung bewußt.

Doch er *sah* nur Spocks Augen.

Ein dunkler, sondierender Blick hielt den Captain fest und ließ das Herz in seiner Brust hämmern. Anzeichen von Verärgerung oder dergleichen fehlten – Spocks Gesicht blieb ausdruckslos. Aber in den Augen brannte schwarzes Feuer. Die Pupillen kamen Fenstern gleich, durch die Picard in den mentalen Kosmos blicken konnte, in eine unergründliche Tiefe, in der Zorn brodelte.

Er verglich sich mit einem kleinen Tier, das von den Augen einer Schlange hypnotisiert wurde. Der Bann fiel erst von ihm ab, als Spock sprach.

»Was machen Sie auf Romulus?« Keine Einleitung. Keine Höflichkeitsfloskeln. Der Vulkanier kam sofort zur Sache.

Picard ließ sich vom Klang seiner Stimme in die Gegenwart zurücktragen.

»Diese Frage wollte ich Ihnen stellen, Sir«, erwiderte er ruhig.

»Die Gründe für meinen Aufenthalt auf diesem Planeten gehen Starfleet nichts an.«

»Da vertritt man bei Starfleet eine andere Meinung.« Die letzten Reste von Unsicherheit lösten sich auf. Diskussionen und Debatten boten ein vertrautes Terrain für Picard. »Sie sind in der Lage, der Föderation großen Schaden zuzufügen.«

Spocks Züge verhärteten sich. »Teilen Sie Ihren Vorgesetzten mit, daß ich mit einer persönlichen Friedensmission befaßt bin und zu gegebener Zeit Bericht erstatten werde.«

»Ich fürchte, das genügt nicht«, entgegnete Picard fest und beobachtete, wie es in Spocks Augen aufblitzte. Der Konflikt wurde immer greifbarer; sie gingen in Stellung gegeneinander.

»Sie können unmöglich auf Romulus bleiben, Captain«, sagte der Vulkanier. Er glaubte offenbar, daß sich weitere Erörterungen erübrigten.

»Ich sehe mich außerstande, ohne eine genaue Erklärung zur Föderation zurückzukehren.« Picard holte tief Luft und fuhr fort: »Botschafter ... Sie haben viel für den interstellaren Völkerbund geleistet und den größten Respekt verdient. Aber eine derartige Cowboy-Diplomatie kann nicht einfach hingenommen werden.«

Diese Worte durchdrangen den Schild, hinter dem sich Spock verschanzt. »*Cowboy*-Diplomatie?« wiederholte er.

»Wenn Sie sich mit einer Mission befassen, aus der sich Konsequenzen für die Föderation ergeben, so sollten Sie mit der Föderation darüber reden. Ich bin als ihr Repräsentant gekommen, und daher erwarte ich von Ihnen, daß Sie mir Auskunft geben.«

Spock wich ein wenig zurück, und feine Unmutsfalten erschienen auf seiner Stirn. »Genau dies habe ich vermeiden wollen.«

Picard gewann den Eindruck, daß Spock versuchte, die in ihm aufsteigenden Emotionen zu meistern. Es wurde Zeit, von der Konfrontation abzurücken. Dem Captain widerstrebte es, das nächste Thema anzuschneiden, doch früher oder später mußte es zur Sprache kommen.

»Leider bringe ich auch schlechte Nachrichten.«

Spock hob den Kopf und sah ihn aus dunklen Augen an.

»Sarek ist tot«, sagte er.

Picard vermutete zunächst, daß eine entsprechende Mitteilung auf unerfindlichen Wegen nach Romulus gelangt war, doch dann begriff er, daß Spock die Wahrheit intuitiv erfaßt hatte.

Der Vulkanier deutete auf eine Tunnelöffnung. »Bitte begleiten Sie mich, Captain.«

Picard gab Data mit einem kurzen Blick zu verstehen, daß er in der Kammer bleiben sollte, bevor er Spock folgte. Schweigend gingen sie durch die Passage, bis sie schließlich eine kleinere Höhle erreichten. Dort rann Wasser über die Wände, vereinte sich irgendwo in der Tiefe mit unterirdischen Flußläufen. Warm und feucht war es an diesem Ort; Picard fühlte sich an die Weinberge in Südfrankreich kurz vor einem Gewitter erinnert.

Spock drehte sich zu ihm um. Was auch immer in ihm vorging – seine Miene verriet nichts. Seine Stimme klang gelassen, als er sagte: »Ich weiß von Ihrer Mentalverschmelzung mit meinem Vater. Sie hat es ihm ermöglicht, seine letzte diplomatische Mission erfolgreich abzuschließen.«

»Es war mir eine Ehre. Ich habe Ihren Vater immer sehr bewundert.«

»Er war ein verdienstvoller Repräsentant des vulkanischen Volkes und der Föderation.«

Picard musterte Spock. Die Worte klangen nach einer Feststellung, weniger nach einem Kompliment. *Aber vielleicht ist das nur meine eigene Interpretation,* schränkte der Captain in Gedanken ein.

Er stellte sich Sarek vor: einen alten, schwachen, zitternden Mann mit Tränen auf den Wangen, einen Sterbenden, der nicht mehr die Finger zum vulkanischen

Gruß spreizen konnte. Er hatte Picard gebeten, seinem Sohn auszurichten, daß er ihn liebte. Dieser Aufgabe fühlte sich Jean-Luc plötzlich nicht mehr gewachsen. Wie sollte er Spock von der Liebe seines Vaters berichten? Immerhin lag ein langes Leben unterdrückter und verdrängter Gefühle hinter ihm.

Picard hielt an der Entschlossenheit fest, auch dieser Pflicht zu genügen.

»Ich war bei Sarek, bevor ich hierherkam«, begann er. »Ihr Vater brachte Stolz auf Sie zum Ausdruck, und auch ... Liebe.« Die Worte klangen hohl, ohne Bedeutung, und Picard suchte nach anderen.

»Emotionale Verwirrung«, kommentierte Spock. »Ein Symptom jener Krankheit, an der er litt.«

Er wandte sich ab, und Picard wußte, das Sprechen über Empfindungen behagte dem Vulkanier nicht. Wahrscheinlich wollte er auf seine eigene Art und Weise den Tod des Vaters ›betrauern‹ – indem er rationalen Erwägungen den Vorrang einräumte und sich auf den Gedanken konzentrierte, daß alle lebenden Geschöpfe einmal sterben mußten. Mit der Übermittlung von Sareks letzter Botschaft weckte Picard nur Unbehagen in Spock.

»Sarek hätte von meiner Reise nach Romulus sicher ebensowenig gehalten wie Sie, Captain«, sagte Spock und kehrte damit zum Thema zurück. Er nahm eine gemächliche Wanderung durch die kleine Höhle auf und sammelte dabei seine Gedanken. Während er Ideen und Absichten in ein verbales Gewand kleidete, wuchs die Bereitschaft, zu erklären und zu erläutern.

»Vor einiger Zeit erfuhr ich von einer Bewegung hier auf Romulus. Ihr gehören Personen an, die sich für die Ideale der vulkanischen Philosophie interessieren. Sie gelten als Staatsfeinde, aber selbst ganz oben in der romulanischen Hierarchie gibt es Sympathisanten, zum Beispiel Pardek.«

Spock legte eine Pause ein und bedachte Picard mit einem ernsten Blick.

Und dann sagte er etwas, das den Rahmen von Jean-Lucs Phantasie sprengte. Nie hätte er vermutet, daß Spock aus einem *solchen* Grund nach Romulus gereist war.

»Ich bin hier, weil Pardek mich darum gebeten hat. Er hält den Zeitpunkt für gekommen, den ersten Schritt in Richtung Wiedervereinigung zu unternehmen.«

Picard starrte ihn an, während er versuchte, sich zu fassen. »Wiedervereinigung ...«, wiederholte er und dachte an die möglichen Folgen. Sie ließen sich kaum überblicken. »Nach so vielen Jahrhunderten ... Es existieren zahlreiche fundamentale Unterschiede zwischen Vulkaniern und Romulanern.«

»Auf den ersten Blick scheinen die Erfolgsaussichten gering zu sein«, sagte Spock. »Aber es wäre falsch, die erheblichen positiven Aspekte zu übersehen, die eine Annäherung zwischen Romulus und Vulkan mit sich brächte.«

Picard überlegte. Er kannte die Geschichte von Vulkaniern und Romulanern zumindest in groben Zügen. In ferner Vergangenheit waren sie ein Volk gewesen, das seinen Gefühlen freien Lauf ließ, das Leidenschaft, Zorn und Gewalt kannte. Die späteren Vulkanier fürchteten, daß der Weg des Emotionalen ins Chaos führte. Sie wählten Kontrolle und Ordnung, Meditation als Mittel emotionaler Kontrolle; sie beschlossen, sich allein auf Logik und Vernunft zu besinnen.

Die Romulaner hingegen lebten ihre Empfindungen aus. Sie waren gewalttätig, wild, ungestüm und grausam. Sie warfen sich auf Krieg und Eroberung, nutzten einen großen Teil ihrer Produktionskapazität für die Herstellung von Waffen – Instrumente des Todes.

Die Trennung lag viele Jahrhunderte zurück. War es tatsächlich möglich, daß die beiden Völker nach so langer Zeit wieder zu einer Nation verschmolzen? Wie komplex mußte ein Plan sein, der das bewerkstelligen sollte?

»Worin besteht der von Pardek vorgeschlagene erste Schritt?« fragte er.

»Im romulanischen Senat gibt es einen neuen Prokonsul: Neral. Er ist jung und voller Idealismus, er hat viele Reformen versprochen. Pardek meint, Neral sei möglicherweise bereit, die Wiedervereinigung zur Diskussion zu stellen.«

Picard verarbeitete diesen Hinweis. »Warum bringen Sie eine so wichtige Sache nicht bei Ihrem Volk oder in der Föderation zur Sprache?«

Spocks Blick kehrte sich nach innen, und Picard stellte sich vor, wie der Vulkanier Erinnerungsbilder betrachtete. Nach einem hundertdreißig Jahre währenden Leben mußten sie sehr zahlreich sein. »Es ist eine persönliche Entscheidung, Captain. Vielleicht wissen Sie, daß ich damals an den Friedensverhandlungen mit dem klingonischen Imperium beteiligt war ...«

»In den Geschichtsbüchern wird Ihre Rolle gewürdigt, Botschafter.«

»Aber sie nennen nicht alle Einzelheiten. Ich habe Kirk damals gebeten, die Mission zu leiten. Dadurch kam mir die Verantwortung für alle Konsequenzen zu, die er und seine Crew tragen mußten.« Spock schwieg kurz, und seine Augen fingen Picards Blick ein. »Bei dieser Angelegenheit hier möchte ich keine anderen Personen in Gefahr bringen und nur mein eigenes Leben einsetzen. Ich bitte Sie, meine Wünsche zu respektieren und den Planeten zu verlassen.«

Der Captain unterdrückte ein Lächeln. »Ihren Ausführungen mangelt es an Logik, Botschafter. Wenn ich es nicht besser wüßte ... Man könnte meinen, daß Sie sich von Gefühlen leiten lassen.«

Spocks Stimme klang verändert, als er erwiderte:

»Solche Worte müßte ich auch von meinem Vater hören, wenn er hier sein könnte.«

Picard vernahm die Schärfe in dieser Bemerkung. »Ich spreche als Starfleet-Offizier zu Ihnen«, sagte er sanft. »Und ich darf nicht ignorieren, daß Sie hier erhebliche Risiken eingehen ...«

»Ich habe mich schon vor Ihrer Geburt mit ›Cowboy-Diplomatie‹ beschäftigt, wie Sie es nennen, Captain«, sagte Spock. Erneut kam es zur Konfrontation.

»Wie dem auch sei, Sir, ich bleibe hier, bis Ihre Mission beendet ist.«

Auf Spocks Gesicht zeigte sich Mißbilligung. »Auf Ihre eigene Art und Weise sind Sie ebenso stur wie ein anderer Captain der *Enterprise*, den ich einmal kannte.«

Picard schmunzelte unwillkürlich. »Dann befinde ich mich in guter Gesellschaft, Sir.«

Der Vulkanier sah ihn an, und Jean-Luc fühlte sich eine halbe Ewigkeit lang von dem Blick durchbohrt, obwohl nur wenige Sekunden verstrichen. Schließlich nickte er, und Picard atmete erleichtert auf. Sareks Sohn fand sich damit ab, daß er auf Romulus bleiben würde.

12

Captain K'Vadas Schulter schmerzte noch immer. Er litt vor allem im Bett, weil er keine Position fand, die ihn vor Pein bewahrte. Wenn er sich bewegte, schien ihm jemand ein heißes Eisen ins Schultergelenk zu rammen, und dann fiel es ihm schwer, nicht laut zu schreien.

Bei solchen Gelegenheiten verfluchte er K'kam hingebungsvoll und wünschte ihr eine Serie von Katastrophen auf den Hals – auf diese Weise sollte sie für sein Leid büßen. Wenn er sie wiedersah ... K'Vada versprach sich, sie zu bestrafen. Er lächelte grimmig, als er sich vorstellte, wie K'kam nackt vor ihm kniete und um Gnade winselte.

Die Tage brachten ein wenig Erleichterung; Aktivität linderte den Schmerz. Doch der Schlafmangel führte dazu, daß K'Vada ohne Unterlaß gereizt war; die Brückencrew fürchtete bereits sein Erscheinen im Kontrollraum. Er hatte schon mehrere von ihnen bestraft. In einem Fall war ein Offizier in Ketten gelegt worden und mußte mehrere Tage lang auf Nahrung und Wasser verzichten. K'Vada ließ ihn wieder frei, als er den armen Burschen fast bewußtlos vor Durst vorfand, mit spröden, rissigen Lippen – und unerschütterlichem Stolz. Der Mann bat nicht um Gnade, starrte den Captain nur aus brennenden Augen an. Sein Mut hatte K'Vada sehr beeindruckt.

Er saß nun im Kommandosessel, und bei jedem Herzschlag pulsierte neuer Schmerz durch seine Schulter. Nur mit Mühe wahrte er die Beherrschung, während er dem so absurd aussehenden Commander Data zuhörte.

Die Worte schürten das Feuer des Zorns in ihm.

Der noch immer als Romulaner getarnte Starfleet-Androide teilte ihm mit, daß Picard auf Romulus blieb, und zwar für unbestimmte Zeit. Bis er sich zur Rückkehr entschloß, sollte die *Kruge* mit aktivierter Tarnvorrichtung im Orbit des Planeten verharren.

K'Vada starrte Data an. »Wir haben wichtigere Dinge zu tun als Kindermädchen für Sie zu spielen.«

Data ließ sich nicht aus der Ruhe bringen. »Captain Picard bedauert, daß er Sie aufhält, aber es läßt sich leider nicht vermeiden. Und noch etwas: Ich brauche Zugang zu Ihrem Bordcomputer.«

K'Vada beugte sich abrupt vor – und schnitt eine Grimasse, als erneut Schmerz in seiner Schulter aufflammte. »Zugang zu unserem Computer? Warum?«

»Ich beabsichtige, ins zentrale romulanische Informationsnetz einzudringen.«

Für einige Sekunden gelang es K'Vada, die Pein zu vergessen. Er lächelte. »Sparen Sie sich die Mühe. Wir haben es jahrelang versucht, und unsere Bemühungen blieben immer ohne Ergebnis.«

»Ich verfüge über einige besondere Fähigkeiten, die mir größere Erfolgsaussichten verleihen.«

Das war vermutlich nicht einmal übertrieben. K'Vadas Ärger wuchs, und er fühlte sich verpflichtet, Hindernisse zu schaffen. »Ich bin nicht befugt, Starfleet in geheime klingonische Zugriffscodes einzuweihen.«

»Die Codes könnten nach der gegenwärtigen Mission leicht rekonfiguriert werden.«

Leicht? wiederholte K'Vada in Gedanken. *Es ist mühsam und dauert ziemlich lange!* Er wollte ablehnen, bis Data hinzufügte:

»Captain Picard hat mir erlaubt, alle Informationen

mit Ihnen zu teilen, die wir aus den romulanischen Datenbanken gewinnen können.«

K'Vada runzelte die Stirn und brummte, während hinter seiner Stirn helle Aufregung herrschte. Wenn es wirklich gelang, in die Informationsnetze von Romulus einzudringen ... In dem Fall durfte er mit einer offiziellen Belobigung des Hohen Rates rechnen! Er sah sich selbst, wie er mit romulanischen Daten ins Imperium heimkehrte, um dort mit Ehrungen überhäuft zu werden.

Ein anderes Bild drängte sich ihm auf: K'kam, von den Leistungen ihres Partners zutiefst beeindruckt; sie knurrte erregt und versprach ihm alle Freuden, die er wünschte ...

»*Sonst* noch etwas?« fragte er betont sarkastisch, um das Gesicht zu wahren.

Die Antwort des Androiden überraschte ihn. »Wir müssen der *Enterprise* in Sektor zwei dreizehn eine Nachricht übermitteln.«,

»In dem Fall erfahren die Romulaner sofort, wo wir stecken«, erwiderte K'Vada. War der Androide übergeschnappt? Ihm sollte klar sein, daß sich Kom-Signale anpeilen ließen.

An Datas Gelassenheit änderte sich nichts. »Damit müßten wir bei der Verwendung von konventionellen Methoden rechnen. Ich habe jedoch vor, unsere Signale huckepack von romulanischen Subraum-Sendungen transportieren zu lassen.«

»Huckepack?« Dieses Wort hörte K'Vada nun zum erstenmal; es klang ziemlich dumm.

»Eine terranische Metapher, bitte verzeihen Sie. Ich meine folgendes: Wir benutzen romulanische Kommunikationsimpulse als Trägerwelle für unsere eigenen.«

Die Idee war verblüffend einfach. K'Vada verfluchte sich dafür, nicht selbst darauf gekommen zu sein. »Das klappt niemals«, grollte er.

»Ich glaube schon.« Der Androide ließ sich von der

knappen Bemerkung des Klingonen nicht aus der Ruhe bringen und begann mit einer Erklärung. »Während der letzten Stunde habe ich die romulanische Technik der Subraum-Kommunikation gründlich analysiert und sie mit der Struktur Ihrer entsprechenden Sender verglichen. Allem Anschein nach gibt es keine Kompatibilitätsprobleme.«

K'Vada musterte Data eine Weile. Ihm war gerade etwas eingefallen, etwas, das ihm vielleicht noch mehr Ruhm einbrachte als ein Erfolg bei dem Bemühen, die romulanischen Datenbanken zu knacken. Mit einem kurzen Nicken gab er dem Androiden sein Einverständnis.

»Danke für Ihre Kooperation«, sagte Data und verließ die Brücke.

K'Vada betrachtete die neue Idee von allen Seiten und spürte, wie seine Begeisterung wuchs. Er lächelte fast, als er zu einem Kommunikator ging und ihn einschaltete. »Anmerkung des Captains«, sagte er. »Ich empfehle, wir untersuchen das Potential für eine klingonische künstliche Lebensform.«

Es dauerte eine Weile, bis er merkte, daß seine Schulter zu schmerzen aufgehört hatte.

Spock sah den Jungen aus den Augenwinkeln. Über die Straße lief er und war bereits außer Atem, hielt die rosarote Lagga-Blume in der einen Hand. D'Tan, ein romulanischer Knabe, für den die Pubertät noch nicht begonnen hatte. Er bewegte sich mit einer Agilität, die auf einen unbegrenzten Vorrat an Kraft hinzudeuten schien. Darum beneidete ihn Spock ein wenig. *Diesen einen Vorteil bringt hohes Alter,* dachte er. *Man lernt, Dinge zu schätzen, die man während der Jugend für selbstverständlich gehalten hat.*

D'Tan verharrte neben einigen Romulanern, die vor einem Laden Schlange standen, reichte die Blume dann einem der Männer. Spock kannte ihn; er hieß Jaron.

Der Mann nahm die Pflanze entgegen, sah sich um und trat aus der Schlange. Spock wußte, daß sich Jaron ihm näherte, aber er blickte trotzdem starr geradeaus.

Zusammen mit Picard stand er an einem der kleinen Tische im *Dinglh.* Seit einigen Minuten befanden sie sich an diesem Ort und hatten bereits Suppe bestellt – etwas anderes schien es nicht zu geben. Spock wußte, daß die Einflußreichen und Mächtigen auf Romulus jeden Abend kulinarische Köstlichkeiten genossen; die armen Romulaner mußten für ein bißchen Brot und ein Stück knorpeliges Fleisch anstehen.

Es wäre Spock lieber gewesen, allein zu sein. Leider hatte sich Picard nicht dazu überreden lassen, sich wieder an Bord des klingonischen Schiffes zu beamen und zur Föderation zurückzukehren. An einer solchen Sache durften nicht viele Personen beteiligt werden, und die Präsenz eines Starfleet-Captains sorgte dabei für zusätzliche Komplikationen.

Spock musterte den großen, schlanken Mann auf der anderen Seite des Tisches, sah in ernst blickende, intelligente Augen. Trotz seiner Bedenken mußte er zugeben, daß Starfleet ihm kaum einen besseren Offizier schicken konnte.

Er war Jean-Luc Picard noch nie zuvor begegnet, wußte jedoch, daß er das Flaggschiff der Flotte kommandierte, die *Enterprise.* Ein guter Ruf eilte ihm voraus. Er galt als mutig, gebildet und verständnisvoll; bisher gab es für Spock keinen Grund, diese Eigenschaften in Zweifel zu ziehen. Statt dessen wäre er bereit gewesen, ihnen noch einige andere hinzuzufügen: Aufmerksamkeit, rhetorische Begabung, Beharrlichkeit.

Gleichzeitig weckte der Captain Unbehagen in Spock. Und der Grund dafür blieb ihm rätselhaft.

Immer wieder fragte er sich, warum es ihm solche Schwierigkeiten bereitete, seinen Instinkt zu konkretisieren. Es war wie ein Splitter im Auge, den man zwar auf unangenehme Weise spürte, der jedoch weder gefunden noch entfernt werden konnte. Welcher Aspekt von Picard wirkte so beunruhigend auf ihn?

Vielleicht lag es daran, daß der Captain hinsichtlich der Möglichkeit der Wiedervereinigung eine nicht logische Ansicht vertrat. Wenn die gegenwärtige Mission zu einem erfolgreichen Abschluß geführt wurde, ergaben sich daraus nur Vorteile für die Föderation und ihre Repräsentanten. Außerdem zögerte Picard bestimmt nicht, eine entsprechende Bewegung zu unterstützen. Eigentlich gab es also keinen Anlaß für ihn, das angestrebte Ziel zu mißbilligen.

Trotzdem war das der Fall. Jean-Luc Picard hielt es für töricht und närrisch, sich darauf einzulassen.

Vielleicht glaubte Spock deshalb, die Stimme seines Vaters zu vernehmen, wenn der Captain seine Besorgnis über die Wiedervereinigungspläne äußerte. Auch Sarek hatte nie daran geglaubt, daß es Romulaner geben mochte, die in Frieden und neuer Harmonie mit ihren vulkanischen Verwandten leben wollten. Aus den unterschiedlichen Ansichten war ein Konflikt erwachsen, der ein ganzes Leben lang andauerte. Und Picard spiegelte nun jene konträre Einstellung wider.

In gewisser Weise war es faszinierend.

In einer Ecke des *Dinglh* sah Spock den Mann mit der Blume. Er näherte sich, kam am Tisch vorbei. Wie beiläufig brachte er die Lagga-Blüte in einem Glas Wasser unter, das er vor Spock hinstellte.

»Erlauben Sie mir, Ihrem Tisch etwas Schönheit zu bringen«, sagte Jaron, woraufhin der Vulkanier unverbindlich nickte. *»Jolan tru«*, fügte der Mann hinzu und ging weiter. Die beiden Worte bedeuteten soviel wie ›Guten Tag‹, ›Alles Gute‹ oder ›Viel Glück‹. Er war ein neutraler romulanischer Gruß, der keinen politischen Standpunkt verdeutlichte – obwohl der Mann zur Untergrundbewegung gehörte.

Spock wandte sich wieder an Picard. »Die Sitzung des Senats ist zu Ende«, sagte er leise. Zum Glück fiel man an diesem Ort nicht auf, wenn man mit gedämpfter Stimme sprach. »Pardek wird bald hier sein.« Er deutete auf die rosarote Lagga-Blüte. »Die Blume ist das Zeichen.«

Picard nickte. Spock bemerkte die Neugier in den Zügen des Captains. Vermutlich fragte er sich, mit welcher Nachricht der Senator kam, denn daraus mochten sich unmittelbare Folgen für die Dauer von Spocks Aufenthalt auf Romulus ableiten. Er ließ den Blick durch das einfache Restaurant schweifen, und Spock nahm die Wachsamkeit des Menschen mit Zufriedenheit zur Kenntnis.

»Wie groß ist die Bewegung?« fragte der Captain.

Sie hatten über die erstaunlichen Ereignisse im romulanischen Reich gesprochen, bevor D'Tan mit der Blume erschienen war. Picard hatte Spocks Schilderungen aufmerksam zugehört und kluge Fragen gestellt. Es schien ihn noch immer zu verwundern, daß es bei den Romulanern Leute gab, die eine Wiedervereinigung mit den Vulkaniern anstrebten.

»Soweit ich weiß, gibt es in allen Städten entsprechende Gruppen«, erwiderte Spock.

Er unterbrach sich, als die Wirtin kam. Die Frau war ihm fremd, und er wollte nicht riskieren, daß sie einige geflüsterte Worte hörte. Sie stellte zwei Näpfe mit Gletten auf den Tisch, sah die Blume, bedachte die beiden Männer mit einem durchdringenden Blick und ging wieder fort.

»Anzahl und Einfluß der Gruppen sind inzwischen zu einem ernsten Problem für die romulanische Regierung geworden«, fügte Spock hinzu.

»Fühlt sie sich tatsächlich so sehr unter Druck gesetzt, daß sie bereit ist, auf eine vulkanische Friedensinitiative einzugehen? Es fällt mir sehr schwer, das für möglich zu halten.«

In diesem Satz gewahrte Spock jene unnachgiebige Sturheit, die ihn beunruhigte. Er bewunderte Mut und Standfestigkeit des Captains – Picard beugte sich nie, blieb immer konsequent und seinen Überzeugungen treu. Aber gab es in seinem Denken keinen Platz für die Möglichkeit des Wandels? Fehlte es ihm an Flexibilität?

»Sie sind in Ihren Ansichten erstarrt, Captain«, entgegnete der Vulkanier. »Derart unbewegliche Positionen haben Romulus und Vulkan über Jahrhunderte hinweg voneinander getrennt.«

Picard reagierte mit einem verwirrten Blick, und Spock dachte daran, daß er vielleicht ein wenig zu scharf gesprochen hatte. Ihm lag viel an der Unterstützung dieses Mannes, und deshalb fuhr er fort: »In der Föderation haben wir aus Erfahrung gelernt, den Romulanern mit Mißtrauen zu begegnen. Entweder finden wir uns mit der Feindschaft ab oder wir versuchen, sie zu überwinden.« Er zögerte kurz und musterte den Captain aufmerksam. »Ich wähle die zweite Möglichkeit.«

Der sondierende Blick schien überhaupt keine Wirkung auf Picard zu haben. »Ich würde mich sehr darüber freuen, wenn plötzlich keine Neutrale Zone mehr notwendig wäre, Sir. Allerdings frage ich mich, ob die hiesige Bewegung genug Einfluß hat, um die politische Landschaft im Reich völlig neu zu gestalten.«

Erneut glaubte Spock, einen vertrauten Tonfall zu hören. Die Stimme berührte etwas in ihm, rief beinahe Ärger hervor.

Er sah zu dem Glas – die Blume darin verwelkte bereits in der romulanischen Hitze. »Man kann mit einer einzigen Blume damit beginnen, die politische Landschaft neu zu formen, Captain.«

Spock wartete nicht ab, wie Picard dies aufnahm. Er hatte D'Tan bemerkt. Der schlanke, schlaksige Junge näherte sich mit einem Objekt.

»*Jolan tru,* Mr. Spock«, sagte er. D'Tan sprach immer

so, als sei er halb außer Atem. Vermutlich lag es daran, daß er nie ging, wenn er laufen konnte. »Sehen Sie nur, was ich mitgebracht habe.«

»Das ist mein Freund D'Tan«, sagte Spock zu Picard. »Er findet Vulkan sehr interessant.«

»Hallo, D'Tan.« Picards Stimme klang freundlich, aber es ließ sich auch eine gewisse Zurückhaltung darin vernehmen. Spock sah einen Mann, dem es zwar nicht an Einfühlungsvermögen mangelte, der sich in Gegenwart von Kindern jedoch nicht ganz wohl fühlte.

D'Tan reichte Spock ein Buch, und er nahm es entgegen. Der Einband bestand aus Holz, das komplexe Schnitzmuster aufwies. Die Seiten waren fleckig und spröde.

»Es ist ein sehr altes Buch«, bemerkte Spock. »Woher stammt es?«

»Bei den Treffen wird daraus vorgelesen. Es erzählt die Geschichte der Trennung.«

Eine neue Stimme ließ sich vernehmen. »Du sollst das Buch nicht mit dir herumtragen, D'Tan. Darauf bist du schon mehrmals hingewiesen worden.«

Sie drehten sich um und sahen Pardek. Die Hitze hatte sein rundliches Gesicht gerötet. D'Tan griff verlegen nach dem Buch. »Ich wollte es nur Mr. Spock zeigen«, entschuldigte er sich.

Pardek schmunzelte nachsichtig. »Geh jetzt. Wir sehen uns später.«

D'Tan sah hoffnungsvoll zu Spock auf. »Werden Sie uns mehr Geschichten über Vulkan erzählen?« fragte er.

»Ja«, erwiderte der Vulkanier, und der D'Tan belohnte diese Antwort mit einem frohen Lächeln. Er sauste fort, und über die Schulter hinweg rief er: *»Jolan tru!«*

Pardek sah sich im *Dinglh* um, und sein Blick verweilte kurz bei der mürrischen alten Wirtin. »Wir sollten uns besser an einem anderen Ort unterhalten«, murmelte er. Die drei Männer verließen das Lokal und wanderten durch die farblose Welt der romulanischen Straßen.

Spock wußte, daß viele seiner Landsleute – und auch die Angehörigen anderer Völker – die dunklen Gassen dieser Stadt als deprimierend empfunden hätten. Die wilde Schönheit des Planeten Vulkan mit seinen ockerfarbenen Wüsten und zerklüfteten roten Bergen hatte in Spock eine Vorliebe für Licht und Offenheit entstehen lassen. Doch erstaunlicherweise übten auch diese düsteren Passagen einen gewissen Reiz auf ihn aus. Warum? Die schmucklosen grauen Fassaden der Gebäude wirkten bedrohlich, und in den engen Straßen konnte man klaustrophobische Anfälle erleiden. Die Passanten trugen schlichte Kleidung; Entbehrung und Verzweiflung sprach aus ihren Mienen. An einem solchen Ort schien keine Heiterkeit zu gedeihen.

Doch Spock spürte, was sich darunter verbarg. Hinter den freudlosen Gesichtern brannte der Wunsch nach einer neuen Ordnung. Ein Strom der Sehnsucht floß unter der Stadt, und sein Wasser erreichte einen Brunnen, aus dem immer mehr Romulaner schöpfen würden. Mit anderen Worten: Ein Keim der Hoffnung gedieh, schlug Wurzeln und wuchs. Dadurch bekam die Stadt für Spock eine ganz besondere Schönheit.

Die drei Männer bewegten sich nach der romulanischen Weise mit gesenkten Köpfen. Pardek wandte sich an Picard. »Was halten Sie von Ihren Feinden, Captain?«

Der Terraner bedachte den Senator mit einem Blick, der nichts Vorwurfsvolles hatte, sich jedoch durch eine Intensität auszeichnete, die Spock verblüffte. »Diese Leute sind keine Feinde.«

Wie wahr, dachte der Vulkanier. *Jemand sollte die Regierungen und Militärs darauf hinweisen: Das Volk will keine Feindschaft, sondern Frieden.*

Pardek lächelte bestätigend. »Viele meiner Kollegen fürchten die Meinung der gewöhnlichen Romulaner.

Aber ich habe gelernt, ihnen zuzuhören.« Er überlegte kurz, faßte seine Gedanken in Worte. »Kinder wie D'Tan sind unsere Zukunft. Alte Männer wie ich sind bald nicht mehr imstande, an den alten Vorurteilen festzuhalten; die jüngeren werden es nicht zulassen.«

Spock sah zu Picard, um festzustellen, welche Wirkung diese Worte auf ihn hatten. Offenbar hörte der Captain aufmerksam zu.

»D'Tan und die anderen haben nun ihren ersten Vulkanier kennengelernt«, fügte Pardek hinzu. »Dadurch sind sie noch mehr inspiriert als vorher. Das ist Ihnen bestimmt aufgefallen, Spock.«

»Mit einer so leidenschaftlichen Reaktion auf meine Präsenz habe ich nicht gerechnet«, entgegnete Spock und erinnerte sich an die überschwengliche Freude, mit der man ihn manchmal bei Zusammenkünften begrüßt hatte.

»Die Romulaner sind ein leidenschaftliches Volk«, sagte der Senator. »Mit der Zeit lernen die Vulkanier sicher, diese Eigenschaft zu schätzen.«

»Wenn wir Erfolg haben«, meinte Spock. Pardek schien heute besonders optimistisch zu sein. Aus welchem Grund? Gab es Neuigkeiten?

Wenige Sekunden später bekam er Antwort. Pardek sah ihn an und lächelte so froh, daß sein ganzes Gesicht strahlte. »Es wird sich bald herausstellen«, erwiderte er stolz. »Prokonsul Neral hat sich bereit erklärt, Sie zu empfangen.«

Spock nahm Picards Verblüffung nicht ohne einen Hauch von Zufriedenheit zur Kenntnis.

13

Für Riker verging die Woche bei Qualor Zwei wie im Flug. Nach der überraschenden Explosion des Schmugglerschiffes schwenkte die *Enterprise* in einen synchronen Orbit und begann mit Ermittlungen. Klim Dokachin stellte das volle Potential des ausgezeichneten zakdornianischen Computersystems zur Verfügung. Hinzu kam die Hilfe von einigen Dutzend Zakdorn, die in der Manipulation des Depots ein Sakrileg sahen.

Nach Dokachins anfänglicher Arroganz erwies sich der dickliche kleine Mann als wahre Perle. Er schien den Diebstahl von Schiffen und Ausrüstungsmaterial für einen persönlichen Affront zu halten. Deshalb war er fest entschlossen, die Verantwortlichen zu finden und zur Rechenschaft zu ziehen. Das methodische Wesen der Zakdorn mochte oft wie übertriebene Pingeligkeit erscheinen, aber unter den gegebenen Umständen erwies sich diese Eigenschaft als sehr nützlich.

Riker, Gretchen Naylor und Dokachin verbrachten viele Stunden damit, Aufzeichnungen zu kontrollieren und die Informationen von Datenbanken auszuwerten. Dabei stießen sie auf eine Spur. Die Diebstähle begannen vor gut einem Jahr und betrafen Sensoren, Deflektoren, Computer, Waffensysteme und viele andere Dinge, die zur Ausstattung von Raumschiffen gehörten.

Zwei Schiffe fehlten: die *T'Pau* und der große Frachter Tripoli, dessen Aufgabe darin bestanden hatte, demontierte Aggregate aufzunehmen und zu transportieren.

Der Plan, fand Riker, war ebenso ehrgeizig wie verblüffend. Irgendwie hatte man die Tripoli vom Rand des Depots entfernt. Wenn neue Lieferungen anstanden, erschien das Schmugglerschiff, steuerte den ›Liegeplatz‹ des Frachters an und empfing dort das Material. Anschließend leitete der Raumer den Warptransfer ein und verschwand wieder.

»Meiner Ansicht nach gibt es einen Komplizen auf dem Planeten«, überlegte Riker laut. Sie befanden sich an Bord der *Enterprise* und saßen in einem kleinen Sicherheitsbüro auf Deck neun. Der Erste Offizier lehnte sich im Sessel zurück und dachte über die Informationen nach, die er von Gretchen Naylor erhalten hatte. »Der Computer mußte rekonfiguriert werden, um zu behaupten, daß die *Tripoli* noch immer präsent war. Nur auf diese Weise konnte beim Einsatz des Transporters niemand Verdacht schöpfen: Die Verifizierung der Transferkoordinaten bestätigte die Empfangsbereitschaft des Frachters.«

Naylor nickte langsam. Sie hatte das glänzende schwarze Haar zu einem Zopf geflochten, und das neue Erscheinungsbild gefiel Riker.

»Ich glaube ebenfalls, daß die Schmuggler einen Helfer auf dem Planeten haben«, bestätigte die junge Frau. »Und Dokachin teilt diese Ansicht. Er hat ein Sondierungsprogramm geschrieben, das nach bestimmten Mustern bei der Benutzung des Computers im Verlauf des letzten Jahrs sucht. Die Ergebnisse will er später mit den Dienstplänen des Personals vergleichen.«

Riker nickte zustimmend. »Wir müssen den Unbekannten finden. Er stellt unsere einzige Verbindung zu den Leuten an Bord des zerstörten Schmugglerschiffes dar.«

»Dokachin beamt sich um fünfzehn Uhr an Bord«, sagte Naylor. »Vielleicht hat sich bis dahin etwas ergeben.«

»Damit bleibt uns Zeit genug fürs Mittagessen.« Riker stellte fest, daß seit dem Frühstück bereits einige Stunden vergangen waren. »Leisten Sie mir Gesellschaft?«

»Es gibt einen Synthetisierer im Konferenzraum«, erwiderte Gretchen. »Dort können wir etwas essen und gleichzeitig die Analyse der Dateien fortsetzen.«

Sie stand auf, und Riker lächelte unwillkürlich. Naylor legte ein Tempo vor, bei dem nur wenige mithalten konnten. Ihr Eifer erstaunte ihn immer wieder, und er fragte sich, ob sie immer auf diese Weise in ihrer Arbeit aufging. Wenn das tatsächlich der Fall war, hatte sie sicher kaum Zeit für Freundschaften, welcher Art auch immer.

Eine andere Erkenntnis reifte in ihm heran: *Inzwischen haben wir viele Stunden miteinander verbracht, aber ich weiß noch immer sehr wenig von ihr.* Naylor war freundlich und lächelte gern; sie hatte Rikers Angebot sofort angenommen, als er ihr vorschlug, sich mit den Vornamen anzusprechen. Aber zu einem Austausch von persönlichen Informationen war es bisher nicht gekommen. Riker beschloß, etwas dagegen zu unternehmen.

Naylor wurde Wills Erwartungen gerecht, indem sie eine ausgewogene Mahlzeit wählte: Gemüsesalat und Reisbrot. Riker orderte ein Omelett, obwohl er sich noch immer nicht an den Geschmack synthetisierter Eier gewöhnt hatte.

»Ich habe sie lieber frisch«, gestand er.

Die junge Frau sah ihn überrascht an. »Soll das heißen, Sie … kochen?«

»Ja. Natürlich nicht immer. Aber gelegentlich mache ich mir selbst ein Omelett.«

»Womit?« fragte Naylor. Sie schien es noch immer kaum fassen zu können.

»Mit den Zutaten, die sich auftreiben lassen: Eiern, Gemüse und so weiter. Leider komme ich nur selten dazu.« Riker schwieg einige Sekunden lang und strich

Ketchup auf sein Omelett. Synthetisierter Ketchup schmeckte noch seltsamer als die Eier, aber irgendwie ergänzte sich beides.

»Ich habe nie gekocht«, sagte Naylor leise. »Das gilt auch für meine Mutter. Und für die ganze Familie. Von uns hat nie jemand gekocht. Wir hielten es für Zeitverschwendung.«

Riker lächelte. Diese Einstellung war alles andere als ungewöhnlich. Vor allem bei Starfleet traf man immer seltener jemanden, der wußte, wie man natürliche Nahrungsmittel zubereitete. »Für mich ist es eine kreative Fähigkeit. Wenn ich etwas koche, versuche ich ständig Variationen. Das Ergebnis muß immer etwas anders sein.«

»Warum?« Naylor runzelte verwirrt die Stirn.

Der Erste Offizier hob und senkte die Schultern. »Gibt es keine Dinge, mit denen Sie sich gern beschäftigen? Und zwar einfach nur deshalb, weil sie Ihnen Spaß machen?«

Die junge Frau überlegte. »Ich finde Gefallen an meiner Arbeit.«

»Abgesehen davon, meine ich. Zum Beispiel Musik, Kunst, Literatur, Sport ...« Riker zögerte und erinnerte sich an Gretchens Heimat. »Gartenarbeit.«

»O nein, das ganz bestimmt nicht. In Indiana habe ich so viele Gärten gesehen, daß sie mir für den Rest meines Lebens genügen.« Naylor lächelte einmal mehr, und Riker gewann den Eindruck, daß sich die Farbe ihrer Augen veränderte. Er glaubte plötzlich, goldene Flecken in den Pupillen zu erkennen. »Wissen Sie ... Schon als kleines Mädchen wußte ich, daß meine Zukunft bei Starfleet liegt. Mir war auch klar, wie schwer es ist, einen Studienplatz an der Starfleet-Akademie zu ergattern. Damals schwor ich, mich von nichts aufhalten zu lassen.«

Riker nickte. Ihm war durchaus klar, was Naylor meinte. Auch er hatte damals mehrere Jahre in gründliche Vorbereitungen investiert – und trotzdem Zeit gefunden für Sport, fürs Klavierspielen, für das eine oder andere gute Buch, auch für Wanderungen durch die kalte Wildnis von Alaska. Für Wanderungen, bei denen er mit offenen Augen träumte. Dabei handelte es sich vielleicht um ein Vermächtnis seiner Mutter; der Vater hätte Tagträume niemals geduldet.

»Meine Eltern halfen mir sehr«, fuhr Naylor fort. »Die ganze Familie unterstützte mich. Mein Bruder und meine Schwester übernahmen auch jene Pflichten im Haus, die eigentlich mir zukamen, und dadurch hatte ich mehr Zeit fürs Studium. Es wurde zu einem Ziel der Familie, mir eine berufliche Laufbahn bei Starfleet zu ermöglichen. Alle opferten viel, um mir diese Chance zu geben. Ich hatte immer das Gefühl, daß ich meinen Eltern und Geschwistern einen Erfolg schuldig bin.«

Die junge Frau stocherte mit der Gabel im Salat, und Riker empfand fast so etwas wie Mitleid. Seiner Meinung nach war ihr Verantwortungsbewußtsein zu stark ausgeprägt. Er fragte sich, ob es die Familie freuen würde zu erfahren, daß Naylor auf alles Angenehme verzichtete, sich allein auf die Arbeit konzentrierte. Er bezweifelte es. Vater, Mutter, Bruder und Schwester ... Bestimmt waren sie stolz darauf, daß es Gretchen geschafft hatte. Aber sicher wollten sie auch, daß sich die junge Dame gelegentlich vergnügte.

»Als Ihr vorgesetzter Offizier habe ich einen Befehl für Sie, Fähnrich«, sagte Riker.

Naylor sah auf, und erwartungsvoller Ernst prägte ihre Züge.

»Legen Sie sich ein Hobby zu.« Will sah die Verwirrung und fügte hinzu: »Es ist mir völlig gleichgültig, um was es sich handelt, solange Sie sich mindestens zehn Stunden pro Woche damit beschäftigen. Und es darf *keinen* Zusammenhang mit Ihrer Arbeit geben.«

Sie sprachen über verschiedene Möglichkeiten. Riker

schlug vor, ihr den Umgang mit dem Kontrabaß zu zeigen, wobei sich herausstellte, daß Naylor nicht einmal gewußt hatte, daß ein solches Musikinstrument existierte – als eine Nachricht vom Planeten eintraf. Dokachin teilte mit, es sei ihm gelungen, den Komplizen der Schmuggler zu identifizieren.

Der – beziehungsweise die – Schuldige erwies sich als eine pummelige Zakdorn namens Gelfina. Falten bildeten komplexe Muster in ihrem Gesicht, und ihre Stimme klang weinerlich. Für Riker bot sie ein Bild des Jammers: Dauernd rang sie mit den Händen, und Tränen glänzten in ihren Augen. Alles in ihm drängte danach, diese Frau mit Nachsicht zu behandeln.

Naylor brachte ihr nicht annähernd soviel Anteilnahme entgegen.

Sie führte das Verhör mit einer für den Ersten Offizier überraschenden Strenge, stellte eine Frage nach der anderen und lehnte es ab, sich von den Tränen beeindrucken zu lassen.

»Wir haben Ihr persönliches Muster der Computerbenutzung identifiziert«, sagte Gretchen scharf. »Darüber hinaus wurden Ihre Arbeitsdateien mit den Dienstplänen und Transfer-Aufzeichnungen bezüglich der Tripoli verglichen. Wenn Sie glauben, daß uns ein Fehler unterlaufen ist … Wir geben Ihnen gern die Möglichkeit, den Computer auf die für Sie typische Weise zu verwenden. Dann wird sich herausstellen, ob die entsprechenden Muster übereinstimmen.«

Gelfina schüttelte kummervoll den Kopf. Die Zakdorn legten großen Wert auf Sorgfalt und Gründlichkeit, was bedeutete, daß den Benutzungsmustern hier eine ähnliche Bedeutung zukam wie Fingerabdrücken auf der Erde. Niemand verwendete den Computer auf die gleiche Art wie eine andere Person – dadurch wurde eine eindeutige Identifizierung möglich.

»Sie geben also zu, daß die von uns vorgenommene Identifizierung richtig ist?« fragte Gretchen hartnäckig.

Gelfina nickte und schniefte leise.

»Haben Sie die Transferkoordinaten der Tripoli im Depotcomputer gefälscht?«

Die Frau zögerte und sah sich um. Vielleicht dachte sie darüber nach, wie ihre Chancen standen, diese Sache heil zu überstehen. Ihre Hoffnungen schwanden, als sie in Naylors kühle grüne Augen sah. Erneut nickte sie.

»Warum?« fragte Riker. Es interessierte ihn immer, aus welchem Grund manche Leute auf eine Weise handelten, die sich am Ende gegen ihre eigenen Interessen richtete. Diesmal ergab sich eine Reaktion, mit der er nicht gerechnet hatte. Gelfina weinte hemmungslos, wodurch ihre recht massigen Schultern erbebten.

Naylor warf dem Ersten Offizier einen kurzen Blick zu. Offensichtlich fühlte sie sich durch seine Frage in ihrem Verhör gestört. Nicht zu Unrecht, wie Riker sich eingestehen mußte.

Nach einer Welle wurde Gelfinas Schluchzen leiser, und schließlich sagte sie:

»Er war nett zu mir. Er meinte, ich sei h-h-h-hübsch!« Im Anschluß an diese Worte brach die Zakdorn erneut in Tränen aus. Riker begriff, daß er mit seiner neugierigen Frage ein emotionales Ventil in der Zakdorn geöffnet hatte, und Naylor gelangte zu dem gleichen Schluß. Sie gab ihm ein unauffälliges Zeichen und wich zurück. Der Erste Offizier trat auf die weinende Frau zu.

»Gelfina ...«, sagte er sanft. »Ich weiß, daß dies alles sehr schwer für Sie ist. Aber wir brauchen Ihre Hilfe. Jemand hat Sie ausgenutzt. Können Sie uns mitteilen, wer dahintersteckt?«

Die Zakdorn wischte sich Feuchtigkeit von den aufgequollenen Wangen und versuchte, die Fassung wiederzugewinnen. »Er hat mich nicht ausgenutzt. Er ...

mochte mich. Und er verstand. Nie zuvor hat mich jemand so ... gut behandelt. Und jetzt ist er tot!«

Gelfina heulte erneut los, und Riker wartete darauf, daß sie sich wieder beruhigte. Er stellte sich die Situation vor: hier die Zakdorn, eine alles andere als attraktive Frau, die ein langweiliges Leben als Computertechnikerin führte; und dort ein Verführer, der wußte, was man mit netten Worten, einigen Komplimenten und angeblich verständnisvollem Zuhören erreichen konnte.

»Er befand sich an Bord des explodierten Schiffes«, sagte Riker, und Gelfina nickte. Sie hob beide Hände, rieb sich die geröteten Augen.

»Wie hieß er?« erkundigte sich Will.

»M-M-M-Melcor.« Sie erschauerte; die bloße Nennung des Namens schien zu genügen, ihr neuen Kummer zu bescheren.

»Hat er Sie gebeten, das Computersystem zu rekonfigurieren – damit alle glaubten, die *Tripoli* befände sich nach wie vor in ihrem Depotsektor?« Wieder ein Nicken. Riker spürte wachsende Verdrießlichkeit. »Wissen Sie, weshalb er sich mit einem solchen Anliegen an Sie wandte und was er mit den gestohlenen Materialien anstellte?«

Die Zakdorn schüttelte den Kopf.

»Können Sie uns sagen, mit wem er zusammenarbeitete?« Wieder ein stummes Nein. Riker griff nach einer feuchten Hand. »Sie sind sehr tapfer gewesen, Gelfina. Ich werde die zuständigen zakdornianischen Behörden bitten, Ihnen gegenüber Milde walten zu lassen. Wie dem auch sei, ich wäre Ihnen sehr dankbar, wenn Sie uns den Namen einer Person nennen würden, die Melcor kannte.«

Gelfina drehte ruckartig den Kopf und richtete einen wütenden Blick auf den Ersten Offizier. »Amarie«, zischte sie. »Seine dicke, dumme, faule, nichtsnutzige und ordinäre Ex-Frau.«

Amarie lutschte an dem Salzstab, den sie in einer Hand hielt, während sie mit den übrigen drei Händen auf den Tasten spielte. Über Monate hinweg hatte sie sich immer wieder vorgenommen, auf diesen Genuß zu verzichten, und einmal schaffte sie es sogar, vier Tage lang abstinent zu bleiben. Doch dann wurde das Verlangen so übermächtig, daß sie sich dabei überraschte, wie sie einen Stab in ihren zitternden Fingern hielt und wie verzweifelt daran leckte – ohne sich an die Entscheidung zu erinnern, die Enthaltsamkeit aufzugeben.

Anschließend gab sie es auf. Sie mußte also damit rechnen, einige Monate weniger zu leben. Na und? Wenn sich an den gegenwärtigen Umständen ihrer Existenz nichts änderte, war der Verlust jener Monate kaum zu bedauern. Eher traf das Gegenteil zu: Vielleicht sollte sie sich sogar darüber freuen, das Diesseits etwas eher zu verlassen.

Amarie seufzte, legte den Salzstab beiseite und glitt jetzt auch mit der vierten Hand über die Tasten. Deshalb besuchten die Gäste *Shern's Palace:* um zu sehen, wie vier Hände über die Klaviatur huschten, um zu sehen, wie Amarie im Takt ihrer Musik mit den Hüften wackelte. Allerdings ... Seit einiger Zeit kamen nicht mehr viele Leute. Sie blickte sich kurz um und stellte fest, daß die Theke fast verwaist war, nur einige Stammgäste saßen an den Tischen. Fast alle ignorierten sie.

Kein Wunder. Sie kannten die Musik, jeden einzelnen Akkord. Neue Gäste gab es nicht. Wer diesen Ort aufsuchte, für den gab es keinen anderen Platz. *Shern's Palace.* Von wegen Palast. Eine schmutzige Spelunke, schäbig und heruntergekommen. Shern gehörte zwar zum Volk der Filimase, aber die Einrichtung entsprach zakdornianischen Vorstellungen: viel Rot, außerdem Seile, Netze, Ketten – wurden sie *noch immer* benutzt? – und Shriva-Vögel am Eingang.

Amarie hatte schon vor einer Weile festgestellt, daß sie

einen ganzen Abend spielen konnte, ohne sich auf die Musik zu konzentrieren. Inzwischen war es kaum mehr als eine mechanische Tätigkeit für sie. Ihr Repertoire hatte solche Ausmaße angenommen, daß sie völlig automatisch von Stück zu Stück wechselte.

Leider hatte sie dadurch viel Zeit zum Nachdenken.

In letzter Zeit dachte sie nicht gern nach, denn in ihrem Leben gab es zu viele Enttäuschungen. Immer wieder stieß sie auf jene Wegmarken, an denen sie auf ihrem Lebensweg falsche Abzweigungen genommen hatte. Unglücklicherweise gab es später kein Zurück mehr. Sie mußte sich mit den Fehlern abfinden, und die meisten von ihnen betrafen Männer. Frank, Nard, Melcor, Renninum ... Jeder einzelne von ihnen ein Verlierer. Warum bekam sie es immer mit dem Strandgut des Kosmos zu tun? Gab es in der Galaxis keine guten Männer mehr?

Sie blickte zu einem Wandsegment, das ihr Spiegelbild präsentierte. Während sie sich selbst betrachtete, leckte sie einige Male geistesabwesend an dem Salzstab. Eigentlich sah sie noch immer ganz passabel aus. Sicher, sie hatte mehr auf den Rippen als in ihrer Jugend, aber das mußte nicht unbedingt ein Nachteil sein: Viele Männer mochten rundliche Frauen. Nein, an ihrem Erscheinungsbild gab es kaum etwas auszusetzen. Sie war stets gut frisiert – sie zog es vor, die schwarzen Locken hochzustecken –, und das Make-up trug sie immer mit besonderer Sorgfalt auf. Dabei verlor sie nur wenig Zeit, was sie dem Umstand verdankte, über vier Hände zu verfügen. Sie waren recht nützlich, unter anderem bei der Bedienung von Klaviaturen und auch bei anderen Beschäftigungen (was einige Männer bestätigen konnten). Die Ringe in der Nase wiesen reiche Verzierungen auf und saßen genau an der richtigen Stelle. Das rosarote, leicht schimmernde Gewand stand ihr gut; sie fand, daß es ihrer Figur schmeichelte.

»Amarie, Teuerste meine ...«

Eine gräßliche Stimme unterbrach ihre Grübeleien: Shern, Inhaber der Spelunke. Sie warf ihm einen gelangweilten Blick zu.

»Was ist?«

»Die Gästen sie schlafen ein. Können wir nicht haben Musik etwas lebendiger?«

Amarie fürchtete, daß Shern sie noch in den Wahnsinn trieb. Warum benutzte er nicht endlich einen automatischen Translator? Er wollte unbedingt zu den Einheimischen zählen, und deshalb hielt er es für erforderlich, ihre Sprache zu sprechen. Das Ergebnis war eine Qual für die Ohren. Amarie verabscheute sein schmales, schuppiges Gesicht und das nie blinzelnde Knopfauge. Und sie haßte ihn, weil er ihren Lebensunterhalt bestimmte.

In Gedanken verfluchte sie ihn hingebungsvoll.

»Ich spiele meine Musik, Shern. Sie hat Ihnen gefallen, als Sie mich einstellten.«

»Aber sie immer klingen gleich jetzt viel. Ist nicht möglich vielleicht Abwechslung ein bißchen?«

Abwechslung. Amarie kannte mehr als viertausend verschiedene Stücke – genug, um mehrere Tage lang ohne Pause zu spielen. Und dieser Bursche behauptete, daß es ihr an Abwechslung mangelte. Verärgert griff sie nach dem Salzstab und schob ihn sich in den Mund. »Wenn Sie mir sagen, was Sie wollen, Shern ... Vielleicht bin ich dann imstande, Ihre Wünsche zu erfüllen. Wenn Sie mehr wollen, müssen Sie auch mehr zahlen.« Das Salz sorgte dafür, daß die Worte ein wenig undeutlich klangen, aber bestimmt verstand Shern.

»Wenn neue Gäste keine, dann Job nicht mehr lange dauern kann«, zischte er, warf Amarie einen bedeutungsvollen Blick zu und verzog sich.

Amaries zweitgrößte Angst bestand darin, daß sie den Rest ihres Lebens in diesem miesen Schuppen verbringen mußte. Sie stellte sich vor, Salz zu lecken und zu spielen, ohne jemals einem anständigen Mann zu begegnen, ohne die Freuden einer Mutter kennenzulernen.

Ihre größte Angst aber war, daß sie den Rest ihres Lebens *nicht* in diesem miesen Schuppen verbringen könnte, sondern arbeitslos in der Gosse. Auf Qualor gab es praktisch keine andere Möglichkeit für sie, Geld zu verdienen, denn mit den Zakdorn kam sie nicht gut zurecht.

Daß sie sich nun hier befand, war nicht ihrer eigenen Entscheidung zuzuschreiben. Viele Lichtjahre trennten sie von ihrer Heimat, sowohl in räumlicher Hinsicht als auch im übertragenen Sinne. Sie war auf Talemstra geboren, als Angehörige eines Volkes, das den Frieden und die Kreativität liebte. In ihrer Heimat hatten alle vier Arme und widmeten sich den Künsten. Musik, Bildhauerei, Tanz – die Bewohner von Talemstra nutzten jede Gelegenheit, um ihrer schöpferischen Phantasie Ausdruck zu verleihen. Amarie hätte alles für die Möglichkeit gegeben, dorthin zurückzukehren. Sie verdankte es ihrem dritten Mann, daß sie auf Zakdorn festsaß. Nard, ein hinreißend aussehender Abenteurer mit einem eigenen Raumschiff … Allerdings riskierte er auch gern ein Auge. Mit einer siblitischen Schönheit machte er sich aus dem Staub, einer Frau, die viel zu jung und zu mager war. Amarie zweifelte kaum daran, daß die Beziehung nur einige Wochen, höchstens Monate dauern würde, doch was nützte ihr das? Sie mußte auf Qualor bleiben, dem Planeten der Zakdorn.

Sie begegnete den Bewohnern dieser Welt mit Abscheu. Die Zakdorn waren langweilig und wußten Kreativität nicht zu schätzen. Die von ihnen angebotene Arbeit konnte Amarie nicht annehmen – mit Zahlenkolonnen und Dateilisten wußte sie kaum etwas anzufangen. Sie hatte nur die Musik, und wenn sie ihren aktuellen Job verlor, würde sie in echte Schwierigkeiten geraten. Sie schauderte innerlich bei der Vorstellung, ohne Freunde und Einkommen zu sein, langsam zu verhungern, ohne daß jemand Anteil an ihrem Schicksal nahm.

Amarie zerkaute den Rest des Salzstabs, schluckte und schnitt eine Grimasse angesichts des bitteren Geschmacks. Mit einer Hand griff sie nach dem Krug, der Trastor-Bier enthielt, und spülte großzügig nach. Dann wandte sie sich wieder der Klaviatur zu. Shern wollte Abwechslung? Na schön, er sollte sie bekommen.

Mit solcher Hingabe spielte sie, daß ihr der Schweiß ausbrach.

Nach einer Weile sah sie, wie ein Mann hereinkam, und ihr Herz schien ein oder zwei Sekunden lang auszusetzen. Er war groß und sah hinreißend aus, hatte einen sorgfältig gestutzten Bart. Bei seiner roten, perfekt geschnittenen Kleidung schien es sich um eine Uniform zu handeln. Die Augen des Fremden ... Ihre Farbe erinnerte Amarie an die Meere von Hoalot.

Eine Frau begleitete ihn. Sie war mager und flachbrüstig wie ein Brett. Amarie wußte, daß Frauen, die nur aus Haut und Knochen bestanden, einem Mann keine echte Befriedigung schenken konnten. Das dunkle Haar der Unbekannten bildete einen sorgfältig geflochtenen Zopf, und dem Gesicht fehlte es an Make-up; dadurch wirkte es fast unansehnlich schlicht. Sie trug ebenfalls eine Uniform, allerdings in einem bräunlichen Ton.

Amarie spielte schneller, wiegte sich dabei auf dem Stuhl hin und her. Sie würde den Mann zu sich holen, um dann eine andere Art von Musik mit ihm anzustimmen.

Zum erstenmal an diesem Abend lächelte Amarie.

Rikers Blick schweifte durch die schäbige Bar. Nur wenige Gäste waren zugegen, sie saßen im dunkleren Bereich weiter hinten. An der Theke warteten gelangweilte Prostituierte auf Freier.

Der Erste Offizier spürte Naylor an seiner Seite und fragte sich, ob es klug gewesen war, sie mitzubringen. Sie hatte ihn unbedingt begleiten wollen und dabei auch Worfs Unterstützung gewonnen. Der klingonische Sicherheitsoffizier legte großen Wert darauf, daß einer seiner Leute bei dem Einsatz in Rikers Nähe weilte.

Wie dem auch sei, dieser Schuppen war Wills Meinung nach kein geeigneter Aufenthaltsort für eine junge Dame aus Indiana. Naylor wäre bestimmt verärgert gewesen, wenn er diesen Gedanken laut ausgesprochen hätte, und deshalb behielt er ihn für sich. In dieser Hinsicht mochte er altmodisch sein, aber so empfand er nun einmal.

Amarie bemerkte er sofort, nicht zuletzt wegen ihrer vier Arme. Aber die dicke, schlampig wirkende Frau wäre ihm ohnehin aufgefallen: krauses, getöntes schwarzes Haar; zuviel Make-up; billigen Schmuck an den Fingern, im Haar und an der Nase. Ein weites, rosarotes und mit Pailletten besetztes Kleid umhüllte ihre Gestalt und vermochte kaum die viel zu breiten Hüften zu kaschieren.

»Nehmen Sie Platz. Ich bin gleich wieder da.« Der Erste Offizier deutete zu einem kleinen Tisch und sah Gretchens Reaktion: Überraschung ließ ihre Augen größer werden, dann kniff sie sie mißtrauisch zusammen.

»Ich glaube, ich sollte bei Ihnen bleiben, Commander«, erwiderte sie leise. »Immerhin bin ich Ihnen als Sicherheitseskorte zugewiesen.«

Riker lächelte schief. »Ich verstehe, Fähnrich. Inzwischen habe ich die Situation eingeschätzt und bewertet. Ich versichere Ihnen. In diesem Fall komme ich allein besser zurecht.«

Naylor blinzelte, und der Erste Offizier rückte einen Stuhl für sie zurecht. »Ich schlage vor, Sie bestellen Trastor-Bier. Es schmeckt ganz gut und ist nicht annähernd so stark wie einige andere Spezialitäten, die man hier vermutlich serviert.«

Die junge Frau zögerte einige Sekunden lang, doch dann setzte sie sich.

»Na schön, Commander«, sagte sie. »Aber ich beobachte alles.«

»Das hoffe ich. Es ist schließlich Ihre Aufgabe.« Riker sah auf Naylor hinab und lächelte.

Er spürte, wie die Musik kraftvoller wurde, und er sah sich zur Mitte des Raumes um. Amarie saß dort im Licht eines kleinen Scheinwerfers. Er legte kurz seine Hand auf Gretchens Schulter und betrat den hellen Bereich der Bar.

Die Frau leckte an einem Salzstab, während sie spielte, sie schien nicht zu bemerken, daß er sich näherte. Doch dieser Eindruck täuschte: Sein Instinkt sagte Riker, daß sie sich seiner Gegenwart sehr wohl bewußt war. Er ließ sich auf einen freien Stuhl neben dem Klavier sinken, und Amarie warf ihm einen unverbindlichen Blick zu.

»Ein neues Gesicht«, sagte sie mit heiserer Stimme.

»Ich hab's schon seit einer ganzen Weile«, erwiderte Riker und freute sich, als er die Frau lächeln sah. Er mochte Leute mit Humor; dadurch wurde alles viel einfacher.

»Was möchten Sie hören?« fragte Amarie, während ihre Finger weiter über die Tasten huschten. Riker sah ihr fasziniert zu. Mit vier Händen konnte sie die erstaunlichsten Kontrapunkte schaffen.

»Kennen Sie Blues?« fragte er.

Wieder lächelte Amarie, noch breiter als vorher. »Sehen Sie mich an, Mister. Was glauben Sie?«

Riker stellte fest, daß ihm diese Frau gefiel. Sie mochte aufgedonnert sein, aber es steckte ein guter, ehrlicher Kern in ihr. »Sieben verschiedene Arten sind mir bekannt«, fuhr sie fort. »Wie wär's mit einem ordentlichen andorianischen Blues?«

Zwei Hände formten die Melodie. Die dritte hielt den Salzstab, an dem Amarie leckte, und die vierte hob eine Schüssel. »Salz gefällig?«

»Ich mache mir nichts daraus«, erwiderte Riker. Er hielt es für eine scheußliche Angewohnheit und fragte sich, ob die Leute, die dauernd Salz schleckten, wußten, welche Folgen das für ihren Mund hatte? Er war einmal mit einer Frau zusammengewesen, die nicht auf Salzstäbe verzichten konnte oder wollte. Nach jedem Kuß fühlte sich Wills Gaumen so trocken an wie der Boden einer Wüste.

»Gut für Sie. Eine üble Sache, die Salzsucht.« Sie leckte noch einige Male und legte den Stab dann beiseite. »Wen suchen Sie?« fragte Amarie, ohne Riker anzusehen.

Der Erste Offizier war so überrascht, daß er nicht sofort die richtige Entgegnung fand. »Woher wollen Sie wissen, daß ich jemanden suche?«

»Ihr Gesicht und Ihre Uniform bieten einen deutlichen Hinweis«, entgegnete Amarie. »Jemand wie Sie kommt nicht ohne Grund an einen Ort wie diesen.«

»Na schön. Ich habe Sie gesucht.«

»Damit bringen Sie Freude in mein Leben«. Trockener Humor erklang in Amaries Worten, aber Riker spürte auch so etwas wie eine verborgene Wahrheit.

»Ich bin hier, um Ihnen einige Fragen über Ihren Mann zu stellen.«

Amarie warf ihm einen kurzen Blick zu, und die Atmosphäre ihrer Musik veränderte sich. Die Melodie wurde schneller, drängender. »Es wäre auch zu schön gewesen ...«, murmelte sie. »Welchen Mann meinen Sie?«

»Den toten.«

Die Frau fuhr zu spielen fort und ließ nicht einen einzigen Takt aus. Doch das Unstete in ihrer Musik gewann die Oberhand. »Sie sind von der *Enterprise*«, sagte sie lakonisch. »Sie haben das Schiff meines Mannes zerstört.«

Es erleichterte Riker, daß diese Frau sofort zum Kern der Sache kam. Es hätte alles wesentlich komplizierter sein können, aber zum Glück hegte Amarie keinen Groll gegen ihn. Er fragte sich, welche Gefühle sie dem toten Piloten des Schmugglerschiffes entgegenbrachte. Will hielt es für angebracht, vorsichtig und taktvoll zu sein.

»Er hat zuerst geschossen«, sagte er in einem bedauernden Tonfall.

»Das wundert mich nicht.«

Riker musterte die Frau neugierig und suchte nach einer versteckten Bedeutung ihrer Worte. Doch ihr Gesichtsausdruck blieb neutral.

»Er war an schmutzigen Geschäften beteiligt«, sagte Will. »Leider wurde das gesamte Beweismaterial zusammen mit dem Schiff vernichtet.«

»Das war eine seiner guten Eigenschaften; er ließ nie Unordnung zurück.« In den Augen der Frau funkelte es kurz. »Was erwarten Sie von mir?«

»Ich habe mir Auskünfte erhofft«, erwiderte Riker. »Zum Beispiel über die Geschäftspartner Ihres verstorbenen Mannes.«

Amarie seufzte leise und blickte auf ihre Hände hinab, die in ständiger Bewegung blieben und über die Klaviatur glitten. »Warum sollte ich Ihnen helfen?« fragte sie.

»Um ganz ehrlich zu sein: Ich weiß es nicht.« Will lächelte, appellierte an die Ehrlichkeit der Frau.

»Nun, Sie haben meinen Ex getötet. Dafür stehe ich in ihrer Schuld.«

Riker schüttelte den Kopf. Amarie wurde ihm immer sympathischer.

»Legen Sie ein paar Münzen in die Schale«, sagte sie. »Um mein Gedächtnis aufzufrischen.«

»Ich bin nie mit Geld unterwegs«, meinte Riker wahrheitsgemäß. Die Frau bedachte ihn mit einem anerkennenden Blick und seufzte erneut.

»Sie bieten nicht viel, oder?«

Der Erste Offizier dachte nach und mußte Amarie recht geben. Er bat um Informationen, die für ihn sehr wichtig waren, und er bot keinerlei Gegenleistung dafür an. Das erschien ihm unfair. Er musterte Amarie und überlegte, was sich eine Frau wie sie wünschte – abgesehen von einem Mann, der sie anständig behandelte und von hier fortbrachte.

Dann fiel es ihm ein.

»Rutschen Sie zur Seite«, sagte er.

»Wie bitte?« fragte Amarie verdutzt.

Riker stand auf und nahm neben ihr am Klavier Platz, roch dabei den salzigen Atem der Frau. Er wandte sich den Tasten zu.

»Genau das brauche ich«, kommentierte Amarie. »Noch ein Paar Hände.«

»Kennen Sie das hier?« Riker begann zu spielen, so wie in der Simulation von Stumpy's Bar auf dem Holodeck der *Enterprise.* »Stammt aus dem frühen zwanzigsten Jahrhundert. Solche Musik erklang damals in Memphis, einer Stadt auf der Erde.« Er spielte eine Zeitlang und spürte, daß die Frau Gefallen daran fand. »Vielleicht könnte ich Sie das eine oder andere lehren.«

»Das haben Sie bereits«, bestätigte Amarie. Aufmerksam beobachtete sie Rikers Hände, nahm ihre Bewegungsmuster auf und lauschte dem Rhythmus der Tonfolgen. Sie war beeindruckt. Diese Musik gefiel ihr sehr; man spürte deutlich, daß sie von Herzen kam.

Einige Minuten lang spielte Will Klavier, schließlich fragte er: »Nun, haben Sie mir etwas zu sagen?«

Amarie zuckte mit den Schultern und lächelte. »Sind Sie einige Tage lang in der Gegend?«

»Ich könnte mir die Zeit nehmen.«

»Früher oder später kommt ein Mann namens Omag, um sich ein ganz bestimmtes Stück anzuhören: *Melor Famagal.* Er ist ein Waffenhändler – ein fetter Ferengi.«

Riker starrte die Frau an. Das war's. Endlich hatte er

die gesuchte Verbindung gefunden. Ein Gefühl des Triumphes prickelte in ihm, veranlaßte ihn, mit noch mehr Leidenschaft und Begeisterung zu spielen. Seine Empfindungen schienen sich direkt auf die Klaviatur zu übertragen. Irgendwann stellte er fest, daß sich Amaries vier Hände seinen eigenen hinzugesellten, und sie spielten sechshändigen Blues.

14

Spock und Pardek saßen im Vorzimmer von Prokonsul Nerals Büro. Sie hatten einen langen Weg durch die grandiosen Räume und Säle des fast tausend Meter hohen Regierungsgebäudes hinter sich. Der Vulkanier fand dabei Gelegenheit, die würdevolle Architektur und schlichte Eleganz der vorherrschenden Strukturen zu bewundern. Die gewölbten Räume boten viel Platz und vermittelten einen Eindruck von Vornehmheit und Macht. Die Erhabenheit dieses Bauwerks stand in einem krassen Gegensatz zur Trostlosigkeit in den düsteren Straßen. Spock fand den Kontrast faszinierend.

Während sie durch das Gebäude schritten, glaubte er zu erkennen, daß Pardek den Höhepunkt seiner politischen Karriere bereits hinter sich hatte. Der Senator lächelte ständig und grüßte alle Personen, denen sie begegneten. Immer bekam er freundliche Antworten. Doch dem Vulkanier fiel auf, daß die Initiative von Pardek ausging. Wer über wahre Macht verfügte, grüßte nicht als erster, sondern ließ sich grüßen. Nun, Spock nahm diesen Umstand keineswegs als Anlaß zur Besorgnis. Er bedurfte Pardeks Hilfe in erster Linie bei der Herstellung des Kontakts, der nun unmittelbar bevorstand.

Während sie im Vorzimmer warteten, beobachtete er, wie der Senator mit einer Frau sprach, die sich als eine Assistentin des Prokonsuls vorgestellt hatte. Sie hatte blondes Haar, was bei Romulanerinnen die Ausnahme war. Pardek gab sich onkelhaft und freundlich, aber

Spock spürte, daß die Assistentin eine gewisse Distanz zu wahren versuchte. Sie sprach nur aus Höflichkeit mit dem Senator.

Er sah kein gutes Zeichen darin, daß man sie warten ließ. Wenn dem Treffen wirklich eine so hohe Bedeutung zukam, wie Pardek behauptete, warum saßen sie dann noch immer auf dieser harten Bank?

Ein oder zwei Sekunden lang dachte Spock an Sareks – Picards? – Skepsis.

Erleichterung durchströmte ihn, als ein junger Mann erschien und verkündete, der Prokonsul sei nun bereit, sie zu empfangen. Pardek beendete das Gespräch mit der Assistentin, wandte sich dem Vulkanier zu und strahlte.

»Gehen wir?«

Spock stand auf und folgte ihm in den angrenzenden Raum.

Dort erwartete sie ein erstaunlich junger Mann. Der Prokonsul war mehrmals als jugendlicher, dynamischer Politiker beschrieben worden, aber diese Person erschien Spock fast jungenhaft. Die dunklen Augen glänzten, und ein Lächeln umspielte die Lippen. Mit energischen, kraftvollen Schritten trat der Mann den Besuchern entgegen.

»Prokonsul …« Pardeks Stimme klang jetzt fast einschmeichelnd.

»Ja … Pardek«, erwiderte Neral, doch sein Blick galt Spock. »Kommen Sie herein.«

»Botschafter Spock von Vulkan«, sagte der Senator überflüssigerweise.

»Prokonsul …« Spocks Stimme war ruhig, und er hielt dem sondierenden Blick stand.

»Oh, ich bitte Sie.« Neral winkte ab. »Lassen wir die Titel weg. So etwas mag ich nicht, seit ich einfacher Uhlan in der romulanischen Garde gewesen bin. Nennen Sie mich Neral.« Er hob die Hand und betrachtete sie unsicher. »Pardek hat's mir zu zeigen versucht, aber ich fürchte ...«

Es gelang ihm schließlich, die Finger zum vulkanischen Gruß zu spreizen. Spock erwiderte ihn. »Es ist mir eine Ehre«, sagte er.

»Gut«, entgegnete Neral.

Erneut musterten sich die beiden Männer.

Pardek lächelte nervös, und Spock begriff: Er fühlte sich plötzlich wie ein Außenseiter im Zentrum der Macht. »Bitte erlauben Sie mir, mich zurückzuziehen«, sagte er, und einmal mehr hörte der Vulkanier Servilität in den Worten des Senators.

Neral wandte sich mit routinierter Diplomatie an ihn. »Sehen wir uns morgen beim Empfang?«

Pardek lächelte überaus zufrieden. »Meine Frau und ich freuen uns bereits darauf.« Er deutete eine Verbeugung an, drehte sich um und ging.

Nerals Blick kehrte zu Spock zurück. »Schon seit Jahren wurde Pardek nicht mehr zu einem derartigen offiziellen Anlaß eingeladen«, sagte er in einem vertraulichen Tonfall. »Gewisse Personen sind der Ansicht, daß er sich viel zu sehr dem einfachen Volk verbunden fühlt.«

»Das finde ich bedauerlich.« Spock hielt auch jetzt an der Loyalität dem Senator gegenüber fest. »Ich bin immer der Meinung gewesen, daß Pardek in vielen Dingen große Einsicht zeigt.«

Neral ging nicht darauf ein und bedeutete Spock mit einer Geste, in einem bequemen Ledersessel Platz zu nehmen.

»Wir beide machen hier und jetzt Geschichte«, sagte er ohne Einleitung. »Wir geben dem Quadranten ein völlig neues Gesicht.«

Spock versuchte, sich seine Überraschung nicht anmerken zu lassen. Er war darauf vorbereitet gewesen, mit einem langen Vortrag für seine Sache einzutreten, um den Prokonsul davon zu überzeugen. Doch das schien überhaupt nicht nötig zu sein.

»Sind Sie bereit, die Wiedervereinigung zu unterstützen?« fragte Spock.

»Ich glaube an ihre Unvermeidlichkeit. Unsere beiden Welten brauchen einander.«

»Bitte verzeihen Sie, aber ... Ich habe nicht damit gerechnet, daß Sie wie ein Mitglied der Untergrundbewegung sprechen.«

Neral lächelte. »Ich wollte dafür sorgen, daß Sie meinen Standpunkt kennen.«

Spock dachte lange darüber nach. Der Umstand, daß Neral zu den Befürwortern der Wiedervereinigung zählte, kam einem unerwarteten Geschenk gleich. Der Prokonsul gehörte zu einer jungen, liberal eingestellten Generation von Politikern; wenn er die Zukunft repräsentierte, so gab es Hoffnung. Andererseits mußten Nerals Ansichten nicht unbedingt mit denen der Regierungspolitiker übereinstimmen. »Glauben Sie, die Unterstützung des Senats gewinnen zu können?«

Der Prokonsul beugte sich vor, und Zuversicht leuchtete in seiner Miene. »Im Senat stehen die Dinge nicht mehr wie ehedem. Die Alten verlieren immer mehr Vertrauen und Respekt.« Er stand auf und ging umher. »Die Intervention in den klingonischen Bürgerkrieg, die endlosen Konfrontationen mit der Föderation ... Das Volk hat genug davon. Die Zeiten ändern sich. Und Politiker, die es versäumen, sich anzupassen, verlieren rasch an Einfluß.«

Neral wandte sich an Spock, und alles an ihm brachte Enthusiasmus zum Ausdruck. »Ich bin bereit, *in aller Öffentlichkeit* für Gespräche zwischen unseren Völkern einzutreten.« Er lächelte, als er die Verblüffung des Besuchers bemerkte. »Wie würden die Vulkanier darauf reagieren?«

Spock antwortete nicht sofort. Alles geriet schneller in

Bewegung, als er angenommen hatte; er zog ein gemächlicheres Tempo vor, das Zeit genug ließ, gründlich nachzudenken.

»Mit Vorsicht«, erwiderte er schließlich. »Es gilt, ein über viele Generation gehegtes Mißtrauen zu überwinden.«

Neral wirkte enttäuscht. »Doch wenn jemand mit Ihrem Einfluß zum Fürsprecher wird …«

Plötzlich klang eine Stimme aus dem Interkom. »Der Senat tagt wieder, Prokonsul«, meldete die Assistentin aus dem Vorzimmer.

Neral runzelte kurz die Stirn. »In Ordnung.« Und zu Spock: »Können wir uns morgen noch einmal treffen?«

»Wie Sie wünschen«, sagte Spock.

»Gut. *Jolan tru*, Spock.« Dem Romulaner fiel etwas ein, und er fügte hinzu: »Glück und langes Leben.«

Spock verbeugte sich und ging, von Unbehagen begleitet. Eine innere Stimme warnte ihn: Die Unterredung hatte jeder Logik entbehrt.

D'Tan lief schon seit einer Stunde. Es lag noch eine weitere Stunde vor ihm, aber er wußte, daß er die gegenwärtige Geschwindigkeit lange genug halten konnte. Mehr noch, er glaubte, für alle Zeiten so laufen zu können. Es war herrlich, den Wind im Gesicht zu spüren und das Pochen der Füße auf dem heißen romulanischen Boden im Chulatal zu hören. D'Tan fühlte sich immer wundervoll, wenn er lief.

Die Leute sagten ihm dauernd, daß er es langsamer angehen sollte. Aber warum? Es gab so viel zu tun, zu entdecken und zu lernen. D'Tan fürchtete oft, daß er starb, bevor er Gelegenheit erhielt, alle Aspekte des Lebens zu kosten. Er wollte keine Zeit verlieren, indem er ging – deshalb lief er.

Nach einer Welle erkannten bestimmte Leute, daß sein Laufen von Nutzen war. Die Untergrundbewegung begann, den Jungen als Kurier einzusetzen, denn er war zuverlässiger und vertrauenswürdiger als alle anderen Kommunikationsmethoden. Diesen Gesichtspunkten kam sogar größere Bedeutung zu als allein der Geschwindigkeit.

Diesmal lief D'Tan zum Ort M'Narth, um dort zu verkünden, daß für den Abend ein Treffen in den Höhlen geplant war, alle sollten kommen. Es mochte die wichtigste Versammlung sein, die jemals stattgefunden hatte.

Mehr gab man dem Knaben nicht mit auf den Weg, doch D'Tan ahnte, daß die Erfüllung seines Wunschtraums unmittelbar bevorstand. Vielleicht sprach Spock am kommenden Abend jene Worte, die sie alle hören wollten. Vielleicht kündigte er die Wiedervereinigung von Vulkaniern und Romulanern an.

Für D'Tans Familie und viele ihrer Freunde war es ein Traum, dem sie sich schon seit Generationen hingaben. D'Tan, seine Eltern, ihre Vorfahren ... Sie alle waren in dem festen Glauben aufgewachsen, daß Vulkanier und Romulaner eines Tages wieder ein Volk sein würden, in Frieden vereint, ohne Barrieren und Vorurteile.

Die ersten Lieder, die D'Tan als kleines Kind hörte, stammten von Vulkan. Man lehrte ihn vulkanische Geschichte und Traditionen. Er sehnte sich danach, jenen legendären Planeten zu besuchen, um dort mit seinen vulkanischen Brüdern zu meditieren. Die Vorstellung, daß er tatsächlich Gelegenheit dazu erhalten mochte, erfüllte ihn mit Aufregung.

Die Hoffnung hatte einen Namen: Spock. Fröhlich stimmte D'Tan ein Vereinigungslied an, bejubelte darin jedoch nicht den uralten Helden, sondern Spock. Durch das Singen verging die Zeit schneller, und der Junge wollte, daß die Stunden bis zum Abend so schnell wie möglich verstrichen.

An jenem Abend, in den Höhlen, pochte D'Tans Herz schneller als sonst, und sein Gesicht glühte. Er glaubte, seinen Ohren kaum trauen zu können, und den vielen anderen Anwesenden erging es ähnlich. Stumm hörten sie zu, und niemand von ihnen rührte sich. Selbst die kleinen Kinder verharrten in Reglosigkeit und schienen zu verstehen, daß etwas Besonderes vor sich ging. Spocks ruhige Stimme hallte durch die Kaverne, berichtete von seinem Gespräch mit Neral und wies darauf hin, daß der Prokonsul ihm mit Aufgeschlossenheit begegnet sei.

Irgendwo in der Menge begann ein Baby zu weinen. Einige Sekunden später wurde es wieder still, als es an der Brust seiner Mutter lag. Und dann sprach der Vulkanier Worte, die zu einem Freudentaumel führten: Neral befürwortete die Wiedervereinigung und wollte in aller Öffentlichkeit für die Aufnahme von Gesprächen zwischen Romulanern und Vulkaniern eintreten.

Die Zuhörer brachen ihr Schweigen und brachten mit lauten Rufen ihre Begeisterung zum Ausdruck. Man umarmte sich, und überall erklangen aufgeregte Stimmen. D'Tans Vater drückte den Sohn an sich, und die Mutter griff nach seinen Händen. Janicka, eine gute Freundin des Knaben, weinte vor Freude. D'Tan hatte das Gefühl, nie glücklicher gewesen zu sein.

»In aller Öffentlichkeit ...«

»Endlich können wir wieder ein Volk sein ...«

»Dann ist es nicht mehr nötig, daß wir uns in Höhlen verstecken ...«

Eine junge Frau namens Shalote konnte sich nicht länger zurückhalten, lief zu Spock und drückte ihm dankbar die Hand. »Mehr können wir uns nicht erhoffen«, sagte sie, und die Menge stimmte ihr mit donnerndem Applaus zu.

Doch warum runzelte Spock die Stirn? Warum zeichnete sich Sorge auf seinen Zügen ab, als er den Blick über die Romulaner schweifen ließ?

D'Tan spürte, wie sich tief in seinem Innern etwas verkrampfte.

Die Stimme des Vulkaniers ertönte erneut. »Es ist mehr, als wir uns erhofft haben«, sagte er.

Verwunderte Stille folgte. D'Tan sah, daß Pardek die Verwirrung der übrigen Zuhörer teilte.

»Aber wenn Neral wirklich bereit ist, für die Wiedervereinigung einzutreten ...«, begann der Senator. Er beendete den Satz nicht und starrte Spock an.

Nur ein anderer Mann verstand, was der Vulkanier meinte: der Starfleet-Captain namens Picard. D'Tan schluckte und wußte nicht recht, ob er die nächsten Bemerkungen hören wollte.

»Ich kann mir nicht vorstellen, daß jemand ohne die Unterstützung der romulanischen Traditionalisten zum Prokonsul des Senats aufsteigt«, sagte Picard zu Pardek.

»Ja, in der Tat«, erwiderte der Senator.

Der Blick des Föderationsmanns schien sich in Pardek hineinzubohren. »Wie kann Neral jenen Leuten so schnell den Rücken kehren? Warum tritt er angeblich für die Wiedervereinigung ein, obwohl das als *subversiv* gilt?«

Ein Mann löste sich aus der Menge. »Weil er die Traditionalisten nicht fürchtet! Weil er weiß, daß er auf unsere Unterstützung zählen kann!«

Selbst D'Tan hörte die Verzweiflung in der Stimme. »Captain Picard hat recht«, sagte Spock ruhig. »Es ist nicht logisch, daß der Prokonsul schon zu diesem Zeitpunkt offen für die Wiedervereinigung eintritt.«

Wieder erhoben sich Dutzende von Stimmen aus der Menge, aber diesmal kündeten sie von Protest und Empörung. D'Tan vernahm seine eigene Stimme unter den vielen anderen und fühlte, wie ihm Tränen in die Augen traten. Warum tat ihnen Spock so etwas an? Sah er denn nicht, daß ein Traum in Erfüllung ging? Ließ er sich vielleicht von dem erst kürzlich eingetroffenen Starfleet-Captain beeinflussen? War Picard gekommen, um ihnen allen die Hoffnung zu rauben?

Shalote zitterte vor Zorn. »Warum sollte Neral lügen?« fragte sie.

»Vielleicht handelt es sich um einen Trick, der dazu dient, Mitglieder der Untergrundbewegung zu enttarnen«, antwortete Picard. D'Tan beobachtete, wie ihm die Frau einen bitteren Blick zuwarf.

»Nein!« entfuhr es ihr. »Dies ist unsere Chance! Endlich bekommen wir Gelegenheit, an die Öffentlichkeit zu treten!«

Jemand anders rief: »Kann es sein, daß die Föderation ein Bündnis zwischen Romulanern und Vulkaniern fürchtet?«

Daraufhin gewann das Brummen der vielen Stimmen eine neue, bedrohliche Qualität. Zorn und Enttäuschung der Menge schienen zu einem wilden Tier zu werden, das den Blick auf Picard richtete, den Außenseiter und Eindringling, der neuerliche Bitterkeit brachte.

Die Atmosphäre der Gefahr verdichtete sich, doch Picard ließ sich davon nicht beeindrucken. D'Tan spürte keine Furcht in ihm, nur das Bestreben, die Menge zu besänftigen. »Das stimmt nicht ...«, begann er, doch der allgemeine Protest übertönte ihn.

Spock trat vor, und von seiner würdevollen Präsenz ging Ruhe aus. Er blickte in die aufgebrachten Menge und wartete geduldig, bis aus dem wütenden Gebrüll leises Murmeln geworden war.

»Ich bin hierhergekommen, um herauszufinden, wie es um die Möglichkeit der Wiedervereinigung steht«, sagte er. Selbst das Murmeln erstarb nun, wich nun vollkommener Stille. »Trotz allem werde ich meine Bemühungen fortsetzen und erneut mit dem Prokonsul sprechen.«

Zum zweiten Mal innerhalb kurzer Zeit applaudierte die Menge. Ihr Zorn verschwand, wich wieder Freude und erneuerter Hoffnung.

Vielleicht sah nur D'Tan den Blick, den Spock und Picard wechselten; Widerspruch kam darin zum Ausdruck. Einige Sekunden später drehte sich der Vulkanier um und verließ die Kaverne. Picard zögerte kurz, bevor er ihm folgte.

D'Tan wußte plötzlich: Das Schicksal seines Volkes lag in den Händen dieser beiden Männer.

Ärger brodelte in Picard, als er durch einen schmalen Tunnel ging und eine kleine, feuchte Seitenhöhle erreichte. Er hätte nie gedacht, daß sich Spock von den Stimmungen einer Menge beeindrucken ließ, doch genau das war eben geschehen. Ein Teil seines Selbst fühlte sich vom Verhalten des Botschafters persönlich verraten, und dieses Empfinden erstaunte ihn – warum der persönliche Aspekt? Er verdrängte diese Frage, hielt sich nicht mit dem Versuch auf, eine Antwort zu finden.

Weiter vorn drehte sich Spock um, und Picard spürte, daß der Vulkanier diesen Ort nicht aufgesucht hatte, um mit ihm zu reden, sondern um allein zu sein und nachzudenken. Es gefiel ihm nicht, hier Gesellschaft zu haben.

Und wenn schon, dachte der Captain. *Er wird mit mir reden müssen.*

»Sie haben Ihren Gefühlen nachgegeben«, warf er Spock vor und rechnete mit einer emotionalen Antwort.

Doch die bekam er nicht. Spock wölbte nur eine Braue. »Ganz im Gegenteil«, erwiderte er. »Ich beschreite den Weg der Logik.«

Picard atmete tief durch und versuchte, sich zu beruhigen. Ein Zornesausbruch hatte überhaupt keinen Sinn. »Sie sind ebenso skeptisch wie ich«, sagte er und bemühte sich, rationale Argumente vorzubringen. »Ist es etwa logisch, die Botschaft der Vernunft zu ignorieren?«

»Ich fürchte, der Einfluß meines Vaters wirkt sich auf

Ihre Einstellung zu der Wiedervereinigung aus, Captain. Und auch auf Ihre Haltung mir gegenüber.«

Verwirrung warf Picards Stirn in Falten. Was hatte Sarek mit dieser Sache zu tun? Er entsann sich an das Gespräch im *Dinglh:* Spock hatte ihm Engstirnigkeit vorgeworfen, und Jean-Luc gewann zunehmend den Eindruck, daß man ihm die Gefühle einer anderen Person zur Last legte. Diese Empfindung wiederholte sich nun.

»Schon zum zweiten Mal deuten Sie an, daß ich mit der Stimme eines anderen spreche«, sagte er langsam und achtete auf Spocks Reaktion. Der Vulkanier musterte ihn mit ausdrucksloser Miene, doch Picard zweifelte nicht an der Existenz von starken Emotionen hinter den dunklen Augen. Er hielt es für angebracht, Sareks Einfluß auf ihn zuzugeben. »Ja, er wird für immer ein Teil von mir sein. Damit meine ich seine Erfahrungen, die Essenz seines Ichs. Aber ich spreche mit meiner eigenen Stimme, Spock, nicht mit der Ihres Vaters.«

Stille schloß sich an. Wasser tropfte von den Wänden, vereinte sich in dunkler Tiefe mit einem dumpf rauschenden Fluß. Vor Picards innerem Auge erschien ein Bild seines eigenen Vaters.

Nach einer Weile seufzte Spock. »Seltsam«, sagte er leise. »Sarek ist tot, und doch höre ich ihn deutlicher als jemals zuvor.«

Der Vulkanier wich zurück, und Picard sah darin den Versuch, die emotionale Kontrolle wiederzuerlangen. »Vielleicht habe ich die Auseinandersetzung mit meinem Vater auf Sie übertragen, Captain. Wenn das der Fall sein sollte, so entschuldige ich mich dafür.«

»Ist es so wichtig für Sie, aus dem Streit mit ihm als Sieger hervorzugehen?« erkundigte sich Picard.

Spock dachte über die Frage nach, analysierte sie ebenso gründlich wie ein mathematisches Problem. »Nein«, entgegnete er. »Das ist es nicht.«

Er drehte sich um und fügte mit jäher Offenheit hinzu:

»Allerdings muß ich sagen, daß ich jene Konfrontationen vermissen werde. Wir hatten nichts anderes.«

Dieser Hinweis kam für Picard völlig überraschend und verhalf ihm zu einer wichtigen Erkenntnis: Auf eine sonderbare Art und Weise war er für Spock zum Vaterersatz geworden. *Obgleich ich fast hundert Jahre jünger bin als er!* Er wußte nicht, bis zu welchem Grad er wirklich Sarek sein konnte oder ob Spock nur *glaubte,* Sarek vor sich zu haben. Aber eins wurde ihm nun klar: In gewisser Hinsicht hatte er tatsächlich Sareks letzte Bitte erfüllt und hier auf Romulus dafür gesorgt, daß Vater und Sohn wieder zueinanderfanden.

Vielleicht gelang es ihm, die Kluft zu überwinden und endgültigen Frieden zu schaffen. Vielleicht konnte er jene Worte aussprechen, die Sarek nie über die Lippen brachte.

»Ihr Konflikt mit Sarek ist vorbei«, sagte Picard. »Und zwischen uns gibt es keinen Zwist.«

Spock wandte sich ab, und Jean-Luc spürte das vulkanische Bestreben, diese Diskussion in einem rationalen Kontext zu führen. Doch als der Vulkanier sprach, hörte Picard einen Sohn, dem es sehr schwerfiel, eine lange Auseinandersetzung zu beenden.

»Ich habe die Dinge häufig aus einer anderen Perspektive gesehen als mein Vater«, sagte er. »Ich blickte über den Horizont von reiner Logik hinaus. Sarek hielt das für Schwäche. Ich hingegen bin zu dem Schluß gelangt, daß es Stärke ist.«

Picard war ziemlich sicher, daß Spock von falschen Voraussetzungen ausging, aber er schwieg und verzichtete auf einen Kommentar. *Sarek ist emotionaler gewesen als sein Sohn. Spock entschied sich ganz bewußt gegen die menschliche Hälfte seines Wesens und für die vulkanische. Er verdrängte die Gefühle noch stärker als ein durchschnittlicher Vulkanier, er räumte der Vernunft absoluten Vorrang ein.*

»Sarek hielt es für töricht zu versuchen, die Wiedervereinigung herbeizuführen«, fuhr Spock fort und kam damit wieder zum Kern der Sache. »Aber ich bin anderer Ansicht. Mit Logik allein läßt sich das nicht erklären ... Ich fühle mich verpflichtet, den eingeschlagenen Weg fortzusetzen.«

»Selbst wenn er Sie in eine romulanische Falle führt?«

Spock zuckte mit den Achseln. »Wenn die Romulaner andere Motive haben, so liegt es auch in unserem Interesse, Aufschluß darüber zu gewinnen.«

Darauf wußte Picard keine Antwort.

»Ich spiele die Rolle, die man mir hier zuweist«, sagte der Vulkanier zum Abschluß.

Picard konnte nur hoffen, daß sich keine Katastrophe daraus ergab.

15

Captain K'Vada wollte nicht schreien, als ihm der Bordarzt die Schulter ausrenkte. Er stellte sich den damit einhergehenden Schmerz in allen Einzelheiten vor, um gewappnet zu sein und mentale Barrieren zu errichten. Als K'kam ihm die Verletzung zufügte, geschah alles so schnell und überraschend, daß er einen peinerfüllten Schrei nicht zurückhalten konnte.

Bei jener Gelegenheit hatte er weder das Bewußtsein verloren noch sich übergeben. Und nach dem ersten Schrei blieb er stumm. Auf eine solche Reaktion konnte jeder Klingone stolz sein. Er war sicher, daß er diesmal die Schmerzen unter Kontrolle halten konnte.

K'Vada saß in der kleinen dunklen Kammer, die als Bordlazarett diente. Er hörte dem Arzt Klarg zu, einem korpulenten, schlampigen Mann von unbestimmtem Alter, der beim Sprechen schnaufte. Klarg hatte den Captain davon überzeugt, daß die Schmerzen auf eine falsche Ausrichtung des Schultergelenks in der Gelenkpfanne zurückgingen. Die Lösung des Problems: Das Gelenk mußte erneut ausgekugelt und anschließend richtig eingefügt werden.

Bestimmt hatte sich im Bereich der Verletzung vernarbtes Gewebe gebildet. Es riß, wenn der Knochen in die richtige Position gebracht wurde.

Das wußte K'Vada.

Was er *nicht* wußte: Mit dem Vorgang waren enorme Schmerzen verbunden.

Zweifellos trug Klarg die Verantwortung. Allein der Inkompetenz des klingonischen Arztes verdankte er es, daß die Pein unerträglich wurde. Verdammter Idiot. Er kugelte die Schulter nicht mit einem kurzen Griff aus, sondern drehte das Gelenk hin und her, als sei es seine *Absicht*, den Captain leiden zu lassen. Es schien eine Ewigkeit zu dauern. Er bohrte die Fingernägel in die Handballen, biß sich auf die Zunge, um einen anderen, ablenkenden Schmerz zu schaffen. Doch es nützte nichts. Irgendwann bahnte sich der Schrei einen Weg.

Er glaubte, daß es sich nur um ein leises Stöhnen handelte, doch Klargs überraschter Gesichtsausdruck deutete darauf hin, daß es viel mehr gewesen sein mußte: ein schrilles, demütigendes Heulen, das auf Schwäche hinwies. Der ausgerenkte Arm baumelte kraftlos an der Seite, als K'Vada dem Arzt einen Tritt versetzte, der ihn durch den ganzen Raum schleuderte.

Das war ein Fehler.

Mühsam stemmte sich Klarg hoch und wankte benommen, als er zurückkehrte. Die Bürde des Alters lastete auf ihm, und Gewalt gehörte nicht zu seinen täglichen Erfahrungen.

»Renken Sie mir den Arm wieder ein!« brüllte K'Vada, der sich jetzt in einer noch schlechteren Situation glaubte als vorher.

Klarg sah ihn an. Die knochige Stirn war an einigen Stellen angeschwollen, die Augen traten bemerkenswert hervor. Er atmete schwer, und Flüssigkeit sickerte aus kleinen Rissen in den Wangen. Jähe Besorgnis erfaßte K'Vada. Verreckte der Mistkerl etwa, ehe er Gelegenheit fand, seine Schulter in Ordnung zu bringen?

Panik vibrierte in ihm, und er stützte den Arzt. »Reißen Sie sich zusammen!« zischte er. »Erfüllen Sie Ihre Pflicht.«

Klarg torkelte gegen ihn, und neuer Schmerz flammte durch den ausgerenkten Arm. Entsetzt beobachtete er, wie der Arzt zu Boden sank und das Bewußtsein verlor. Klarg atmete nur noch flach. Er starb *tatsächlich.*

K'Vada starrte auf ihn hinab. Ein oder zwei Sekunden lang hoffte er, daß der Arzt nun aus dem Leben schied, als Strafe dafür, ihn in eine solche Lage gebracht zu haben. Doch dann fiel ihm ein, daß es abgesehen von Klarg niemanden an Bord gab, der den Arm wieder einrenken konnte. Mußte er jetzt ein Krüppel bleiben?

Er dachte an die Möglichkeit, die Sache selbst in die Hand zu nehmen, im wahrsten Sinne des Wortes. Ein Krieger auf dem Schlachtfeld mochte mit einer solchen Notwendigkeit konfrontiert werden. Hätte Kahless vielleicht gegreint? Nein, sicher nicht. Er wäre bereit – und fähig – gewesen, alle Schmerzen zu ertragen und das Schultergelenk wieder zu richten.

Klargs Gesicht war aschfahl, und der Arzt keuchte, während K'Vada mit sich selbst rang. Er versuchte, genug Entschlossenheit aufzubringen, um den Arm zu packen und einzurenken.

Nach einer Weile dachte der Captain daran, daß er sich um Klarg kümmern sollte, bevor er irgendwelche drastischen Maßnahmen ergriff. Erneut erklang seine donnernde Stimme, und kurze Zeit später trafen Helfer ein. K'Vada verbarg den ausrangierten Arm vor ihnen.

Er stapfte zur Brücke und fragte sich unterwegs, was er jetzt unternehmen sollte. Gehörte jemand zur Crew, der wenigstens über medizinische Grundkenntnisse verfügte? Nein. Wieder ergriff Panik K'Vada. An Bord von klingonischen Raumschiffen gab es keinen Platz für die Schwachen. Es galt als ehrenhaft, einen Vorgesetzten umzubringen. Wenn einer schwach und arglos genug war, sich töten zu lassen, so verdiente er es nicht, zu leben und anderen Klingonen Befehle zu erteilen.

Wenn bekannt wurde, daß sich der Captain kaum mehr verteidigen konnte … In dem Fall mußte K'Vada damit rechnen, in wenigen Tagen tot zu sein. Und es dauerte bestimmt nicht lange, bis jemand merkte, daß er den verletzten Arm nicht einmal mehr heben konnte.

Sollte er einem Adjutanten befehlen, ihm den Arm an der Schulter abzuhacken? Es geschah recht häufig, daß Krieger in der Schlacht Gliedmaßen verloren, und daheim zeigten sie stolz ihre Stümpfe, als Beweis für Mut und Tapferkeit. Sicher gelang es ihm, eine plausibel klingende Geschichte zu erfinden, um den Verlust des Arms zu erklären und Ruhm zu erringen. K'Vada stellte sich die Einzelheiten vor, dachte daran, wie das Schwert in die Schulter schnitt, hörte das Zischen, mit dem eine Laserfackel die Wunde versiegelte. Er erzitterte innerlich.

Einige Minuten später betrat er die Brücke und zwang sich, mit energischen Schritten an den Offizieren vorbeizugehen. Schmerz brannte heiß in der Schulter, und K'Vada mußte sich zusammenreißen, um keine Grimasse zu schneiden.

Er saß im Kommandosessel und kämpfte gegen Übelkeit an, als Data den Kontrollraum betrat und sofort zur Computerstation ging.

»Was haben Sie vor?« knurrte K'Vada und hörte die Pein in der eigenen Stimme.

Der Starfleet-Offizier drehte sich um, und K'Vada fragte sich, ob er den gequälten Unterton ebenfalls vernommen hatte. »Ich versuche, ins romulanische Datennetz einzudringen. Es verfügt über komplexe Sicherheitssysteme.«

»In Ihrem Quartier gibt es ein Terminal«, grollte der klingonische Captain. Es ärgerte ihn, daß sich ausgerechnet jetzt ein Fremder auf der Brücke aufhalten mußte.

»Es tut mir leid, wenn ich Sie störe«, sagte Data. »Aber Sie haben mir erlaubt, das größere Potential des Brückencomputers zu nutzen, um auf die romulanischen Datenbanken zuzugreifen.«

Das stimmte. Es schien viele Jahre her zu sein, daß er sich vom Anzapfen der romulanischen Datennetze Ehre und Anerkennung im Imperium erhofft hatte. Jetzt ging es ihm nur noch darum, sich von den gräßlichen Schmerzen zu befreien, die Leib und Seele quälten und einen Schleier vor seine Augen legten.

K'Vada spürte, wie ihm der Schweiß ausbrach, und plötzlich sah er das Gesicht des Androiden dicht vor sich. Data sprach. Worüber? Drückte er Besorgnis aus? Der klingonische Captain kniff die Augen zu und versuchte, bei Bewußtsein zu bleiben.

»... scheint es Ihnen nicht besonders gut zu gehen«, hörte er die Stimme des Starfleet-Offiziers. »Vielleicht könnte ich Ihnen zu Diensten sein.«

Bot der Androide Hilfe an? Aber wie ...

»Mein Arm ...«, brachte K'Vada hervor. Inzwischen war er der Verzweiflung nahe.

Data untersuchte die Schulter, belastete sie mit solcher Behutsamkeit, daß er dabei keine neuen Schmerzen verursachte. »Mit Ihrer Erlaubnis, Sir?« Und als K'Vada nickte ... Ein kurzer, rascher Ruck – und das Schultergelenk ruhte wieder an der richtigen Stelle. Der Schmerz war noch immer da, aber er verlor nun an Intensität, sank auf ein erträgliches Maß.

»Ich kann Ihnen eine Injektion verabreichen, die Schwellungen vorbeugt und den Heilungsprozeß der Bänder beschleunigt«, sagte Data.

K'Vada nickte nur und spürte mehr Dankbarkeit, als er je zugegeben hätte. Der Androide verließ den Kontrollraum, um die Medikamente zu holen, und der Klingone merkte, wie ihm Tränen in die Augen traten.

Die Verletzung würde heilen. Er behielt den Arm und blieb ein Krieger, der in den Kampf ziehen konnte, um Ruhm zu erringen. Er stellte sich vor, wie er das Bat'telh zum Zeichen des Sieges hob, wie das Blut des Feindes über die gewölbte Klinge strömte, ihm Gelegenheit gab, die süßen Mysterien von Eroberung und Tod zu kosten.

Und wenn er anschließend, schweißnaß und triumphierend, zu K'kam zurückkehrte, würde er sie mit beiden Händen an sich drücken und ihren Zorn beherrschen, bis sie schließlich Ekstase durch ihn empfing.

K'Vada weinte fast aus Dankbarkeit dem Androiden gegenüber.

Spock und Picard schwiegen, als sie zur *Kruge* zurückkehrten. Nach dem Disput in der Höhle gab es für den Vulkanier viel Stoff zum Nachdenken, und vermutlich galt das auch für den Captain.

Interesse erwachte in ihm, als er von Picard erfuhr, daß der Androide die romulanischen Datenbanken anzapfen wollte. Dabei handelte es sich um ein kühnes Unternehmen, das mit ziemlicher Sicherheit scheitern würde. Aber wenn es Data tatsächlich gelang, einen Erfolg zu erzielen, bekam Spock die Möglichkeit, Antworten auf einige drängende Fragen hinsichtlich seiner Mission zu finden.

Aus diesem Grund regte sich Neugier in ihm, als die Begegnung mit Commander Data unmittelbar bevorstand.

Die Tür von Picards Quartier öffnete sich, und Spock trat ein – um eine Sekunde später erstaunt eine Braue zu wölben.

Der kleine, spärlich eingerichtete Raum verblüffte ihn. Er selbst hatte die Neutrale Zone an Bord eines barolianischen Frachters durchquert, und für den Transfer war ihm eine bessere Unterkunft zur Verfügung gestellt worden. Er warf Picard einen überraschten Blick zu, doch der Captain reagierte nicht darauf. Er schien sich an die jämmerliche Unterkunft gewöhnt zu haben.

»Sind Sie erfolgreich gewesen, Mr. Data?« fragte Picard.

»Negativ, Captain. Im romulanischen Informationsnetz gibt es progressive Verschlüsselungsbarrieren. Bisher ist es mir nicht gelungen, die Sicherheitsschilde zu durchdringen.«

»Darf ich Ihnen helfen, Commander?« ließ sich Spock vernehmen. »Ich habe einige Erfahrungen mit solchen Dingen gesammelt.« Er stellte fest, daß er sich auf die technologische Herausforderung freute.

»Ich akzeptiere Ihre Hilfe gern, Botschafter«, erwiderte Data. Der Vulkanier nahm neben ihm Platz und konzentrierte sich auf die Datenmuster.

»Die Romulaner verwenden einen aus dreiundvierzig Ziffern bestehenden Code für die Zugriffssequenz«, sagte Spock. Damit hatte sich Data bereits beschäftigt.

»Ja, Sir«, bestätigte der Androide. »Die neunundzwanzigste Stelle bereitet mir Probleme.«

Der Vulkanier spürte, daß Picard noch immer im Zimmer weilte und sich überflüssig vorkam. »Ich gehe jetzt und nehme die Ohren ab«, sagte er und verließ den Raum.

Darauf hatte Spock gewartet. Die Präsenz des Captains belastete ihn keineswegs, aber er wünschte sich eine Gelegenheit, mit dem Androiden über ihn zu reden.

»Picard fasziniert mich«, begann Spock.

Data wurde sofort neugierig. »In welcher Hinsicht?«

»Für einen Menschen ist er bemerkenswert analytisch und rational. Jetzt verstehe ich, warum mein Vater damals entschied, eine Mentalverschmelzung mit ihm herbeizuführen. In seinem Wesen gibt es fast vulkanische Eigenschaften.«

»Interessant«, erwiderte Data. »So habe ich das nie gesehen. Für mich ist Captain Picard immer ein Vorbild gewesen bei meinem Bemühen, menschlicher zu werden.«

Dieser Hinweise überraschte Spock. »Um *menschlicher* zu werden?«

»Ja, Botschafter.«

Der Vulkanier hob eine Braue. »Faszinierend«, murmelte er. »Sie verfügen über einen ausgezeichneten Intellekt und überragende physische Fähigkeiten, ohne durch Emotionalität behindert zu werden. Manche Vulkanier bemühen sich ihr Leben lang, das zu erreichen, was ein selbstverständlicher Bestandteil Ihrer Existenz ist.«

Der Androide schwieg einige Sekunden lang und dachte über diese Worte nach.

»Sie sind zur Hälfte Mensch«, sagte er dann.

»Ja.«

»Und Sie haben sich für die vulkanische Kultur entschieden.«

»In der Tat.«

»Damit gaben Sie das auf, was ich mein ganzes Leben lang zu erreichen versuchte.«

Diese Worte bewirkten ein erstaunlich lautes Echo in Spock. Als Kind hatte er beschlossen, den vulkanischen Weg zu beschreiten, und diese Entscheidung war ihm alles andere als leichtgefallen. Es erforderte viele Jahre der Disziplin und Meditation, um die menschliche Seite seines Selbst zu unterdrücken. Jetzt darüber nachzudenken, was er dadurch verloren hatte ... Diese Vorstellung gefiel ihm nicht sonderlich.

Er konzentrierte sich auf den Monitor. »Ich glaube, ich erkenne die Struktur der neunundzwanzigsten Ziffer. Vielleicht gelingt es mir nun, auf die Dateien des Prokonsuls zuzugreifen.« Er betätigte Tasten und suchte nach einer Möglichkeit, auf die Daten zuzugreifen.

»Darf ich Ihnen eine persönliche Frage stellen, Botschafter?« erkundigte sich Data höflich.

»Ja.«

»Wenn Sie auf Ihr Leben zurückblicken ... Vermissen Sie dann die menschliche Hälfte Ihres Wesens?«

Der Computer piepte mehrmals, was dem Vulkanier die Chance gab, sich zu sammeln und seine Gedanken zu ordnen. Der Androide schien in der Lage zu sein, hinter seine Stirn zu sehen. Sorgfältig dachte er über die

Antwort nach. »Ich bereue nichts«, erwiderte er schließlich und setzte die Arbeit an der Konsole fort.

»Das ist eine menschliche Ausdrucksweise«, stellte Data fest.

Spock schwieg einige Sekunden lang. »Tatsächlich?« entgegnete er dann. »Faszinierend.«

16

Amarie kratzte an ihrem Fingernagel, bis ein Riß entstand. Sie erweiterte ihn gedankenlos, versuchte dabei, Shern zu ignorieren.

Sie saßen im kleinen Büro ganz hinten in der Spelunke; Shern hatte sie zu einer ›Besprechung‹ zitiert. Amarie verabscheute dieses Zimmer. Sherns Geschmack prägte die Dekoration: jede Menge Rot, Ketten auf dem Boden, Netze an den Fenstern. Ihm fiel einfach nichts Neues ein.

Während er seinen Monolog hielt, sah Amarie auf den beschädigten Fingernagel hinab und konzentrierte sich so sehr darauf, als sei er derzeit die wichtigste Sache im ganzen Universum.

Ich muß den Nagellack bis heute abend erneuern, dachte sie, und wie aus weiter Ferne drang Sherns Stimme an ihr Ohr. Sie trachtete danach, seinem blutleeren Gesicht und dem nie blinzelnden Auge nicht die geringste Beachtung zu schenken.

Wenn mir Zeit genug bleibt, maniküre ich alle vier Hände. Und wenn nicht, klebe ich einen falschen Nagel auf. Oder ich schneide diesen …

An derartige Banalitäten dachte Amarie, während Shern seinen Vortrag mit monotoner Stimme fortsetzte und dabei immer wieder die Sprache vergewaltigte.

»Viele Male ich Sie hingewiesen habe darauf«, sagte er gerade. »Aber nie geachtet haben Sie auf Worte meinige, und jetzt es ist soweit.«

Amarie warf ihm unter halb gesenkten Lidern hinweg einen Blick zu. Der Inhaber von *Shern's Palace* wanderte unruhig umher, während er redete und redete. Was für ein gräßlicher Kerl! War es ihm nie in den Sinn gekommen, daß vielleicht deshalb keine Gäste mehr kamen, weil sie seinen Anblick nicht ertragen konnten? Das wächserne Gesicht und jenes eine, nie blinzelnde Auge ... So etwas wirkte abschreckend. *Vielleicht bin ich der einzige Grund, warum wir überhaupt noch Gäste haben. Vielleicht bewahre ich Shern vor der Pleite, weil ich Talent habe, weil die Leute meine vierhändige Musik mögen.*

»... keinen weiteren Abend nicht mehr«, sagte Shern gerade. Er stoppte seinen Redefluß, glotzte Amarie an und erwartete ganz offensichtlich eine Reaktion. Woraufhin sie zugeben mußte, nicht zugehört zu haben.

»Entschuldigen Sie bitte, Shern, könnten Sie das wiederholen?«

Sherns bleiche Miene nahm einen gelblichen Ton an, den Amarie kannte – er wies auf Ärger und Zorn hin. »Es notwendig ist zuzuhören«, fauchte er. »Ich nicht spreche zum Vergnügen meinem eigenen.«

Amarie seufzte. Ein Teil von ihr sagte: *Ach, was soll's, sorg dafür, daß der miese Kerl für immer aus deinem Leben verschwindet.* Doch ein anderer Teil forderte sie auf, sich Shern zu fügen und alle seine Wünsche zu erfüllen, um nicht auf die Straße gesetzt zu werden. *Ich kann dafür sorgen, daß er mich mag,* flüsterte die zweite Stimme, und die erste erwiderte: *Aber ich kann mich nie dazu überwinden, ihn zu mögen.*

Manchmal glaubte Amarie, daß die Ehrlichkeit einer ihrer größten Fehler war.

»Wenn Sie sich endlich dazu durchringen würden, einen Translator zu benutzen, wäre ich vielleicht imstande zu verstehen, was Sie mir mitteilen wollen. Aus Ihrem üblichen Gefasel werde ich beim besten Willen nicht schlau. Also: Wiederholen Sie's noch einmal.«

Sherns starrer Blick bohrte sich in sie hinein. »Ich erklärte eben, daß Sie haben nur noch einen Abend.«

»Ich bin noch immer nicht ganz sicher, ob ich Sie richtig verstehe. Wollen Sie mir vielleicht mitteilen, daß heute abend mein letzter Auftritt stattfindet?«

»Es so einfach ist«, sagte Shern und zuckte verächtlich mit den Schultern.

»Sie wollen mich rausschmeißen, obgleich Sie mir so viel verdanken? Ich habe Ihnen eine Stammkundschaft geschaffen – Leute, die Abend für Abend in Ihren Schuppen kommen, um mich zu hören. Meine Güte, ich bin Ihre einzige Attraktion!«

Plötzlich lächelte Shern. Amarie glaubte jedenfalls, daß es ein Lächeln war. Bei dem blassen Burschen ähnelte es eher einer Grimasse. Seine Stimme klang selbstzufrieden, als er sagte: »Ich gefunden habe Talent erstaunliches. Tänzerin sie ist – mit vielen Beinen.«

Er warf Amarie einen triumphierenden Blick zu.

Sie starrte ihn an. Erlaubte sich Shern einen Scherz mit ihr? Glaubte er, auf diese Weise den Durchbruch zu erzielen? Die Präsenz einer vierhändigen Musikerin hatte *Shern's Palace* nicht zur beliebtesten Bar in diesem Raumsektor gemacht, und deshalb versuchte er es nun mit einer vielbeinigen Tänzerin. Amarie begann zu lachen. Sie lachte laut und schallend und voller Genuß.

Das überraschte Shern.

»Warum Sie lachen?« fragte er nervös. Shern mochte es nicht, übergangen zu werden. Ein Witz, den er nicht verstand, weckte Ärger in ihm.

Amarie lachte noch lauter und herzlicher.

»Was sind Sie doch für ein armseliger Miesling«, sagte sie schließlich. »Ich bin verdammt froh, daß ich Ihre verdammte Bar verlassen kann. Hoffentlich kommen Sie und die verdammte Tänzerin möglichst schlecht miteinander aus.«

Kichernd verließ Amarie das Büro. Sie wußte, daß

Shern ihr verblüfft nachsah – was ihr Genugtuung bereitete. *Bis heute abend bringe ich alle Fingernägel in Ordnung,* dachte sie. *Und ich nehme mir auch das Gesicht vor. Vielleicht probiere ich den neuen Metaphasen-Lidschatten aus. Wenn dies mein letzter Abend ist, so gebe ich eine Vorstellung, die man so schnell nicht vergißt.*

Erst daheim, in ihrem kleinen Zimmer, brach Amarie in Tränen aus. Eine Stunde lang weinte sie, und anschließend brauchten ihre Augen ein langes Dampfbad, damit sie nicht mehr verquollen aussahen. Dadurch blieb ihr keine Zeit, sich um ihre Fingernägel zu kümmern.

Naylors grüne Augen blitzten, als sie Riker ansah, und in ihm regte sich das Gefühl, die junge Frau verraten zu haben. Sie saßen im Bereitschaftsraum des Captains – dorthin hatten sie sich zurückgezogen, nachdem Gretchen mit der Absicht auf die Brücke gekommen war, den Ersten Offizier zu sprechen. Allein das erschien Riker ungewöhnlich genug.

Weitere Überraschungen erwarteten ihn.

»Von Anfang an bin ich an den Ermittlungen beteiligt gewesen, Commander«, sagte Naylor. »Und ich möchte jetzt nicht davon ausgeschlossen werden.«

»Sie waren eine große Hilfe. Sie haben wichtige Beiträge geleistet, und dafür bin ich Ihnen dankbar. Allerdings halte ich es für unklug, daß man Sie noch einmal in *Shern's Palace* sieht.«

»Und warum?«

»Sie haben mich begleitet. Und wenn Sie dort erneut erscheinen, erregen Sie bestimmt Aufmerksamkeit. Selbst ich statte dem Laden erst dann einen weiteren Besuch ab, wenn mir Lieutenant Worf mitteilt, daß ein übergewichtiger Ferengi mit einer Vorliebe für *Melor Famagal* eingetroffen ist.«

»Aber *wenn* Sie gehen, sollten Sie mich mitnehmen.«

»Ich glaube, ich werde auch allein mit der Sache fertig, Fähnrich.«

Die Schärfe in Rikers Stimme entging der jungen Frau nicht. Sie musterte ihn. »Maße ich mir zuviel an, Commander?«

»Sie sind auf dem besten Wege dazu.«

In Naylors Gesicht veränderte sich etwas, und Riker begriff, daß seine Bemerkung sie erschreckt, etwas tief in ihrem Innern berührt hatte. Ihre Züge offenbarten Verwundbarkeit, um sich gleich darauf zu verhärten und zu einer Maske zu erstarren.

»Wenn Sie einen solchen Eindruck von mir gewonnen haben, so entschuldige ich mich in aller Form. Ich nehme meine Arbeit sehr ernst und versuche stets, sie möglichst gut zu machen. Ständig suche ich nach Gelegenheiten, mein Können unter Beweis zu stellen. Daher bin ich enttäuscht, wenn man mir entsprechende Chancen vorenthält.«

Riker sah sie an, stellte sich ein ernstes Mädchen vor, das in seinem Zimmer am Schreibtisch saß und eifrig lernte, während die warme, würzige Luft von Indiana durchs Fenster hereinwehte. Irgendwo draußen im herrlich grünen Garten arbeiteten und lachten die übrigen Familienmitglieder. Ihr gemeinsames Bestreben war es, der Tochter und Schwester die Erfüllung ihres Wunschtraums zu ermöglichen: ein Studium an der Starfleet-Akademie.

Die Familie hatte ein Ziel, das Einigkeit schuf. Doch Gretchen lernte Einsamkeit kennen. Allein mußte sie die Verantwortung für die Erfüllung jener Vision tragen, der ihre Eltern und Geschwister so viel geopfert hatten. Sie war erfolgreich, bekam ihren Platz an der Akademie und schloß ihr Studium mit Auszeichnung ab. Und damit noch nicht genug: Sie wurde zur *Enterprise* versetzt, durfte an Bord des Flaggschiffs arbeiten. Damit gehörte sie zu wenigen Privilegierten, zur Elite von Starfleet.

Aber brachte es ihr Freude? Und welchen Preis hatte sie dafür bezahlt?

»Fähnrich Naylor, bei den Ermittlungen haben Sie außerordentlich gute Arbeit geleistet. Ich bin sicher, daß wir ohne Ihre Hilfe nicht so weit wären wie jetzt.«

Auf diese Worte reagierte Gretchen ebenso wie ein Verdurstender in der Wüste auf den Anblick von Wasser. Riker spürte ihre Erleichterung deutlich, doch ihr Gesicht blieb auch weiterhin ausdruckslos. »Danke, Sir. Ich hoffe, ich bin meinen Pflichten auf angemessene Weise gerecht geworden.«

»Mehr als nur das, Fähnrich. Sie haben ein dickes Lob verdient.«

Sie nickte kurz, und einige Sekunden verstrichen. »Doch meine Präsenz auf Qualor ist jetzt nicht mehr erforderlich?«

»Meiner Ansicht nach wäre es unklug, wenn Sie mich begleiten.«

»Na schön.«

Naylor wandte sich der Tür zu, und Riker fühlte plötzlich das Bedürfnis, sie in Schutz nehmen, ihr Trost zu spenden. »Gretchen?«

Sie drehte sich noch einmal zu ihm um.

»Was halten Sie davon, wenn wir heute abend zusammen essen? Ich würde Sie gern besser kennenlernen.«

Naylor erwiderte Rikers Blick kühl. »Bitte behandeln Sie mich nicht so herablassend, Sir«, sagte sie und ging.

Als für Amarie die Arbeit begann, sahen ihre Augen wieder halbwegs normal aus. Der Metaphasen-Lidschatten veränderte ständig Farbe und Struktur, täuschte damit über einen Rest von Verquollenheit hinweg. Sie fühlte sich halb verschnupft, wie immer, wenn sie lange geweint hatte, aber abgesehen davon schien alles in Ordnung zu sein.

Wie üblich hielt sich kaum jemand in der Bar auf. Die

Prostituierten – Amarie dankte den Göttern, daß sie noch nicht so tief gesunken war – saßen weiter hinten, schwatzten und warteten darauf, daß die ersten Männer eintrafen. Die Musikerin ging an den leeren Tischen vorüber und näherte sich dem vom Scheinwerferlicht erhellten Bereich.

Jemand hatte dort Platz genommen.

Amarie wußte sofort, daß er von der *Enterprise* kam, denn er trug eine Uniform. Will Riker hatte ihn geschickt, dem Plan entsprechend. Doch auf eine so ausgeprägte Virilität war sie nicht vorbereitet und spürte nun, wie ihr Herz schneller klopfte. Die Knochenwülste an und über der Stirn wiesen ihn als Klingonen aus. Amarie hielt ihn für den mit Abstand attraktivsten Mann, dem sie je begegnet war.

Sie fragte ihn, ob er etwas Besonderes hören wollte.

»Kennen Sie klingonische Opern?« erwiderte er.

Amarie bewunderte die scharfe, befehlsgewohnte Festigkeit der Stimme und bedauerte ihre geringen Opernkenntnisse. Nun, vielleicht konnte sie improvisieren.

»Normalerweise bittet man mich selten darum«, sagte sie vorsichtig und hoffte, daß der wundervolle Mann sie nicht für ungebildet hielt.

»Bestimmt kennen Sie eine Melodie aus *Aktuh und Maylota*«, meinte der Klingone.

In irgendeinem fernen Winkel ihres Gedächtnisses entdeckte Amarie vage Erinnerungen an eine Arie aus jener Oper, an das Klagelied eines Baritons. Während der Jugend ihrer Mutter war es sehr beliebt gewesen, und sie hatte einmal eine holographische Aufzeichnung gesehen. Vielleicht fiel ihr genug ein, um diesen aufregenden Mann zufriedenzustellen.

Ihre vier Hände glitten über die Tasten, und aus ersten, zaghaften Tönen formte sich eine Melodie. »Vielleicht bin ich ein wenig eingerostet«, sagte Amarie, doch dieser Hinweis war nicht erforderlich. Die Lücken in ihrer Erinnerung schlossen sich, und sie spielte mit wachsender Sicherheit. Und dann begann sie zu singen, gab sich ganz dem Schwermut einer zum Scheitern verurteilten Liebe hin.

Sie freute sich, als der Klingone lächelte und beifällig nickte. Anschließend geriet er in eine Art euphorische Verzückung, grollte und knurrte leise. Das erregte Amarie sehr, und fast fieberhaft versuchte sie, sich an andere klingonische Opern zu erinnern.

»Maylota, Maaaay-lot-aaaa!« heulte der Klingone. Er hatte das Gefühl für die Gegenwart verloren, neigte den Kopf weit nach hinten und sang lauthals den Kummer einer unerfüllten Liebe aus sich heraus. Amarie erschauerte. Sie wünschte sich, daß die Zeit verharrte, daß sich dieser Augenblick bis in alle Ewigkeit dehnte. Für immer wollte sie dieses Liebeslied spielen, während der klingonische Krieger an ihrer Seite dazu sang.

»Was sind das für schreckliche Geräusche?« erklang eine näselnde Stimme. Wie ein Laser schnitt sie durch die muffige Luft der Bar.

Der Klingone hörte auf zu singen und drehte den Kopf, um festzustellen, von wem der wenig schmeichelhafte Kommentar stammte.

Amarie wußte es sofort.

Der Ferengi Omag war ein Stammgast. Es blieb ein Rätsel, warum er sich überhaupt die Mühe machte, *Shern's Palace* zu besuchen: Er war so reich, daß er den Schuppen jederzeit kaufen und an seine eigene Adresse liefern lassen konnte.

Er war nicht nur ungeheuer reich, sondern auch ungeheuer fett. Omag ging nicht, er watschelte, wankte dabei von einer Seite zur anderen. Sein massiger Leib steckte wie eine Wurst in der Kleidung, deren Stoffmassen genügt hätten, um vier normale Ferengi auszustatten. Begleitet wurde er von zwei jungen, hinreißend aussehenden Frauen in Gewändern, die mehr zeigten als verbargen. Bei der einen war fast die ganze Rückfront transparent; bei der anderen betraf die Freizügigkeit den vorderen Bereich. Die unteren Wölbungen der Brüste und der Bauch boten sich neugierigen Blicken dar. Amarie schniefte leise, als sie die Frauen musterte. Ihrer Meinung nach handelte es sich um billige Flittchen, viel zu dünn und knochig. Männer wollten Kurven, keine Kanten.

Omag sah zu ihr und winkte. »Sie wissen, was ich hören möchte«, sagte er und nahm Platz. Aufgrund des weit vorgewölbten Bauchs konnte er den Stuhl nicht nahe genug an den Tisch heranschieben, und deshalb schnappte er mit den Fingern. Eine der beiden Frauen reichte ihm einen Korb mit Palag-Keksen, und er begann damit, sie in sich hineinzustopfen.

Amarie wandte sich dem Klingonen zu und deutete ein Nicken an, spielte dann die ersten Takte von Omags Lieblingslied *Melor Famagal.* Der Starfleet-Offizier klopfte wie beiläufig auf seinen Insignienkommunikator und sagte leise: »Worf an *Enterprise.*« Nur die Musikerin hörte ihn.

»Ich höre«, erklang eine gedämpfte Stimme. Amarie erkannte Riker.

»Gerade ist ein dicker Ferengi hereingekommen«, teilte ihm der Klingone mit.

»Höre ich da *Melor Famagal?*« fragte Riker.

Amarie nickte, woraufhin der Klingone antwortete: »Ja.«

»Ich bin gleich bei Ihnen.«

Die Frau am Klavier sah zu Omag, der Speisen und Getränke bestellte – wahrscheinlich wie immer ziemlich üppig. Gelegentlich blickte er zu ihr und lächelte, nickte mit einem grotesk wirkenden Kopf und forderte sie mit der einen oder anderen Geste zum Weiterspielen auf.

Amarie nahm die Finger nicht von den Tasten. Viel lieber hätte sie jetzt Melodien aus klingonischen Opern erklingen gelassen, um zu hören, wie der so überaus beeindruckende Worf knurrte. Aber meistens gab Omag ein großzügiges Trinkgeld, und das konnte sie gut gebrauchen, wenn dies wirklich ihr letzter Abend war.

Als ihr einfiel, daß sie in wenigen Stunden ihre Arbeit hier beenden mußte, verflog die freudige Erregung. Die Begegnung mit dem Klingonen hatte zunächst angenehme Gefühle in ihr geweckt, doch nun kehrte der Kummer zurück. Was sollte sie nur anfangen? Ihr fehlte das Geld, um diesen elenden Planeten zu verlassen, und andere Arbeit für vierhändige Musikerinnen gab es nicht – sie konnte froh sein, diesen Job gefunden zu haben.

Amarie seufzte einmal mehr und konzentrierte sich darauf, für Omag zufriedenstellend zu spielen. Vielleicht mußte sein Trinkgeld eine ganze Welle reichen.

Riker beamte allein auf den Planeten und versuchte, die Gewissensbisse zu unterdrücken, weil er Naylor an Bord der *Enterprise* zurückließ. Ihre Ablehnung seiner Einladung zum Abendessen traf ihn an einer sehr empfindlichen Stelle. Genau solche Unannehmlichkeiten hatte er vermeiden wollen, und er beschloß, ihre Beziehung fortan neutraler zu gestalten.

Erneut dachte er an die Verwundbarkeit, die er für einen Sekundenbruchteil bei der jungen Frau bemerkt hatte. Naylors Bestreben, immer die Beste zu sein, kam Besessenheit gleich. Wenn sie damit ins Leere lief, war sie plötzlich hilflos.

Diese Schwäche mußte sie überwinden, wenn sie es bei Starfleet zu etwas bringen wollte. Wer psychologische Probleme hatte, neigte zu Labilität, und Labilität führte zu Fehlern. Doch Naylor gehörte zur Sicherheitsabteilung. Und wenn einem Sicherheitsbeauftragten Fehler unterliefen, so konnten sich katastrophale Konsequenzen daraus ergeben.

Riker schüttelte die sorgenvollen Gedanken ab, als er die Bar betrat und *Melor Famagal* hörte. Wie üblich hielten sich nur wenige Gäste in der Spelunke auf. Weiter vorn saß Worf neben Amarie, der es gelang, zum vierten Mal das gleiche Stück zu spielen und es doch neu klingen zu lassen.

Der Blick des Ersten Offiziers schweifte umher und fand den fetten Ferengi. Mit zwei atemberaubend schönen Frauen saß Omag am Tisch, stopfte eine Delikatesse nach der anderen in sich hinein und spülte sie mit Champagner hinunter.

Worf empfing ein unauffälliges Zeichen von Riker, stand auf und näherte sich. Die beiden Männer sahen zu Omag, der jetzt mit einem Schuh auf den Tisch klopfte.

»Wo ist der Kellner?« heulte er, wodurch ihm einige Brocken aus dem Mund fielen. »Gibt es keinen Kellner in diesem elenden Laden?«

Riker und Worf schlenderten zu dem Ferengi. Will beugte sich zu dem Dicken vor und fragte: »Haben Sie Probleme?«

»Ja«, fauchte Omag. »Ich brauche mehr Servietten.« Er wandte sich halb ab und schlürfte Sekt.

»Benutzen Sie ihren Ärmel«, schlug Riker vor.

Die beabsichtigte Wirkung blieb nicht aus. Omag drehte sich verblüfft um. »Was haben Sie gesagt?« brachte er ungläubig hervor. Ein halb zerrissenes Etwas rutschte ihm aus dem Mund und fiel zu Boden.

Riker fand den Ferengi widerwärtig. Er deutete zu einer der beiden Schönheiten, die sich an ihren Sektgläsern festhielten und versuchten, den Zwischenfall zu ignorieren. »Oder benutzen Sie ihren Ärmel. Ist mir völlig schnuppe.«

Omag kniff die kleinen Augen zusammen. »Wer sind Sie?«

»Commander William Riker von der *U.S.S. Enterprise*.«

»Erwarten Sie von mir, daß ich jetzt aufstehe und salutiere?« Omag blickte zu den Frauen und lachte schallend. Sie stimmten mit ein.

»Wir untersuchen das Verschwinden eines vulkanischen Schiffes ...«

»Da reden Sie mit dem falschen Ferengi. Ich habe nie mit vulkanischen Raumschiffen gehandelt.«

»Wir wissen, daß Sie an der Sache beteiligt sind«, sagte Riker.

Omag schob sich etwas Öliges zwischen die Lippen und kaute einige Sekunden lang. »Wem könnte an einem vulkanischen Schiff gelegen sein? Vulkanier sind Pazifisten. Ich verkaufe Kriegsschiffe.« Mit dem Handrücken wischte er sich Öl vom Mund. »Ich brauche mehr Servietten!« rief er.

»Wer *könnte* an einem vulkanischen Schiff interessiert sein?« fragte Riker. Er ließ nicht locker.

»Möchten Sie, daß ich Ihnen eine Hypothese anbiete?« fragte der Ferengi mit jähem Ernst.

»Ja.«

»Tja, leider kenne ich mich mit Hypothesen nicht aus.« Omag neigte den Kopf nach hinten und grölte. Speichel spritzte. Auch diesmal lachten die Frauen gehorsam.

Dem Ersten Offizier reichte es nun. Ruckartig hob er den Tisch an der einen Seite an, so daß alle Speisen und Getränke zu dem Ferengi und den beiden Frauen rutschten. Die jungen Damen kreischten, sprangen auf und starrten entsetzt auf ihre ruinierten Kleider.

Die Musik brach ab. Riker trat zu dem verblüfften Ferengi, der, mit all den Köstlichkeiten bekleckert, nur noch grotesker aussah. »Sind Sie verrückt geworden?« ereiferte sich Omag. Riker packte ihn am Kragen und zog ihn hoch, was ihm nicht gerade leichtfiel. Doch Adrenalin verlieh ihm zusätzliche Kräfte. Aus den Augenwinkeln sah er Worf, der die anderen Gäste im Auge behielt.

»Ich möchte Ihnen erklären, was passieren wird, wenn Sie mir in Hinsicht auf das vulkanische Schiff keine Auskunft geben«, begann Will ruhig. »Sie verlieren dadurch das Recht, durch diesen Raumsektor zu fliegen. Und schlimmer noch: Sie ziehen sich meinen Ärger zu.«

Der Ferengi – seine Füße hingen einige Zentimeter über dem Boden – musterte Riker mit einer Mischung aus Verachtung und Furcht. »Ich habe es zu einem barolianischen Frachter gebracht«, schnaufte er.

»Bei welchen Koordinaten?«

»Daran erinnere ich mich nicht.«

Riker drückte noch fester zu, und der Dicke rang nach Atem. »He ... Ich kriege keine Luft mehr ...«

»Die Koordinaten.«

»Galorndon Core. Bei der Neutrale Zone. Mehr weiß ich nicht. Das schwöre ich.« Das Gesicht des Ferengi nahm nun einen sonderbaren purpurnen Farbton an.

Riker stieß ihn von sich, und Omag landete auf einer Torte.

»Ich wünsche Ihnen guten Appetit«, sagte der Erste Offizier freundlich. Er drehte sich um, sah zu Amarie und lächelte. Als Worf und er gingen, nahm Riker eine Serviette und warf sie dem Ferengi zu – sie landete genau in seinem Schoß. Will stellte zufrieden fest, daß sogar der Klingone schmunzelte.

Kummervoll betrachtete Amarie das Durcheinander. Die beiden Starfleet-Offiziere waren fort, und zurück blieb ein einflußreicher Ferengi-Schiffshändler, der nun mitten in seinem eigenen Abendessen hockte. Von den beiden Konkubinen fehlte jede Spur – vermutlich hatten sie einen stillen Ort aufgesucht, um ihre Fassaden in Ordnung zu bringen. Eine traurige Erkenntnis reifte in Amarie heran: An diesem Abend durfte sie vermutlich nicht mit einem großzügigen Trinkgeld rechnen. Omag war grob behandelt und gedemütigt worden; außerdem gefiel es ihm wohl kaum, von Kopf bis Fuß bekleckert zu sein. Wahrscheinlich konnte er es gar nicht abwarten, die Spelunke zu verlassen. Und bestimmt warf er dabei nicht mit Geld um sich.

In Amarie wuchs Mitleid mit dem armen Tropf. Er bot einen jämmerlichen Anblick, als er sich mit der Serviette abtupfte. Einige Kellner gaben sich alle Mühe, aufzuwischen und sauberzumachen. Shern gestikulierte die ganze Zeit über und betonte immer wieder, wie sehr er den Zwischenfall bedauerte.

Tisch und Boden sahen aus, als hätte hier gerade ein Riesenbaby seine Mahlzeit eingenommen.

Amarie ließ sich allein von ihren Instinkten leiten, als sie aufstand und zu Omag ging. Dort griff sie nach der Serviette, wischte ihm mit einer Hand den Kopf ab und mit der anderen das Hemd. Mit der dritten klopfte sie ihm auf die Schulter. »Es ist wirklich schade, Omag«, sagte sie in einem tröstenden Tonfall. »Lassen Sie sich davon nicht betrüben.« Behutsam reinigte sie die Falten in den großen Ohren.

»Ich beauftrage Söldner, den Mistkerlen zu folgen«, fauchte der Ferengi wütend.

»Ach, das hat doch keinen Sinn. Sicher sind die Starfleet-Leute längst fort – andere Aufgaben erwarten sie. Vergeuden Sie nicht Ihre Zeit mit solchen Leuten, die Sie tausendmal kaufen und verkaufen könnten.«

Omag runzelte die Stirn und dachte darüber nach. »Das stimmt«, erwiderte er.

»Sie sollten sie einfach vergessen. Der Abend ist noch jung, und ich bin mit *Melor Famagal* noch gar nicht richtig in Schwung gekommen. Wir richten einen neuen Tisch her und bestellen Champagner. Haben Sie schon mal gebackene Caldor-Aale probiert? Nein? Oh, Sie ahnen gar nicht, was Sie versäumt haben.«

Amarie bemühte sich auch weiterhin um den Ferengi, führte ihn zu einem anderen Tisch und wischte mit allen vier Händen Nahrungsbrocken von Omags Kleidung. Sie half ihm dabei, Platz zu nehmen, befestigte dann eine große Serviette an seinem Kragen. »Na bitte«, gurrte sie. »Stellen Sie sich einfach vor, Sie sind gerade erst hereingekommen und haben mich gebeten, Ihr Lied zu spielen.«

Die hingebungsvolle Fürsorge der Musikerin rührte Omag. Seine Augen glänzten feucht, als er zu ihr aufsah. »Amarie ...« Er schniefte. »Sie sind eine gute Frau.«

Sie lachte rauh und kehlig. Und es fühlte sich gut an, wieder zu lachen. »Da haben Sie völlig recht.« Sie neigte den Kopf nach unten und flüsterte in ein großes Ohr: »Und ich habe viel mehr drauf als die dürren Frauen, mit denen Sie hier erscheinen.«

Omag lächelte und nickte. In seinen Augen funkelte es jetzt wieder. »Wenn Sie mir fünfzig- oder sechzigmal *Melor Famagal* gespielt haben, fühle ich mich bestimmt besser. Und dann ...« Der Ferengi reckte den Hals, und Amarie bückte sich noch etwas mehr, um ihn zu verstehen. »Wir veranstalten ein spätes Essen, nur für uns. Ich möchte Sie näher kennenlernen.«

Amarie zupfte ihn zärtlich an einem Ohr, lächelte und kehrte an ihr Klavier zurück. Sie fühlte eine Freude in ihrem Herzen, auf die sie viel zu lange verzichtet hatte. Plötzlich brannte sie regelrecht darauf, in die Tasten zu greifen und Melodien zu formen. Omag sollte *Melor Famagal* so hören wie niemals zuvor.

Aus irgendeinem Grund wußte sie: Von jetzt an würde alles gut werden.

17

Deanna Troi spürte emotionale Spannungen zwischen Will Riker und Gretchen Naylor. Sie saßen im Konferenzzimmer, und der Erste Offizier berichtete von den Ereignissen auf Qualor Zwei.

Es gab keine offenkundige Kontroverse zwischen Will und der attraktiven jungen Frau, doch die empathische Counselor empfing etwas, insbesondere von Naylor. Riker vermied es, ihrem Blick zu begegnen, als er das Geschehen am vergangenen Abend schilderte und erklärte, welche Informationen sie von dem Ferengi-Schiffshändler Omag erhalten hatten.

»Er behauptet, das Schiff zu einem barolianischen Frachter in der Nähe von Galorndon Core gebracht zu haben. Und Sie wissen bestimmt, woran mich das erinnert.«

Galorndon Core hatte vor einigen Jahren bei einem anderen Abenteuer mit Romulanern eine Rolle gespielt. Troi entsann sich gut daran: Die *Enterprise* fand damals ein abgestürztes romulanisches Schiff auf dem Planeten der Stürme. Der Kommandant jenes Raumers, Tomalak, behauptete, daß er durch Zufall ins stellare Territorium der Föderation gelangt sei.

Doch die Offiziere der *Enterprise* waren sicher, daß er log. Sie vermuteten, daß die Romulaner den betreffenden Raumsektor ihrem Reich angliedern wollten. Es ließ sich aber nichts beweisen. Fortan genügte es, den Namen Galorndon Core zu nennen, um Bilder von Romulanern heraufzubeschwören.

»Ich glaube, wir sollten Captain Picard verständigen. Die Informationen könnten für seine Mission von Bedeutung sein.« Diese Bemerkung kam von Fähnrich Naylor; sie wandte sich dabei an keine bestimmte Person im Raum.

»Ich teile Ihre Ansicht, Fähnrich«, sagte Riker, ohne Naylor anzusehen.

Troi fand das sehr seltsam. Was ging hier vor? Hatten Will und Gretchen eine Affäre, bei der es zu Problemen gekommen war?

Das konnte sie kaum glauben. Deanna Troi und Riker hatten vor Jahren erkannt: Wenn sie beide an Bord der *Enterprise* arbeiten wollten, so mußten sie ihre persönliche Beziehung opfern. Für derartige emotionale Verwicklungen gab es an Bord eines Raumschiffs keinen Platz. Will hatte jene Lektion sicher gut genug gelernt, um den einstigen Fehler nicht zu wiederholen. Und doch ... Zwischen ihm und Naylor war etwas.

»Commander Data wollte eine Art Huckepackverfahren nutzen, um Kom-Botschaften von Romulus zu übermitteln«, sagte Riker. »Wenn ihm das gelingt, können wir die gleiche Methode verwenden, um dem Captain eine Nachricht zukommen zu lassen.«

»Es gibt natürlich auch die Möglichkeit, daß wir nach Galorndon Core fliegen und dort Nachforschungen anstellen«, warf Naylor ein. Wieder stellte sie ihre Worte einfach in den Raum.

»Captain Picard rechnet damit, daß sich die *Enterprise* im Orbit von Qualor Zwei befindet. Bei Galorndon Core würde uns seine Kom-Botschaft nicht erreichen. Nein, wir warten hier.«

»Aye, Sir«, erwiderte Naylor ruhig.

Wieder bemerkte Troi einen emotionalen Schatten. In der jungen Frau gärte etwas. Nicht Liebe oder dergleichen, sondern eine unbestimmte Sehnsucht.

Deannas Aufgabe an Bord der *Enterprise* bestand

darin, für emotionale Harmonie bei der Besatzung zu sorgen. Seit einiger Zeit verband sie mit dieser Pflicht nicht mehr die gleiche Befriedigung wie früher, aber sie hielt an dem Stolz darauf fest, gute Arbeit zu leisten. Wenn sie in gefühlsmäßiger Hinsicht etwas Ungewöhnliches bei einigen Angehörigen der Crew wahrnahm, wollte sie der Sache auf den Grund gehen.

Als Riker die Besprechung offiziell für beendet erklärte, stand Troi auf und näherte sich Naylor. »Fähnrich«, begann sie freundlich, »ich würde gern einmal Tee mit Ihnen trinken.«

Ein oder zwei Sekunden lang wirkte die jüngere Frau überrascht, und dann erwiderte sie das Lächeln. »Das würde mir ebenfalls gefallen«, sagte sie, und Troi spürte ihre Erleichterung.

»Warum nicht jetzt sofort?« schlug die Counselor vor.

»... und nie lasse ich Arbeit bis zum nächsten Tag liegen. Ich erledige immer alles, bevor ich mich in mein Quartier zurückziehe.«

Troi nickte und trank einen Schluck Tee. Gretchen Naylor sprach ganz offen und hielt sich nicht zurück. Sie erzählte die Geschichte einer intelligenten, ehrgeizigen Frau, in deren Leben es nur eine Sache gab: Starfleet.

Alles andere schien für sie überhaupt keine Bedeutung mehr zu haben.

Naylor setzte sich selbst enormem Streß aus, indem sie versuchte, immer die Beste und Gescheiteste zu sein. Troi fragte sich, welche Art von Lob sie als Mädchen von ihrer Familie bekommen hatte. Galt die Anerkennung ihr selbst oder dem Umstand, daß sie gute Leistungen in der Schule vollbrachte? Die Counselor vermutete, daß letzteres der Fall gewesen war.

Selbstwertgefühl zog sie in erster Linie aus ihrem beruflichen Erfolg. Wenn sie glaubte, mit irgend etwas nicht zurechtzukommen, wenn sie sich zurückgesetzt fühlte, so wie von Riker, als er sie nicht für seine Landegruppe einteilte, geriet ihre ganze Identität ins Wanken. Daraus konnten sich erhebliche Probleme ergeben, denn auf dem Weg des Lebens bekam es jeder mit Fehlschlägen und Enttäuschungen zu tun. Solche Dinge durften nicht den inneren Kern des Wesens erschüttern.

Troi schätzte Naylor als eine intelligente und im Grunde genommen stabile Frau ein, die nur an einer speziellen Form von Besessenheit litt. Sie brauchte jemanden, der sie darauf hinwies, daß es nicht nur Karriere und beruflichen Erfolg gab.

»Haben Sie jemals daran gedacht, sich ein Hobby zuzulegen, Fähnrich?«

Troi war überrascht, als die junge Frau laut lachte, bis sie erklärte, daß Commander Riker ihr den gleichen Vorschlag unterbreitet hatte. Daraufhin lächelte die Counselor.

»Er sprach davon, den Kontrabaß zu spielen. Haben Sie jemals von einem solchen Musikinstrument gehört?«

Deanna schmunzelte erneut. Will schlug immer Musik vor. Er liebte Musik so sehr, daß er glaubte, sie müßte auch anderen Personen Zufriedenheit schenken.

»Ja, das habe ich. Es ist ein sehr altes Instrument.«

»Ich bezweifle, ob ich mich dafür begeistern könnte.«

»Was käme sonst in Frage?«

Naylor dachte ganz ernsthaft darüber nach. Troi beobachtete sie und wußte, daß die junge Frau jetzt in ihren Erinnerungen nach etwas suchte, das in keiner Verbindung mit dem leistungsorientierten Denken stand.

Schließlich zuckte sie mit den Achseln. »Mir fällt nichts ein.« Einige Sekunden lang blickte sie auf ihre Hände hinab. »Was ist so falsch an meinem Wunsch, ein guter Sicherheitsoffizier zu sein?«

»Oh, dagegen gibt es nichts einzuwenden«, erwiderte Deanna. »Aber wenn das alles ist, können Sie vielleicht kein so guter Sicherheitsoffizier wie jemand werden, der auch noch andere Interessen hat.«

Naylor nickte. Sie verstand und zeigte sich zugänglich. Allerdings interessierte sie sich nur für ihre Arbeit.

»Als sie ein Kind waren ...«, begann Troi. »Gab es damals etwas, das Ihnen Spaß machte? Abgesehen vom Lernen, meine ich.«

Gretchen überlegte und entsann sich ihrer Kindheit. »Ich hatte großes Glück. Meine Familie opferte viel für mich, und dadurch bekam ich genug Zeit für Schule und Studium. Ich stehe tief in ihrer Schuld.«

Deanna musterte Naylor aufmerksam und hatte Mitleid mit ihr. Die Bürde der Verantwortung lastete so schwer auf der jungen Frau. Die Familie hatte alles gegeben, um ihr eine berufliche Laufbahn bei Starfleet zu ermöglichen, und daraus folgte für Gretchen: Sie durfte ihre Eltern und Geschwister auf keinen Fall enttäuschen. Rund um die Uhr trug sie diese Last; immer mußte sie Großartiges vollbringen, damit die Opfer ihrer Familie nicht umsonst waren.

»Haben Sie jemals mit Ihrem Bruder oder Ihrer Schwester gespielt?« fragte Troi sanft. »Damit meine ich die Spiele von Kindern.«

Naylor lächelte. »Manchmal. Nicht sehr oft. Es gab immer viel zu tun, und ...«

Sie unterbrach sich und wirkte plötzlich bestürzt.

»Und was?« drängte Deanna behutsam.

»Es gab viel zu tun«, wiederholte Gretchen. »Die ganze Zeit über. Die vielen Anpflanzungen ... Dauernd mußte gearbeitet werden. Unkraut jäten und so. Chemikalien durften wir nicht verwenden, und deshalb ... und deshalb mußten wir alles erledigen ...«

»Worauf wollen Sie hinaus?« fragte die Counselor.

Grüne Augen starrten sie an, und in ihnen erkannte Deanna eine tief verwurzelte Furcht. Sie wußte, daß sie etwas in Naylor berührt hatte, eine schlecht verheilte Wunde vielleicht.

Die junge Frau versuchte zu lachen, aber es klang gezwungen. »Wie meinen Sie das?«

»Es gibt noch etwas anderes in Ihrem Leben, etwas, über das Sie nicht gern sprechen.«,

Naylor stand abrupt auf und begann mit einer unruhigen Wanderung durchs Zimmer. Sie brauchte Bewegung, um ihre Gedanken zu ordnen. Schließlich wandte sie sich wieder der Counselor zu. »Ich nehme an, dabei geht es um Casey.«

Troi neigte ein wenig den Kopf zur Seite. »Casey?«

»Mein Bruder. Mein kleiner Bruder. Bestimmt haben Sie in meinen biographischen Unterlagen darüber gelesen.«

»Mit solchen Daten befasse ich mich nur, wenn ein Problem auftaucht, Gretchen. In Ihrem Fall hielt ich das bisher nicht für notwendig.«

»Ich verstehe.« Naylor schien zu bedauern, dieses Thema angeschnitten zu haben.

»Erzählen Sie mir von Casey.«

»Er wurde krank und starb noch vor seinem zweiten Geburtstag.«

»Um welche Krankheit handelte es sich?«

Gretchen zögerte. »Ich ... weiß es nicht. Meine Eltern sprachen nie darüber. Es war alles sehr schwer für sie.«

»Und Sie?«

»Wie bitte?«

»Es muß auch für Sie schwer gewesen sein. Wie alt waren Sie, als Casey starb?«

Wieder ein kurzes Zögern. »Zwölf.«

»Bestimmt haben Sie sehr gelitten.«

Naylor zitterte ein wenig. Ihr Mund stand offen, und die Augen blickten ins Leere. Sie atmete tief durch und versuchte ganz offensichtlich, nicht die Fassung zu verlieren. »Ich bin nicht einmal zur Beerdigung gegangen.

An jenem Tag mußte ich mich auf eine Mathematikprüfung vorbereiten.«

Und dann brach sie in Tränen aus.

Troi bot ihr Taschentücher an und ließ sie weinen. Sie tätschelte ihr die Schulter und murmelte tröstende Worte. Kummer, der sich über Jahre hinweg angesammelt hatte, fand nun ein Ventil. Die dunklen Kammern des Unterbewußtseins gaben verdrängte Trauer frei. Die Tränen linderten den Schmerz nicht, brachten ihn jedoch näher an die Oberfläche des Bewußtseins.

Nach einer Weile betupfte sich Naylor die Wangen. »Ich bekam nie Gelegenheit, mich um ihn zu kümmern.« Während die junge Frau sprach, schluchzte sie immer wieder. »Alle anderen hielten Casey im Arm, gingen mit ihm nach draußen oder sangen Lieder für ihn. Ich hörte sie von meinem Zimmer aus, während ich lernte. Aber sie ließen nicht zu, daß ich die Bücher beiseite legte, um mich selbst einmal um meinen kleinen Bruder zu kümmern.«

Gretchen weinte erneut, diesmal aber nicht so lange wie vorher. »Er war ein hübscher Junge, so klein und hilflos … Und seine Augen ähnelten meinen. Ich dachte immer, daß er ein wenig mir gehört. Und doch hatte ich praktisch nie Zeit für ihn.«

Sie stand auf, ging erneut umher. »Einmal schlich ich mich spät abends in sein Zimmer. Die ganze Nacht über saß ich an seinem Bett und sagte ihm leise, wie gern ich ihn hatte. Ich versprach, mit ihm zu spielen, sobald es ihm besser ging. Am nächsten Morgen schlief ich beim Unterricht ein, aber das war mir gleich.«

Naylor verharrte und sah Troi an. »In der folgenden Nacht bekam Casey hohes Fieber. Alle Versuche, es zu senken, blieben erfolglos. Krämpfe stellten sich ein, und dann … starb er. Ich habe ihn so sehr geliebt, daß ich dachte, es müßte mir das Herz zerreißen. Aber ich konnte nicht einmal zu seiner Beerdigung gehen.«

Sie setzte sich und wischte sich die Tränen aus den Augen. »Entschuldigen Sie bitte, Counselor. Seit Jahren habe ich nicht mehr daran gedacht.«

»Da bin ich sicher.«

»So etwas wird sich nicht wiederholen, das verspreche ich Ihnen.«

»Ich hoffe das Gegenteil, Gretchen. Sie haben nie um Ihren kleinen Bruder getrauert. Es wird Zeit für Sie, das nachzuholen.«

»Ich möchte mich nicht daran erinnern.«

»Ich weiß. Aber Sie sollten sich dem Schmerz stellen und nicht versuchen, ihn zu begraben.«

Naylor holte tief Luft und lächelte schief. »Wir haben nach einem geeigneten Hobby für mich gesucht – und *dies* gefunden.«

Deanna hatte eine Idee. »Was halten Sie davon, im Kinderhort auszuhelfen?«

Naylor ließ sich ihr Erstaunen ganz deutlich anmerken. »Im Kinderhort?«

»Dort gibt es immer einige Kleinkinder und Babys. Bei vielen Paaren an Bord der *Enterprise* arbeitet sowohl der Mann als auch die Frau. Ihre Sprößlinge bringen sie tagsüber im Kinderhort unter. Bestimmt freut man sich dort über ein weiteres Paar Hände.«

Troi spürte, wie Naylor darüber nachdachte, die Idee von allen Seiten betrachtete. »Vielleicht«, sagte sie.

Deanna ahnte, daß Gretchen Gefallen daran finden würde, sich um kleine Kinder zu kümmern. Um vieles im Leben war sie betrogen worden, und nun ging es vor allem darum, daß sie die Sache mit ihrem Bruder Casey überwand. Ja, der Kinderhort war genau der richtige Platz für sie.

Naylor nickte und versprach Troi, während der nächsten Wochen regelmäßig ihren Rat in Anspruch zu nehmen. Dann ging sie. Deanna fühlte sich von tiefer Zufriedenheit durchströmt. Es gab sicher aufregendere

Tätigkeiten als die einer Counselor, aber solche Erfolge entschädigten sie für alles und brachten ihr Erfüllung. Selbst ein Captain wie Jean-Luc Picard hätte diese kleinen Momente des Triumphes zu schätzen gewußt.

Riker stand auf der Brücke des Raumschiffs *Enterprise* und blickte zum großen Bildschirm. Er zeigte den Kontrollraum der *Kruge*, mit Picard, Data und dem klingonischen Kommandanten in der Mitte. Der Erste Offizier hatte gerade seine Erlebnisse auf Qualor Zwei geschildert und die vom Ferengi Omag stammenden Informationen übermittelt.

»Als ich hörte, daß sich der barolianische Frachter in der Nähe von Galorndon Core befand, fielen mir sofort die Romulaner ein«, schloß er seinen Bericht.

Picard dachte darüber nach.

»Seltsamerweise haben die Romulaner plötzlich großes Interesse an den Vulkaniern«, sagte er. »Spock hat mit dem neuen Prokonsul des romulanischen Senats über eine mögliche Wiedervereinigung gesprochen.«

Das verblüffte Riker. Vulkanier und Romulaner, zu einer Nation vereint? Das konnte er sich kaum vorstellen. »Wiedervereinigung?« wiederholte er ungläubig.

»Der Prokonsul ist angeblich bereit, in aller Öffentlichkeit für Friedensgespräche einzutreten«, fügte Picard hinzu, und diesen Hinweis fand Riker noch überraschender. Ein romulanischer Politiker, der sich für den Frieden einsetzte?

»Und Spock?« fragte er.

»Der Botschafter ist skeptisch, doch die Wiedervereinigung hat große Bedeutung für ihn. Er wird jede Chance nutzen, um sie zu verwirklichen.«

»Leider verstehe ich nicht ganz, was ein gestohlenes vulkanisches Schiff mit dieser Sache zu tun haben soll«, ließ sich Troi vernehmen.

»Mir geht es ebenso wie Ihnen, Counselor.« Picard sah

wieder zu Riker. »Wie schnell können Sie Galorndon Core erreichen, Nummer Eins?«

Der Erste Offizier sah auf einen nahen Monitor. »Die Flugzeit beträgt etwas über acht Stunden.«

»Vielleicht jagen wir Gespenstern nach, aber wir sollten jede Möglichkeit berücksichtigen, nicht wahr?«

»Ja, Captain.«

Das Bild verzerrte sich plötzlich, und Riker beobachtete, wie Data von einer Konsole auf der *Kruge*-Brücke aufsah. »Wir verlieren die romulanische Trägerwelle, Sir.«

Erneut wandte sich Picard seinem Stellvertreter zu. »Wir setzen uns noch einmal mit Ihnen in Verbindung, wenn Sie Ihr Ziel erreicht haben, Nummer Eins. Picard Ende.«

Eine Sekunde später zeigte das große Projektionsfeld nur mehr Sterne.

Rikers Blick glitt zur Navigationsstation. »Nehmen Sie Kurs auf Galorndon Core. Warp acht.«

Er sank in den Kommandosessel und beobachtete, wie die Sterne lange bunte Streifen bildeten, als die *Enterprise* den Warptransfer begann. Bisher war es ihm nicht gelungen, das Rätsel zu lösen. Vielleicht fand er bei Galorndon Core Antworten auf seine Fragen.

18

Captain K'Vada hätte am liebsten vor Freude geschrien. Der Androide – jenes wundervolle Geschöpf, dem er verdankte, daß sich sein Schultergelenk wieder an der richtigen Stelle befand – hatte es geschafft, ins romulanische Informationsnetz einzudringen. Dadurch ergaben sich ungeahnte Möglichkeiten für K'Vada. Aufmerksam hörte er zu, als Picard und Data miteinander sprachen. Sie saßen an dem Computer, von dem aus der Androide Daten abrief.

»Captain ... Aus den romulanischen Kom-Aufzeichnungen geht hervor, daß vor zwölf Stunden ein Kontakt mit einem barolianischen Schiff in der Nähe von Galorndon Core stattfand.«

Picard nickte und schien diese Meldung für wichtig zu halten.

Doch K'Vada wußte, daß ihr überhaupt keine Bedeutung zukam, und deshalb grollte er: »Galorndon Core liegt an der barolianischen Transporterroute, und die Barolianer treiben regen Handel mit den Romulanern. Vermutlich steckt nichts weiter als Routine dahinter.«

»Das bezweifle ich«, erwiderte Data. »Ich habe inzwischen den Ausgangspunkt der Sendung lokalisieren können. Die Signale enthalten den ID-Code des romulanischen Geheimdienstes.«

K'Vadas Aufregung nahm zu. *Der romulanische Geheimdienst!* Er glaubte sich auf der Straße des Ruhms und hörte bereits, wie man ihn in der Heimat bejubelte.

»Können Sie darauf zugreifen?« fragte Picard.

Datas Finger huschten über die Tasten. K'Vada stellte fest, daß er die Kontrollen schneller bediente als ein Mensch oder Klingone. Er nahm sich vor, diese Information seinen persönlichen Logbucheinträgen hinzuzufügen. »Offenbar handelt es sich um eine kurze Zahlensequenz«, sagte der Androide. »Eins, vier, null, null.«

Picard runzelte die Stirn. »Und sonst nichts?«

»Nein, Sir.«

Der Starfleet-Captain ging einige Schritte und kehrte dann zum Pult zurück. »Ich möchte sofort dem Botschafter Bescheid geben. Sie begleiten mich auf den Planeten, Mr. Data.«

Ärger erwachte in K'Vada. Er sah bereits alles in Reichweite – und jetzt sollte diese närrische Mission verlängert werden! Picard wandte sich dem Ausgang zu, und dort verharrte er noch einmal, sah zum Kommandanten der *Kruge.* »Sorgen Sie dafür, daß der Transporter einsatzbereit bleibt, Captain. Der Fokus soll auf unsere Transferkoordinaten justiert werden.«

K'Vada schäumte. Er hatte gehofft, unverzüglich den Rückflug antreten zu können, doch jetzt mußten sie noch länger im Orbit von Romulus verweilen, um mit eingeschalteter Tarnvorrichtung auf die Rückkehr der beiden Starfleet-Offiziere zu warten.

»Ich nehme keine Befehle von Ihnen entgegen!« entfuhr es ihm, bevor er die Worte zurückhalten konnte.

Die Reaktion des terranischen Captains überraschte ihn sehr. Picard drehte sich noch einmal um und rief in einwandfreiem Klingonisch: *»P'tah Jgin Quol! Ktah!«*

Es war ein Fluch, der K'Vada verblüfft blinzeln ließ.

»Richten Sie den Transferfokus in Abständen von jeweils sechzig Minuten nach unserer Ankunft auf dem Planeten aus.«

Der Klingone blieb eine Antwort schuldig. Picard und Data gingen zum Schott, und dort richtete der Androide folgende leise Worte an den Captain: »Das war nicht sehr vulkanisch von Ihnen, Sir.«

Als sich die Tür hinter den beiden Männern geschlossen hatte, lachte K'Vada schallend. Er mochte den Terraner Picard! Ein Mensch, der so fluchen konnte, verdiente seinen Respekt. Und wer es fertigbrachte, ihm, K'Vada, die Stirn zu bieten, brauchte gewiß keine Romulaner zu fürchten.

Picard und Data würden zurückkehren. Der Klingone sah alles ganz deutlich vor sich. Es gelang ihnen bestimmt, unbemerkt durch die Neutrale Zone zu fliegen und die Zentralwelt des Imperiums zu erreichen. Dort erwartete K'Vada große Ehre, weil er mit wichtigen Informationen über den romulanischen Geheimdienst kam. Und dann... Er beschloß, die Entwicklung einer künstlichen Lebensform zu fördern und dadurch noch mehr Verdienste zu erringen. Er würde den Dienst als Raumschiffkommandant aufgeben und sich mit K'kam – die natürlich ebenfalls auf ihre Karriere verzichtete – ins Privatleben zurückziehen. Um für den Rest seines Lebens Ruhm und Ehre zu genießen.

Captain K'Vada lehnte sich im Kommandosessel zurück. Er bedauerte nur, daß es keine frischen Gagh an Bord gab. Dann wäre alles perfekt gewesen.

Spock war tief in Gedanken versunken, als er das Krokton-Segment betrat, und deshalb bemerkte er den Jungen erst, als er vor ihm stand.

»Mr. Spock!« rief D'Tan. »Ich habe nach Ihnen gesucht!«

Der Vulkanier lächelte beinahe. Die Begeisterung des Knaben konnte ansteckend wirken. »Ich habe mit dem Prokonsul gesprochen«, sagte er. Jenes Treffen beschäftigte ihn noch immer. Neral und er hatten mehrere Stunden lang die Diskussionen erörtert, die der offiziellen Verlautbarung über den Beginn von Verhandlungen zwischen Vulkan und Romulus folgen würden.

»Redet er noch immer von der Wiedervereinigung?« fragte D'Tan, und diesmal erlaubte sich Spock ein Schmunzeln, als er in den Augen des Jungen unerschütterlichen Idealismus sah.

»Er redet nur darüber«, erwiderte er. *Nur darüber,* wiederholte eine innere Stimme. Spock fragte sich, warum ihn dieser Umstand beunruhigte.

Zusammen mit D'Tan trat er an einen Tisch des *Dinglh.* Der Junge holte einige Objekte hervor: kleine Würfel mit Schnitzmustern und Zeichen an jeder Seite. »Haben Sie das schon einmal gesehen?« fragte D'Tan.

Er legte die Gegenstände in Spocks Hand, und der Botschafter betrachtete sie. »Es handelt sich um den Silbennukleus der vulkanischen Sprache«, sagte er leise.

»Damit habe ich gespielt, als ich klein war«, erklärte D'Tan.

Spock sah ihn an. »Deine Eltern wollten, daß du Vulkanisch lernst?«

»So wie es deren Eltern von ihnen wollten. Um auf den Tag vorbereitet zu sein, an dem wir und Vulkan wieder eins sind.«

Spock musterte das strahlende Gesicht des Jungen und sah darin eine herrliche Zukunft, eine Ära des Friedens zwischen den Welten, eine Epoche der Wahrheit und kontemplativen Ruhe. Enthusiasmus und Hoffnung des Knaben rührten ihn zutiefst.

Jaron erschien plötzlich, beugte sich vor und flüsterte: »Ihre Föderationsfreunde sind zurückgekehrt und wollen Sie sprechen. Ich habe Pardek informiert. Er wird bei der Höhle auf Sie warten.«

Damit verschwand Jaron wieder.

Spock legte die Würfel mit den vulkanischen Schriftzeichen in D'Tans Hand und schloß die Finger des Jungen darum. Einmal mehr sah er ihm in die Augen, drehte sich dann um und machte sich auf den Weg zur Höhle.

Picard wartete ungeduldig auf Jarons Rückkehr und die Mitteilung, daß er einen Kontakt mit Spock hergestellt hatte. Erleichtert nahm er die Meldung entgegen, daß der Botschafter bald eintreffen würde.

Kurze Zeit später betrat Pardek die Höhle und eilte zum Captain. Sorge zeichnete sich in seinem runden Gesicht ab.

»Was ist los, Picard?« fragte er.

»Lassen Sie uns auf Spock warten, Senator. Dann brauche ich nur einmal Bericht zu erstatten.«

»Einverstanden.«

»Es geht um Informationen, die Data und meine Offiziere an Bord der *Enterprise* gesammelt haben. Ich hoffe, daß sich daraus keine negativen Konsequenzen für uns ergeben.«

»Dieser Hoffnung schließe ich mich gern an, Captain.« Pardek wankte zu einer Wand der Höhle und nahm dort schnaufend Platz. Picard erinnerte sich plötzlich daran, daß der Senator ebenso alt war wie Spock – weit über hundert Jahre. Es mußte eine erhebliche Anstrengung für ihn bedeuten, immer wieder hierherzukommen und durch unterirdische Höhlen zu stapfen.

Spock erschien einige Minuten später, und Picard verlor keine Zeit. Mit knappen Worten schilderte er die Ereignisse auf Qualor Zwei. Ein vulkanisches Schiff war gestohlen und zu einem barolianischen Frachter gebracht worden, in der Nähe des Planeten Galorndon Core, wo schon einmal Romulaner aufgetaucht waren.

Und dann die von Data entdeckte Nachricht, die ganz offensichtlich vom romulanischen Geheimdienst stammte und vor etwa zwölf Stunden gesendet worden war. Der Empfänger war ein barolianischer Frachter in der Nähe von Galorndon Core.

»Die Nachricht bestand nur aus einer Zahlensequenz«, sagte Picard zum Abschluß. »Eins, vier, null, null.«

»Was bedeutet das?« fragte Pardek verwirrt.

Kurze Stille folgte, und dann ertönte Spocks erschöpft klingende Stimme. »Es bedeutet, daß der Prokonsul versucht hat, mich zu täuschen.«

Spock wich einen Schritt zurück; er schien den Verrat wie physischen Schmerz zu empfinden. »Der Zweck ist mir noch unklar«, fuhr er fort. »Aber allem Anschein nach sind Nerals Gespräche mit mir Teil eines größeren Plans, bei dem es auch um das gestohlene vulkanische Schiff geht.«

»Woher wollen Sie das wissen, Botschafter?« fragte Data.

»Der Prokonsul hat die öffentliche Bekanntgabe der Friedensinitiative auf morgen um vierzehn Uhr festgesetzt. Eins, vier, null, null.«

Die Verwirrungsfalten fraßen sich tiefer in Pardeks Stirn. »Aber wozu braucht man ein vulkanisches Raumschiff?«

»Das wird sich bald herausstellen.«

Diese Worte stammten von einer Frau. Alle wandten sich um und sahen in Richtung der Rampe, die zum Höhleneingang führte.

Picard erstarrte förmlich, als er die Gestalt sah.

Sela.

Mit geschmeidigen Schritten kam sie die Rampe herunter, in eine Aura gefährlicher Anmut gehüllt. Sela, zur einen Hälfte Mensch, zur anderen Romulanerin ... Ihr kurzes blondes Haar glänzte im Schein der Chemolampen. Sie trug die Uniform eines romulanischen Commander und hielt einen Intervaller in der rechten Hand. Ihre Augen glitzerten eisblau.

Romulanische Wächter stürzten herbei, entwaffneten Picard und Data und umringten die kleine Gruppe.

Alles war gut vorbereitet. Der Captain begriff, daß man ihnen eine Falle gestellt hatte.

Er wandte sich der jungen Frau zu.

»Captain Picard ...«, sagte sie. Ihre Stimme klang wie Samt und Honig, täuschte darüber hinweg, wozu sie fähig war. »Willkommen auf Romulus. Ich hoffe, es hat Ihnen hier gefallen.«

Er antwortete nicht. Sela gegenüber hatte Ironie keinen Sinn.

Die Romulanerin sah Data an. »Und das ist der Androide. Ein würdiger Gegner, wie ich inzwischen weiß.«

»Lieutenant Commander Data«, stellte sich der Zweite Offizier freundlich vor. Hatte er vergessen, wie gefährlich diese Frau sein konnte?

Sela, dachte Picard. Daß er ihr erneut begegnen mußte, ausgerechnet hier ... Gab es eine Art Vorsehung? Entsprach es dem Willen des Schicksals, daß sich ihre Wege erneut kreuzten?

War sie wirklich Tasha Yars Tochter?

Nun, eigentlich spielten die Antworten auf diese Fragen keine große Rolle. Sie war eine Frau ohne Gewissen und Erbarmen. Und ihr Erscheinen in der Höhle gab den Ereignissen eine unerwartete Wendung.

Sela musterte den Starfleet-Captain und spürte das herrliche Prickeln des Triumphs. Den Namen dieses Mannes hatte sie schon als kleines Kind gehört, und sie war mit Haß auf ihn groß geworden. Ihre Mutter hatte damals dauernd von ihm gesprochen, und auch von den übrigen Offizieren der *Enterprise*. Irgendwann kam die junge Sela zu dem Schluß, daß sie alle ihre Feinde waren.

Ihre Mutter ... Eine Terranerin, und eine gewöhnliche Gefangene obendrein. Warum begriff sie nicht, welche Ehre ihr zuteil wurde, als General Meldet sie schwängerte? Diesen einen Punkt konnte ihr Sela nicht verzeihen. Ihre Mutter war nicht nur dumm gewesen, sondern auch unwürdig.

In Selas Adern floß also sowohl menschliches Blut als auch das eines Generals der romulanischen Garde. Als Tasha Yar noch lebte, mußte sich Sela immer wieder Geschichten über das großartige Raumschiff *Enterprise* und seine wunderbare Crew anhören. Sela verstand nicht alles davon. So sagte Tasha zum Beispiel, Captain Picard hätte sie ›aus der Zukunft‹ gewiesen. Die Bedeutung dieser Worte erfaßte Tasha erst später, und selbst dann wußte sie nicht recht, was sie damit anfangen sollte. Angeblich war Tashas Schiff, die *Enterprise D*, irgendwie ihrem Gegenstück aus der Vergangenheit begegnet, der *Enterprise C*.

Die Verantwortung dafür trug eine seltsame Raum-Zeit-Anomalie, die niemand zu erklären vermochte. Wie auch immer es geschehen sein mochte: Picard schickte Tasha zur *Enterprise* C, zu dem Schiff aus der Vergangenheit. Und jenes Raumschiff wurde von Romulanern angegriffen. Bis auf einige wenige fanden dabei alle den Tod.

Tasha Yar gehörte zu den Überlebenden. Nach dem Verhör weckte sie das Interesse von Meldet, der sie begehrenswert fand. Sie erklärte sich bereit, seine Partnerin zu werden, um ihr eigenes Leben und das der anderen Gefangenen zu retten.

Ein Jahr später wurde Sela geboren.

Und vier Jahre lang hörte sie Geschichten von der *Enterprise* und ihrer Crew.

Sicher hatte Sela ihre Mutter einmal geliebt, obwohl sie sich nicht daran erinnerte. Doch als viel stärker erwies sich die Bewunderung für den Vater. Er war mächtig und aufregend: groß, ausgestattet mit einer Stimme, die Sela angenehm war. Außerdem genoß er überall Respekt.

Wie konnte ihre Mutter einen solchen Mann *nicht* lieben?

Tasha tolerierte ihn nur, doch Liebe brachte sie ihm nicht entgegen.

Eines Nachts, als Sela vier war, kam ihre Mutter und forderte sie auf, ganz still zu sein. Sie wickelte das kleine Mädchen ein, um mit ihr das Lager zu verlassen.

Draußen wurde Sela klar, daß sie weggebracht werden sollte, fort von ihrem geliebten Vater, fort von einem Ort, der ihre Heimat war.

Sie rief nach den Wächtern.

Ihr Vater hatte Tasha das Leben geschenkt, ihr Heim, Schutz und eine Tochter gegeben. Und wie dankte sie es ihm?

Mit Verrat.

Sela stand neben ihrem Vater und sah bei Tashas Hinrichtung zu. Zusammen mit ihrer Mutter starb alles Menschliche in dem Mädchen. Es blieb eine Romulanerin übrig, die den brennenden Wunsch hegte, die *Enterprise* zu zerstören und jene zu töten, denen sich Tasha so sehr verbunden gefühlt hatte. Jene, die sie dazu gebracht hatten, Selas Vater zu verraten.

Als sie nun in dieser feuchten Höhle stand und in erstaunte Gesichter sah ... Plötzlich begriff Sela, daß sie Picard in ihrer Gewalt hatte. Bald würde sich herausstellen, ob er das große Lob ihrer Mutter verdiente. Sie bezweifelte es. Wenn sie mit ihm fertig war, erwies er sich bestimmt als schwacher, jämmerlicher Mensch.

Sela bekam nun Gelegenheit, sich den Traum ihres Lebens zu erfüllen.

Picard stand im grellen weißen Licht der Chemolampen, starrte in Selas kalte Augen und stellte sich der Erkenntnis: Sie waren von Neral getäuscht worden. Der Prokonsul hatte sie geködert und an der Nase herumgeführt, um sie schließlich in eine Falle zu locken. Die angeblichen Friedensgespräche sollten niemals stattfinden. Und die Wiedervereinigung ... Sie blieb ein idealistischer Traum.

Picard sah zu Spock. Die Miene des Botschafters wirkte grau und alt. Erschöpfung zeigte sich in jeder einzelnen Falte seines Gesichts. Das schwere Gewicht von Niederlage und Enttäuschung senkte sich auf ihn herab.

»Wie hat man uns hier gefunden?« wandte sich Pardek an den Vulkanier. »Jemand muß uns verraten haben.«

»Ja«, erwiderte Spock knapp und mit monotoner Stimme. »Sie.«

Picard musterte den Botschafter erstaunt, dessen Blick sich nun in den Senator hineinzubohren schien.

Pardek zitterte. »Spock! Wir sind Freunde, seit achtzig Jahren.«

»Es ist die einzige logische Schlußfolgerung«, erwiderte der Vulkanier ruhig. »Sie haben mich nach Romulus eingeladen und das Treffen mit dem Prokonsul arrangiert. Außerdem wußten Sie, daß Picard und Data mit neuen Informationen auf den Planeten zurückkehrten.«

Pardek schüttelte den Kopf und versuchte, sich auch weiterhin unschuldig zu geben. Doch Selas kehliges Lachen machte dieses Bemühen zunichte. »Der große Spock«, sagte sie nicht ohne einen gewissen Respekt. »Nun gut. Senator, Ihre Verdienste dem romulanischen Volk gegenüber werden hiermit zur Kenntnis genommen.«

Pardek sah in Spocks Augen und schien dabei ein wenig kleiner zu werden.

Diese Männer sind seit achtzig Jahren Freunde, dachte Picard. *Hat Pardek den Botschafter die ganze Zeit über benutzt und auf eine Gelegenheit gewartet, die Freundschaft mit ihm zum eigenen Vorteil einzusetzen? Ging es ihm allein darum?*

Spock und Pardek sahen noch immer einander an. Vielleicht tauschten ihre stummen Blicke Erinnerungen aus, die ihre lange Beziehung betrafen.

Schließlich sagte der Senator: »*Jolan tru,* Spock.«

Es klang nicht reumütig, sondern neutral. Pardek besann sich auf romulanische Kühle, trennte einfach eine Verbindung, die seit fast einem Jahrhundert bestand.

»Sie brauchen nicht niedergeschlagen zu sein«, wandte sich Sela spöttisch an Spock, der gar nicht auf sie zu achten schien. »Ihr Traum von der Wiedervereinigung ist nicht tot. Sie findet tatsächlich statt, allerdings auf eine andere Art und Weise. Romulus wird Vulkan erobern.«

Sie nickte den Soldaten zu, und daraufhin wurde das Trio über die Rampe geführt.

D'Tan wußte nicht, was ihn veranlaßte, sich in dem Container zu verbergen, den er vor einigen Jahren entdeckt hatte. Er spürte, daß sich etwas anbahnte. Eine seltsame Anspannung nahm zu und bescherte dem Jungen immer größere Unruhe. Ein Schatten schien auf das ganze Viertel zu fallen der Schatten des Unheils.

Auch andere hatten anscheinend Vorahnungen. Eine sonderbare Unruhe herrschte auf der Straße; hier und dort kam es zu plötzlicher Aufregung. Die circassianische Katze eines Ladeninhabers schlich auf dem Fenstersims hin und her, krümmte den Rücken und fauchte.

D'Tans Versteck verfügte über ein Gitter, durch das er die Straße beobachten konnte. Als er kleiner gewesen war, hatte er sich in den Bereich zwischen dem Container und dem Gebäude gezwängt, um dort stundenlang unentdeckt zu sitzen und das allgemeine Geschehen zu beobachten. Inzwischen bot ihm die schmale Lücke kaum mehr Platz, und er begriff, daß er diesen Schlupfwinkel bald nicht mehr benutzen konnte.

Der Knabe hatte den Tag damit zugebracht, zunächst einige Stunden lang umherzuwandern und nach Mr. Spock zu suchen, um ihm die kleinen Sprachwürfel zu zeigen. Als der Vulkanier zur Höhle aufbrach, half D'Tan seiner Freundin Janicka dabei, den Laden ihrer

Familie aufzuräumen. Als Belohnung dafür bekam er eine Mahlzeit und ein wenig Obst.

Das Gefühl einer seltsamen Schwere führte den Jungen schließlich zu seinem Versteck. Unbehagen erfaßte ihn, und in seiner Magengrube prickelte es. Er fragte sich besorgt, ob die Frucht verdorben gewesen war.

Als er mit überkreuzten Beinen am Gitter saß, kehrte die Ruhe zurück. Er fand großen Gefallen daran, die Passanten zu beobachten, jene kleinen Dramen, die sich an jedem Tag auf der Straße abspielten. Ein Hauch von Allmacht offenbarte sich ihm dabei, denn er konnte sehen, ohne selbst gesehen zu werden. Allerdings wußte er, seine Eltern hätten bestimmt nicht viel davon gehalten.

Er sah, wie Janicka das Geschäft der Familie verließ und zum *Dinglh* aufbrach. Das Mädchen mochte gern Süßes, doch die Eltern erlaubten ihm nur selten zu naschen. Jetzt hatten sie vermutlich zu tun, und Janicka nutzte die gute Gelegenheit, um sich etwas Leckeres zu gönnen. Sie sprach kurz mit der Wirtin, und darauf bekam sie Sesketh: einen Gewürzstab mit Zuckerwatte. D'Tan hätte fast laut gelacht. Auf der Liste der von den Eltern verbotenen Spezereien stand Sesketh ganz oben.

Natürlich konnte das Mädchen damit nicht in den Laden zurückkehren. Am Straßenrand nahm es Platz und genoß die Zuckerwatte. D'Tan beobachtete seine Freundin aufmerksam. Janicka gehörte zu den wenigen Personen, die selbst beim Essen noch würdevoll aussahen. Der Junge dachte nun zum erstenmal daran. Das hübsche Gesicht des Mädchens, die großen dunklen Augen ... Plötzlich sah er Janicka aus einer ganz neuen Perspektive.

Sein Blick ruhte noch immer auf Janicka, als er den ersten Schrei hörte.

Er stammte von einer Frau, und sie befand sich nicht in Sichtweite. Andere Leute auf der Straße vernahmen ihn ebenfalls und sahen nach rechts, in Richtung einer anderen Straße, die das Krokton-Segment mit anderen Bereichen der Stadt verband.

Wenige Sekunden später erklangen andere beunruhigende Geräusche: ein Aufruhr aus Rufen und neuem Geschrei.

Angst keimte in D'Tan auf. Was auch immer jetzt geschehen würde, er ahnte, daß etwas sehr, sehr Schlimmes drohte. Die Leute auf der Straße liefen jetzt, stießen gegeneinander und schienen außer sich zu sein. Einige eilten fliehend nach links; andere wandten sich in die entgegengesetzte Richtung, um nach Angehörigen und Freunden Ausschau zu halten.

Der von rechts kommende Lärm wurde immer lauter, und es dauerte nicht lange, bis D'Tan das Stampfen rhythmischer Schritte vernahm. Dafür gab es nur eine Erklärung: Hundertschaften von Soldaten marschierten über die Straße.

Kurz darauf hörte der Junge das Fauchen von Intervallern. Aus einem Reflex heraus wich er tiefer in sein Versteck zurück. Intervaller waren schreckliche Waffen; warum schoß man damit auf unbescholtene Bürger?

Eine unüberschaubare Menge aus von Panik heimgesuchten Passanten strömte vorüber. Einige drehten die Köpfe, sahen sich aus weit aufgerissenen Augen nach etwas Entsetzlichem um.

Eine Frau stolperte und fiel. Die anderen Fliehenden schenkten ihr überhaupt keine Beachtung, überhörten ihre Hilferufe und trampelten einfach über sie hinweg. Nach einer Welle verstummte sie. D'Tan sah ihren ausgestreckten Arm und beobachtete, wie die Finger noch einige Male zuckten.

Dann kamen die Soldaten.

Keine andere militärische Einheit war so sehr gefürchtet wie Nerals Garde. Größe und Kraft spielten bei der

Auswahl der Gardisten die entscheidende Rolle. Nach der Rekrutierung unterzog man sie einer speziellen Behandlung des Gehirns, um Gewissen und Anteilnahme zu eliminieren. Außerdem sorgte man dafür, daß sie keine Schmerzen mehr empfanden.

Das Ergebnis bestand aus brutalen, erbarmungslosen Soldaten, die jedem Befehl gehorchten und voller Entschlossenheit kämpften, ohne auf Verwundungen zu achten. Solche Krieger ließen sich nur aufhalten, wenn man sie tötete.

Und jetzt marschierten Nerals Gardisten durch das Krokton-Segment.

Mit ausdruckslosen Mienen kamen sie, in eisengraue Uniformen gekleidet – wie ein Insektenschwarm, der sich anschickte, ein Feld zu verheeren. Intervallerstrahlen zuckten hin und her. Explosionen krachten, und einige Gebäude erbebten so heftig, daß sie einstürzten. Glas splitterte, und kleine Scherben rasten Geschossen gleich umher.

Einige Gardisten schossen auf die Fliehenden. Sie hatten ihre Waffen nicht auf die höchste Emissionsstufe justiert – in dem Fall wären die Getroffenen einfach aufgelöst worden. Ein niedriges energetisches Niveau sorgte dafür, daß hilflose Bürger schreiend erstarrten, als ihre inneren Organe zerplatzten.

D'Tans Entsetzen wuchs immer mehr. Er wollte das Grauen nicht länger mitansehen, doch sein Blick klebte daran fest. Direkt vor ihm schien sich ein Alptraum in gräßliche Wirklichkeit zu verwandeln.

In den Reihen der Soldaten bildete sich eine Lücke, und D'Tan sah Janicka. Auf der anderen Straßenseite stand sie, und in ihrem Gesicht zeigte sich fassungslose Angst.

»Lauf, Janicka!« rief D'Tan, und für einige Sekunden vergaß er die eigene Sicherheit. Niemand hörte ihn, weder das Mädchen noch die Gardisten. Der Lärm des

Chaos war viel zu groß; die Stimme des Jungen verlor sich unter zahllosen anderen.

Er erstarrte, als ein Soldat Janicka bemerkte und sich ihr näherte. Das Mädchen sah zu ihm auf und konnte sich nicht von der Stelle rühren. Der Gardist packte sie, warf sie über die Schulter. Da kam Janicka zu sich, heulte und trat nach dem Mann. Der Soldat schnitt eine verärgerte Grimasse, hielt das Mädchen an den Füßen, wirbelte es herum und schmetterte den Kopf an eine Mauer. Anschließend ließ er es fallen und stapfte weiter.

Selbst von seinem Versteck aus sah D'Tan ganz deutlich, daß sich Janickas Gesicht in eine unförmige blutige Masse verwandelt hatte. Sie bewegte sich nicht mehr, und dem Jungen wurde klar: Nie wieder konnten sie gemeinsam spielen, im Laden ihrer Eltern aufräumen oder zu den Höhlen gehen. Seine Freundin Janicka lebte nicht mehr.

D'Tan sank an die Wand der Lagerungseinheit. Die Gardisten hatten sein Versteck inzwischen passiert und setzten das Zerstörungswerk im Krokton-Segment fort. Jenseits des Gitters erstreckte sich ein Trümmerfeld, übersät mit Dutzenden von Leichen. Das Krachen und Donnern entfernte sich allmählich; jetzt konnte D'Tan das Stöhnen der Verletzten hören.

Er wußte, daß dem Vulkanier Mr. Spock große Gefahr drohte. Dieses Massaker sollte die Untergrundbewegung vernichten. Wenn die Gardisten wußten, daß es im Krokton-Segment besonders viele Anhänger der Wiedervereinigung gab, dann waren sie vielleicht auch über die Höhlen informiert.

D'Tan wartete, bis er kaum mehr etwas von den Soldaten hörte. Dann verließ er sein Versteck und rannte zu den Kavernen.

19

Die *Enterprise* beendete den Warptransfer und schwenkte in den Orbit um Galorndon Core ein. Ein öder Planet drehte sich unter ihr, heimgesucht von heftigen Stürmen. In der elektromagnetisch stark aufgeladenen Atmosphäre kam es immer wieder zu starken elektrischen Entladungen.

Riker wandte sich vom Wandschirm ab und sah zum rückwärtigen Bereich der Brücke. »Irgendwelche Anzeichen von Leben, Mr. LaForge?«

Geordi blickte auf die Anzeigen der wissenschaftlichen Station. »Negativ, Commander.«

»Vielleicht haben die Romulaner eine getarnte Basis auf dem Planeten«, spekulierte Troi.

»Oder irgendwo am Rande der Neutralen Zone«, fügte der Erste Offizier hinzu. So etwas wie Enttäuschung erfaßte ihn. Er hatte gehofft, daß sie hier das Rätsel des gestohlenen vulkanischen Schiffes lösen konnten. Jetzt befanden sie sich im Orbit eines unbewohnten Planeten; weit und breit gab es ... nichts. Hätten sie sich den Flug hierher sparen können?

»Sir«, erklang Worfs Stimme, »wir empfangen codierte Subraumsignale von Romulus. Der Captain setzt sich mit uns in Verbindung.«

Riker schritt zur taktischen Konsole und nahm die Nachricht selbst entgegen. Deanna sah die Sorge in seinem Gesicht und trat näher.

»Was ist los?« fragte sie.

Riker las die Mitteilung laut vor. »Bleiben Sie bei Galorndon Core. Die diplomatische Initiative scheint erfolgreich zu sein. Einzelheiten folgen bald.«

Der Erste Offizier schöpfte sofort Verdacht. Zuvor hatte ihnen Picard nur von Bord des klingonischen Schiffes aus eine Nachricht schicken können, mit Hilfe eines speziellen ›Huckepackverfahrens‹. Jetzt empfingen sie eine codierte Botschaft von Romulus.

Riker sah zu Worf, der ebenfalls besorgt wirkte.

»Mit der Codesequenz ist alles in Ordnung, Commander«, sagte der Klingone.

»Ja«, murmelte Will. »Daran zweifle ich nicht.«

Trotzdem wollte sein Argwohn nicht weichen.

D'Tan machte sich auf alles gefaßt, als die Entfernung zu den Höhlen schrumpfte. Immer wieder ging er in Deckung, als er sich ihnen näherte, lief geduckt hinter den Wagi-Sträuchern am Straßenrand. Schließlich hielt er inne, beobachtete den Kaverneneingang eine Zeitlang und fragte sich, ob in der röhrenförmigen Kammer, durch die man zur Haupthöhle gelangte, jemand auf der Lauer lag.

Nach einer Welle entschied D'Tan, kein Risiko einzugehen und den Hintereingang zu benutzen. Von dort führte ein schmaler, kurvenreicher Tunnel zur zentralen Kaverne. Nur er und einige wenige andere Personen kannten den Weg. Und nur Kinder konnten ihn ohne größere Probleme benutzen, weil die meisten Öffnungen recht eng waren.

Wenig später erreichte er die Felsvorsprünge an den Hügeln, unter denen sich das unterirdische Höhlensystem erstreckte. Von dort aus ließ er sich in eine hinter Dornbüschen verborgene Öffnung hinab. Durch einen kurzen Schacht kroch er, gelangte dann in die erste kleine Kammer, deren gegenüberliegende Wand drei Öffnungen aufwies. D'Tan wählte die mittlere und schob sich durch einen langen, schmalen Tunnel. Dies war der schwierigste Teil, und wenn er ihn hinter sich hatte, trennten ihn nur noch wenige Minuten von der Haupthöhle.

Als sich der Junge dem Ende der Passage näherte, lauschte er aufmerksam, hörte jedoch nichts. Vorsichtig setzte er einen Fuß vor den anderen und verharrte mehrmals, um die Ohren zu spitzen. Alles blieb still.

Die letzte Biegung. Er ließ sie hinter sich, und direkt vor ihm lag die zentrale Kaverne.

Jemand griff ihn mit einem Stein an.

Instinktiv hob er die Arme, und dadurch streifte der Schlag nur seine Stirn. Trotzdem war er wuchtig genug, um den Jungen auf die Knie zu zwingen. Blut drang aus der Wunde. D'Tan stemmte sich hoch, wich zurück und streckte die Arme aus, um einen zweiten Schlag abzuwehren.

Vor ihm stand Shalote, eine Sympathisantin der Bewegung. Sie hatte die Augen weit aufgerissen und holte erneut mit einem Stein aus. Dann erkannte sie den Knaben.

»D'Tan?« brachte sie ungläubig hervor und ließ den Stein sinken.

»Im Krokton-Segment hat ein Massaker stattgefunden. Gardisten haben viele Leute umgebracht. Es war schrecklich ...« Die Worte platzten aus dem Jungen heraus, und Grauen begleitete sie. Er sehnte sich danach, getröstet zu werden, bis die entsetzlichen Erinnerungsbilder aus ihm verschwanden.

Doch Shalote starrte ihn nur an und nickte. Sie stand ebenfalls unter der Wirkung eines Schocks. »Auch hier ging es drunter und drüber«, sagte sie. »Soldaten kamen und nahmen alle gefangen. Ich war unterwegs, um Wasser zur Haupthöhle zu bringen, als ich den Lärm hörte.«

»Was ist mit Mr. Spock und Captain Picard?«

»Sie gerieten zusammen mit den anderen in Gefangenschaft. Ich habe gesehen, wie man sie abführte.«

D'Tan ließ sich zu Boden sinken. Er wollte nicht vor der älteren Shalote weinen, die er bewunderte, doch Verzweiflung trieb ihm Tränen in die Augen. Er wußte nicht, ob seine Eltern und Freunde das Massaker im Krokton-Segment überlebt hatten. Janicka war tot, so wie viele andere.

Aber es gab etwas, das dem Jungen noch schlimmer erschien – der Tod eines Traums. Jene Vision, die ihn sein ganzes Leben lang mit Hoffnung erfüllt hatte, sie zerbrach nun. Sein Volk würde auch weiterhin ein elendes, von Gewalt geprägtes Leben führen müssen, isoliert vom Rest des Quadranten und ohne die Möglichkeit, das sanfte Wesen der vulkanischen Verwandten kennenzulernen.

D'Tan saß auf dem Boden der Höhle und weinte. In einem endlosen Strom flossen die Tränen aus ihm heraus. Shalote weinte ebenfalls. Gemeinsam schluchzten sie, schlangen die Arme umeinander und versuchten, sich gegenseitig Trost zu spenden.

Wohlbehagen erfüllte Commander Sela an diesem warmen romulanischen Nachmittag. Alles lief wie am Schnürchen. Spock, Picard und der Androide Data waren in der Höhle gefangengenommen worden, und allein das erfüllte sie mit Genugtuung.

Hinzu kam die Aktion im Krokton-Segment. Sie schien ein voller Erfolg zu sein: Hunderte waren tot, Tausende verletzt. Jener Bereich der Stadt würde nie wieder zu einem Zentrum der Aufwiegelung und Subversion werden.

Sela betätigte die Kontrollen ihres Datenblocks und bereitete sich darauf vor, die letzte Phase des Plans einzuleiten, an dem sie schon seit fünf Jahren arbeitete. Das Ziel rückte jetzt in greifbare Nähe. Die schwierigsten Dinge galten bereits als erledigt; was jetzt noch kam, war relativ einfach. Anschließend ...

Die Romulanerin glaubte schon jetzt, die süßen Aromen des Triumphes zu schmecken.

Sie hörte, wie sich die Tür öffnete; man führte Spock, Picard und Data herein. Sela hielt den Kopf gesenkt; es amüsierte sie, weiterhin zu schreiben und die Gefangenen zu ignorieren. »Nehmen Sie Platz, meine Herren«, sagte sie.

Die Wächter geleiteten Botschafter Spock und seine beiden Begleiter zu den Stühlen auf der anderen Seite des Schreibtischs. Dort setzten sie sich. Sela sah auf und bedeutete den Soldaten mit einem knappen Nicken, das Zimmer zu verlassen.

Sie lächelte, als sie die drei Männer betrachtete. Spock und Picard wirkten ernst; ihre Gesichter ausdruckslos. Der emotionslose Androide machte einen gelassenen Eindruck und erwiderte den Blick der Romulanerin neugierig.

Sela wandte sich wieder dem Datenblock zu. »Entschuldigen Sie bitte. Ich schreibe gerade eine Rede. Für Sie, Mr. Spock.«

Kurz darauf legte sie das kleine Gerät beiseite und lehnte sich zurück. »Ich schreibe gern. Leider finde ich nur selten Gelegenheit dazu.«

»Vielleicht wären Sie in einem anderen Job zufriedener«, erwiderte Data.

Sela unterdrückte ein Lächeln. Sie fand dieses ungewöhnliche Geschöpf sehr interessant und konnte verstehen, warum ihre Mutter mit solcher Zuneigung von ihm gesprochen hatte. Schon mehrmals war sie ihm begegnet, unter verschiedenen Umständen. Ihm – und Picard – verdankte sie das Scheitern ihres Versuchs, den klingonischen Bürgerkrieg zugunsten von Lursa und B'Etor zu beeinflussen. Wie angenehm, jetzt ganz nach Belieben mit diesen Starfleet-Männern verfahren zu können. Sela freute sich bereits darauf, Rache zu üben.

Sie griff nach dem Datenblock, kam um den Schreibtisch herum und näherte sich Spock. »Sie können durchaus die eine oder andere Korrektur vornehmen. Ich habe viele lange Worte verwendet, damit es vulkanisch klingt.«

Niemand lächelte. Spock begann damit, den Text zu lesen.

»Sie halten diese Ansprache in einigen Stunden«, fuhr die Romulanerin fort. »Und zwar in der Gegenwart von Neral. Damit verkünden Sie dem vulkanischen Volk, daß ein Friedensbote von Romulus unterwegs ist. Wir senden die Botschaft auf allen Subraum-Kanälen.«

»Ein ›Friedensbote‹, der mit einem gestohlenen Schiff kommt«, warf Picard leise ein.

Offenbar verstand er jetzt, was vor sich ging. Sela bedauerte es nicht. Ganz im Gegenteil, sie war sogar bereit, den Rest des Plans zu erläutern, den sie für nichts weniger als genial hielt.

»Wir setzen *drei* Schiffe ein, Captain. Die *Enterprise* weiß nur von der *T'Pau* aus dem Depot im Orbit des Planeten Qualor Zwei.« Die Romulanerin lächelte, als sie Picards Überraschung bemerkte. »Die Ermittlungen sind keineswegs ein Geheimnis für uns. Wir mußten den Plan dadurch ein wenig modifizieren. Unter anderem hielten wir es für angebracht, in Ihrem Namen eine Nachricht zu schicken und die *Enterprise* aufzufordern, dort zu bleiben, wo sie sich derzeit befindet.«

Picard bedachte Tasha Yars Tochter mit einem durchdringenden Blick. »Wenn die vulkanischen Raumschiffe in der Neutralen Zone erscheinen, wird die *Enterprise* sofort ein Abfangmanöver einleiten.«

Sela hätte fast gelacht. Allein dieses Gespräch war die fünf anstrengenden Jahre der Planung wert. Dem Gegner blieb keine Chance mehr; er saß endgültig in der Falle.

»Dann wird sich die *Enterprise* mit einer anderen Sache beschäftigen müssen.« Sela genoß die Mischung aus Verwirrung, Ärger und Frustration in Picards Miene. Er begriff nun, daß sie an alles gedacht hatte; er würde sie nie wieder unterschätzen.

Sie schritt zum Fenster ihres Büros und blickte über die Türme der Stadt Dartha hinweg. Tiefe unten lebten die Romulaner in Düsternis, doch hier oben bot sich ein herrliches Panorama.

Sela drehte sich zu den Gefangenen um. »Botschafter Spock wird sein Volk auffordern, die Friedensdelegation willkommen zu heißen. Und wenn das geschieht, übernehmen unsere Streitkräfte die Regierung. Wir bringen Vulkan unter Kontrolle, ehe noch jemand merkt, was eigentlich los ist.«

»Glauben Sie vielleicht, die Föderation verzichtet auf eine sofortige Intervention?« fragte Picard leise.

»Oh, wir wissen natürlich, daß Starfleet angreifen wird.« Sela gestattete sich nun ein dünnes Lächeln. Wie gut es sich anfühlte, den berühmten Jean-Luc Picard zu überlisten! »Und wir sind darauf vorbereitet. Sollen die Truppen der Föderation ruhig kommen. Wir nehmen sie *auf Vulkan* in Empfang. Dort verschanzen wir uns. Es dürfte Ihnen sehr schwerfallen, uns von dem Planeten zu vertreiben. Eine neue vulkanische Regierung wird die Wiedervereinigung proklamieren.« Sela legte eine kurze Pause ein, bevor sie ironisch hinzufügte: »Eine Wiedervereinigung unter romulanischer Kontrolle.«

Spock beendete die Lektüre des Textes und reichte den Datenblock zurück. »Ich verlese weder dies noch sonst etwas.«

»Wenn Sie sich weigern, werden Sie sterben. Und auch Ihre Gefährten.«

»Es ist logisch anzunehmen, daß Sie uns ohnehin töten. Deshalb weigere ich mich, mit Ihnen zu kooperieren.«

Sela verzog verärgert das Gesicht. »Ich hasse euch

Vulkanier!« fauchte sie. »Ich hasse eure Logik, eure Arroganz!«

Natürlich hatte sie auch mit dieser Möglichkeit gerechnet und Vorsorge getroffen. Sie wandte sich der Konsole zu. »Computer, aktiviere holographisches Programm Spock Eins.«

Als sie die Reaktion der drei Männer sah, kehrte das Wohlbehagen zurück.

Picard wandte den Kopf, als er ein charakteristisches Zischen hörte, das eine holographische Projektion ankündigte. Von einem Augenblick zum anderen wußte er, was ihnen Sela präsentieren wollte. Und diese Erkenntnis war sicher auch seinen beiden Begleitern aufgegangen.

Eine perfekte Nachbildung Spocks stand im Raum. Der zweite Vulkanier rührte sich nicht, blickte ruhig und gelassen ins Leere.

»Während der letzten Tage wurden umfangreiche holographische Aufzeichnungen angefertigt«, erklärte Sela. »Damit konnten wir einen programmierbaren Spock schaffen.« Sie hielt in den Gesichtern der Gefangenen nach einer Reaktion Ausschau.

Picard achtete jetzt wieder darauf, daß seine Miene ausdruckslos blieb. Er wollte der Romulanerin keinen zusätzlichen Triumph gewähren.

»Programm starten«, sagte Sela, und daraufhin geriet der Holo-Spock in Bewegung.

»Hier spricht Botschafter Spock von Vulkan«, stellte sich die Projektion vor. Stimme und Tonfall waren genau richtig. »Föderationssensoren orten derzeit drei vulkanische Schiffe auf ihrem Flug durch die Neutrale Zone. Sie bringen die Zukunft für Vulkan und Romulus. Unser langer Konflikt ist endlich vorbei …«

»Anhalten«, sagte Sela – der falsche Spock schwieg und erstarrte wieder. Die Romulanerin gab sich ein wenig enttäuscht, als sie fortfuhr: »Wir hätten einen interaktiven Spock bevorzugt, der Fragen beantwortet, aber dies muß genügen.« Sie lächelte zufrieden und erinnerte Picard an ein Raubtier, das gerade gefressen hat und mit vollem Bauch ruhte.

Im Captain drängte alles danach, Selas Selbstsicherheit einen Schlag zu versetzen. »Damit überzeugen Sie niemanden«, meinte er.

»Das ist auch gar nicht nötig«, lautete die Antwort. »Es genügt, wenn wir lange genug Verwirrung schaffen, bis wir Vulkan erreichen.« Sie drehte sich um, betrachtete voller Stolz ihr Werk. »Programm beenden«, sagte sie dann.

Erneut lächelte sie, ein Lächeln, das Siegesgewißheit zeigte, und ging zum Ausgang. »Wenn Sie mich jetzt bitte entschuldigen ... Es wird Zeit, die Schiffe loszuschicken.« Damit verließ sie den Raum.

Sofort sahen sich die drei Männer nach einem Fluchtweg um. Doch es schien keinen zu geben – sah man einmal von einem Sprung aus dem Fenster ab. Niemand verspürte Lust darauf, mehrere hundert Meter weit in die Tiefe zu stürzen.

»Irgendwelche Vorschläge?« fragte Picard.

»Commander Data«, sagte Spock ruhig, »wissen die Romulaner, daß wir Zugang zu ihrem Computersystem haben?«

»Nein, ich glaube nicht, Sir«, erwiderte der Androide.

»Dann können wir vielleicht für ein Ablenkungsmanöver sorgen.« Spock und Data traten zur Computerkonsole. Zum erstenmal seit vielen Stunden wagte es Picard, wieder Hoffnung zu schöpfen.

Seit einer Stunde herrschte im Kontrollraum der *Enterprise* angespannte Stille. Seit das Schiff in die Umlaufbahn um Galorndon Core eingetreten war, hatten sich die Offiziere nur eine kurze Ruhepause gegönnt und ihre Posten nicht verlassen.

Sie wußten nicht einmal, worauf sie warteten. In Riker wuchs die Nervosität und erreichte bald ein Ausmaß, das sich kaum mehr unter Kontrolle halten ließ. »Bleiben Sie bei Galorndon Core«, hatte ihnen der Captain befohlen – falls die Nachricht tatsächlich vom Captain stammte. Warum? »Einzelheiten folgen bald.« Inzwischen waren zehn Stunden vergangen. Wie lange sollten sie noch warten? Und worauf?

Vor einer Weile hatte sich der Erste Offizier eine Stunde frei genommen und mit Gretchen Naylor Kaffee getrunken. Bei dieser Gelegenheit schilderte er der jungen Frau die aktuelle Situation und bot ihr an, sich der Brückencrew anzuschließen. Erstaunlicherweise lehnte sie ab und meinte, sie wüßte die Sache in guten Händen. Riker stellte fest, daß sie entspannter als sonst wirkte – und damit noch attraktiver. Sie kamen überein, gemeinsam zu essen, sobald die gegenwärtige Krise überstanden war.

Jetzt saß Will im Kommandosessel, lauschte dem leisen Summen der Instrumente und spürte, wie die Unruhe immer mehr an seinen Nerven zerrte. Er haßte nichts mehr als das Warten.

»Commander ...« Worfs Baß ließ die Brückenmannschaft zusammenzucken. »Die Sensoren orten drei Raumschiffe auf dem Flug durch die Neutrale Zone.« Er zögerte kurz und fügte hinzu: »Es sind vulkanische Schiffe.«

Troi drehte sich ruckartig zu ihm um. »Vulkanische Schiffe?« wiederholte sie verblüfft.

Riker schritt zur hinteren wissenschaftlichen Station, an der Geordi stand.

»Kurs, Mr. Worf?« fragte er, bevor er den Chefingenieur erreichte.

»Eins vier drei Komma null eins zwei«, antwortete der Klingone.

An der wissenschaftlichen Station sah Riker auf einen

Monitor, der den Bereich der Neutralen Zone durch ein Gitternetz veranschaulichte. Drei Punkte glitten durch die graphische Darstellung.

»Wenn die Schiffe ihren gegenwärtigen Kurs beibehalten, gelangen sie nach Vulkan«, sagte LaForge. Er betrachtete die Ortungsreflexe einige Sekunden lang, betätigte dann mehrere Schaltflächen.

»Öffnen Sie einen Subraum-Kanal, Worf«, wies Riker den klingonischen Sicherheitsoffizier an. »Erkundigen Sie sich nach dem Status. Geordi, versuchen Sie festzustellen, ob eins der Schiffe die *T'Pau* ist.«

Worf und LaForge wurden sofort aktiv. Riker beobachtete sie und spürte dabei, wie zumindest ein Teil der Unruhe von ihm abfiel.

»Angeblich handelt es sich um eine Friedensdelegation, die nach Vulkan fliegt, Sir«, meldete der Klingone kurze Zeit später. »Man schlägt uns Empfangsbereitschaft der Kommunikationskanäle der Föderation vor. Botschafter Spock wird bald eine kurze Ansprache halten.«

»Vielleicht waren die Gespräche bezüglich der Wiedervereinigung erfolgreich«, vermutete Troi.

Riker blieb skeptisch. Ein gestohlenes vulkanisches Schiff, das nach Galorndon Core gebracht wurde ... Und jetzt flogen drei vulkanische Schiffe von Romulus aus durch die Neutrale Zone.

Er wandte sich dem Chefingenieur zu. »Geordi?«

»Die Transponder-Signale sind nicht mit denen des gestohlenen Raumers identisch, Commander. Allerdings ... Vielleicht hat man sie geändert. Ich setze die Analysen fort.«

Riker überlegte einige Sekunden und entschied dann, daß es nicht schaden konnte, sich in die richtige Position zu bringen, wenn an dieser Sache irgend etwas faul war.

»Berechnen Sie einen Abfangkurs für die vulkanischen Schiffe«, sagte er.

Worf sah erstaunt auf. »Aber Sir, der Captain hat uns befohlen ...«

»Ich kenne die Befehle des Captains, Lieutenant. Kurs berechnen und Warptransfer einleiten.«

Wenig später beschleunigte das große Schiff auf Überlichtgeschwindigkeit, und Riker fühlte sich jetzt besser. Wenigstens *unternahm* er jetzt etwas.

Nachdem Sela den Startbefehl für die drei Schiffe erteilt hatte, kehrte sie nicht sofort in ihr Büro zurück. Es gefiel ihr, Spock, Picard und Data warten zu lassen. Dadurch gewannen sie Zeit, über ihre Niederlage nachzudenken und zu überlegen, welches Schicksal sie erwarten mochte. Bestimmt kannten sie gewisse romulanische Hinrichtungspraktiken, und wenn sie sich entsprechenden Vorstellungen hingaben, verloren sie vielleicht ihre Arroganz.

Sela wußte noch immer nicht recht, was sie mit dem Androiden anfangen sollte. Ihm fehlten Emotionen, und er spürte keinen Schmerz. Das bedeutete, es hatte keinen Sinn, ihn der gleichen ›Behandlung‹ zu unterziehen wie Spock und Picard. Ließ sich seine Struktur so verändern, daß er für romulanische Zwecke eingesetzt werden konnte? Wenn es gelang, ihn umzuprogrammieren, ihm die Loyalität Starfleet und der Föderation gegenüber zu nehmen, wurde er sicher zu einem sehr nützlichen Helfer. In dem Fall wollte Sela Spock und Picard lange genug am Leben lassen, um ihnen den veränderten Data zu präsentieren.

Neuerliches Wohlbehagen begleitete sie, als sie ihr Büro betrat.

Der Raum war leer.

Sela und ihre Eskorte zogen die Waffen und sahen sich verblüfft um. Die Gefangenen waren nicht mehr da.

»Unmöglich«, hauchte Tasha Yars Tochter. »Sie hatten keine Möglichkeit, den Raum zu verlassen.«

»Das genügt«, erklang eine Stimme hinter ihr. Sie wirbelte herum und sah ... Riker. Picards Erster Offizier und mehrere Sicherheitsleute von der *Enterprise* standen nur wenig Meter entfernt, mit schußbereiten Phasern. »Keine falsche Bewegung«, sagte Riker. »Lassen Sie die Waffen fallen.«

Sela schob sich instinktiv in Richtung Schreibtisch. Sie suchte Deckung.

»Lassen Sie die Waffen fallen«, wiederholte Riker.

Von einem Augenblick zum anderen sank Sela hinter dem Schreibtisch auf die Knie und feuerte. Die Wächter folgten ihrem Beispiel.

Riker und seine Männer blieben ungerührt stehen. »Lassen Sie die Waffen fallen«, wiederholte der Erste Offizier.

Plötzlich verstand Sela. Sie erhob sich und winkte ihren Begleitern zu. »Feuer einstellen«, sagte sie und näherte sich dem vermeintlichen Riker. »Hologramme!« stieß die Romulanerin hervor, darüber verärgert, getäuscht worden zu sein.

Dann geschah etwas, das Sela wie eine im Zeitraffer ablaufende Videoaufzeichnung erschien. Eine *Hand* wuchs aus der Wand – *Wie ist das möglich?* fragte sich ein Teil ihres Selbst und berührte einen Gardisten am Nacken. Der Betreffende verlor sofort das Bewußtsein. Der Rest von Spock folgte und brachte den Intervaller des Soldaten an sich.

Zur gleichen Zeit trat Picard durch die Wand und setzte einen zweiten Romulaner mit einem gut gezielten Fausthieb außer Gefecht.

Als sich Sela von dem Schock erholte und auf den Captain zielte, stand Spock vor ihr und hielt sie mit der Waffe in Schach, die er dem Gardisten abgenommen hatte.

»Leider kenne ich mich mit den Justierungen romulanischer Intervaller kaum aus«, sagte er ruhig.

Einige Sekunden lang musterten sie einander, und Sela dachte über die Situation nach. Ganz gleich, wie sie es drehte und wendete: Spock konnte auf sie schießen. Die Konsequenzen für sie hingen von den Einstellungen des Strahlers ab. Bei einer hohen Emissionsstufe blieb höchstens ein wenig Staub von ihr übrig; bei einem niedrigen energetischen Niveau zerriß es ihr die inneren Organe – ein schrecklicher, qualvoller Tod.

Sela ließ den Intervaller sinken.

Spock sah zu Picard und formulierte seltsame Worte – es klang wie ›Cowboy-Diplomatie‹. Was auch immer es damit auf sich hatte: Offenbar bedeutete es etwas für die beiden Männer, denn Picard deutete ein Lächeln an.

»Erstklassige Arbeit, Mr. Data«, sagte er dann. »Obwohl Sie Commander Rikers Haar nicht ganz richtig hingekriegt haben.«

Die Wand des Büros verschwand, und dahinter kam eine andere – die echte – zum Vorschein. Der Androide saß am Computerterminal. Von dort aus war es ihm gelungen, eine holographische Wand zu schaffen, und dahinter hatte er sich zusammen mit den beiden anderen Männern verborgen.

»Ich verspreche Ihnen, in Zukunft mehr auf solche Details zu achten«, erwiderte Data.

Wie zufrieden sie mit sich waren! Für wie klug sie sich hielten! Nun, sollten sie ihren kleinen Erfolg ruhig genießen. An der Ausführung von Selas Plan änderte sich dadurch nichts.

»Es spielt überhaupt keine Rolle, was Sie jetzt unternehmen«, sagte die Romulanerin. »Der falsche Spock hält die vorbereitete Ansprache in wenigen Minuten. Unsere Streitkräfte werden auf Vulkan eintreffen, bevor Sie jemanden alarmieren können.«

Die Sorge in Picards Miene schenkte ihr Genugtuung.

Die Entfernung zu den drei vulkanischen Schiffen betrug nur noch zwanzig Flugminuten, als die Nachricht von Dulisian Vier eintraf. Riker nahm sie in Empfang und rief Dr. Beverly Crusher zur Brücke.

»Commander?« fragte sie.

»Wir haben gerade einen Notruf der ersten Priorität aufgefangen. Er stammt von der Kolonie auf Dulisian Vier dort kam es zu einem Ausfall der Lebenserhaltungssysteme. Eine Evakuierung ist notwendig. Es gibt bereits Verletzte.«

Riker wußte, daß die dulisianische Kolonie aus über vierhundert Personen bestand. Ohne Lebenserhaltungssysteme drohte ihr eine Katastrophe. Die *Enterprise* konnte das entsprechende Sonnensystem in relativ kurzer Zeit erreichen und die Siedler in Sicherheit bringen.

Doch das bedeutete, Riker mußte den Kurs ändern und darauf verzichten, die drei vulkanischen Schiffe abzufangen.

Welche Entscheidung sollte er treffen? Es gab keinen Anlaß, gegen die vulkanischen Raumer vorzugehen, aber Wills Mißtrauen hatte nicht etwa nachgelassen, sondern sich noch verstärkt. Alles in ihm drängte darauf, sich diese Schiffe aus der Nähe anzusehen.

Dennoch basierte dieser Wunsch allein auf einer Ahnung. Auf Instinkten. Und auf Dulisian Vier herrschte eine echte Notlage.

»Befinden sich andere Schiffe in der Nähe des dulisianischen Systems, Worf?«

Der Klingone sah auf die Anzeigen. »Eins, Sir. Ein rutianischer archäologischer Forschungskreuzer.«

Dieses Schiff war viel kleiner als die *Enterprise* und bei weitem nicht so gut ausgestattet. Das wußte auch Beverly Crusher. »Ein wissenschaftliches Forschungsschiff kann wohl kaum mit einem solchen Notfall fertig werden, Will«, sagte sie. Damit hatte die Ärztin natürlich recht.

Riker trat zu Geordi, der noch immer die drei vulkanischen Raumer sondierte. »Neuigkeiten, LaForge?«

»Ich habe die Konfiguration mehrmals überprüft, ohne irgend etwas zu finden«, entgegnete der Chefingenieur. »Wenn die Romulaner Änderungen vorgenommen haben, so hinterließen sie keine Spuren. Kein Schiff weist Ähnlichkeiten mit der gestohlenen *T'Pau* auf.«

»Die drei vulkanischen Einheiten haben nun den Föderationsraum erreicht, Sir«, meldete Worf. »Kurs und Geschwindigkeit konstant.«

Es blieb Riker keine Wahl. Zwischen diesen Schiffen und dem Orbitaldepot von Qualor Zwei fehlte jede Verbindung. Es gab keinen Grund zu der Annahme, daß es sich um etwas anderes handelte als eine Friedensdelegation, die auf Vulkan Verhandlungen mit dem Ziel der Wiedervereinigung führen wollte.

Jedes weitere Zögern mochte dulisianischen Kolonisten das Leben kosten.

»Programmieren Sie einen Kurs nach Dulisian Vier«, sagte Riker.

Der Fähnrich an den Navigationskontrollen berührte Schaltflächen. Doch bevor Will den Ausführungsbefehl geben konnte, erklang Worfs Stimme. »Kom-Signale von Romulus«, grollte der Klingone. »Sie werden auf allen Subraum-Kanälen gesendet.«

»Auf den Schirm«, befahl Riker.

Das Bild auf dem Wandschirm wechselte und zeigte das ernste Gesicht des Botschafters Spock. Die Brückenoffiziere schwiegen und lauschten den Worten des Vulkaniers.

»Hier spricht Botschafter Spock von Vulkan«, begann er. »Föderationssensoren orten derzeit drei vulkanische Schiffe auf ihrem Flug durch die Neutrale Zone.«

Die Ruhe, mit der Spock diese Worte formulierte, überzeugte Riker davon, daß er die Friedensinitiative ankündigen würde. Statt dessen fuhr der Botschafter fort: »An

Bord der Schiffe befindet sich eine romulanische Invasionsstreitmacht, die unbedingt aufgehalten werden muß. Ich wiederhole: An Bord der Schiffe ...«

Störungen verzerrten das Bild, und eine halbe Sekunde später verschwand es ganz. Riker sprang auf.

»Doktor, setzen Sie sich mit Dulisian Vier in Verbindung und bitten Sie um eine Bestätigung des Notrufs. Ich glaube, wir haben es mit einem Ablenkungsmanöver zu tun.« Aus den Augenwinkeln sah er, wie die Ärztin zum Turbolift eilte.

»Wann sind wir bis auf Abfangreichweite heran, Mr. Worf?« fragte er und kehrte zum Kommandosessel zurück.

»In vierzehn Minuten, Sir«, erwiderte der Klingone.

Darauf lief es also hinaus: auf eine Konfrontation, die in vierzehn Minuten stattfand. Der weite Weg von Vulkan nach Qualor Zwei und Galorndon Core; die Begegnungen mit Klim Dokachin, Amarie und Omag, alles strebte dieser letzten Herausforderung entgegen. Rikers Herz schlug schneller. Seine Gedanken rasten, während er über die verschiedenen Möglichkeiten nachdachte. Unbewußt trommelte er mit den Fingern auf sein Bein.

Er konnte es kaum mehr abwarten.

20

Spock wußte, daß die Sendung abrupt unterbrochen worden war. Er konnte nur hoffen, daß die Zeit ausgereicht hatte, um eine Warnung zu übermitteln.

Er blickte zu Data, der noch immer am Terminal saß und festzustellen versuchte, ob ihre Aktion erfolgreich gewesen war. Picard hielt seinen Intervaller nach wie vor auf Sela gerichtet.

Der Androide drehte sich um. »Man hat die Energieversorgung des Senders unterbrochen«, sagte er. »Ich bin jedoch ziemlich sicher, daß es gelungen ist, zumindest einen Teil der Nachricht zu transferieren.«

»Ausgezeichnet, Mr. Data«, erwiderte Picard, ohne den Blick von Sela abzuwenden. Er schien sehr zufrieden darüber zu sein, sich der jungen Frau gegenüber durchgesetzt zu haben. Subtile Anzeichen deuteten darauf hin, daß sich Picard und Sela schon einmal begegnet waren. Spock nahm sich vor, den Captain bei passender Gelegenheit danach zu fragen.

»Sie können dieses Gebäude unmöglich verlassen«, sagte Sela. Helle Flecken zeigten sich auf ihren Wangen. Sie hielt an der Verachtung fest, obgleich es mit ihrem Plan nicht mehr zum besten stand.

»Da bin ich anderer Ansicht, Commander«, erwiderte Data höflich. »Ich habe die Struktur des Gebäudes untersucht und bin zu folgendem Schluß gelangt: Ein vielversprechender Fluchtweg führt zum unterirdischen Ausgang an der Ostseite. Ich habe gewisse Sicherheitsscanner deaktiviert, um unsere Aufgabe zu erleichtern.«

Ein Schatten fiel auf Selas Miene, und sie sah zu der Konsole.

Data wandte sich vom Terminal ab und trat auf die Romulanerin zu. »Es tut mir leid, aber wir können nicht zulassen, daß Sie die Wächter alarmieren.«

Eine Sekunde später vollbrachte er etwas Erstaunliches: Er setzte den vulkanischen Nervengriff ein. Spock beobachtete, wie Sela bewußtlos zu Boden sank, und er richtete einen ungläubigen Blick auf den Androiden. Er hatte mehrmals versucht, andere in dieser Technik zu unterweisen. Aber niemand hatte sie zu beherrschen gelernt, nicht einmal Spocks früherer Captain Kirk. Nach diesen Mißerfolgen bemühte sich Spock nicht mehr, sein Wissen über den Nervengriff mit jemandem zu teilen.

Data hatte gesehen, wie Spock einen Romulaner mit dieser Methode ins Reich der Träume schickte. Und die Beobachtung allein genügte ihm, um etwas zu lernen, das für alle anderen Nichtvulkanier rätselhaft blieb. Damit bewies der Androide einmal mehr verblüffende Fähigkeiten.

»Nicht übel«, kommentierte Spock.

Anschließend sprachen sie darüber, wie sie das Büro verlassen und zum Ausgang an der Ostseite des Gebäudes gelangen konnten.

Als sich die *Enterprise* den drei vulkanischen Schiffen – mit romulanischen Truppen an Bord – auf Kom-Reichweite genähert hatte, wies Riker Worf an, einen externen Kanal zu öffnen.

»Hier spricht Commander William Riker vom Föderationsschiff *Enterprise.* Identifizieren Sie sich.«

Der Wandschirm flackerte kurz und zeigte dann einen lächelnden romulanischen Captain. »Ich bin Danut von Romulus, Commander. Ich stehe einer Friedensdelegation vor, die nach Vulkan unterwegs ist. Unsere Mission ist historischer Natur, wie Sie sicher verstehen.«

Riker fand es bemerkenswert: So mancher konnte einem direkt in die Auge sehen und lächeln, während er log. »Vermutlich hoffen Sie, daß wir Botschafter Spocks Warnung nicht empfangen haben. Nun, ich muß Sie enttäuschen: Wir wissen, daß sich eine Invasionsstreitmacht an Bord Ihrer Schiffe befindet. Darüber hinaus setzen Sie drei gestohlene vulkanische Raumer ein, auf die wir hiermit Anspruch erheben. Bitte nehmen Sie Kurs auf *Starbase 314.* Wenn Sie sich nicht fügen, müssen wir einen Traktorstrahl auf Sie richten und Sie zwingen, uns zu folgen.«

Das Lächeln gefror in Danuts Gesicht. »Sie irren sich. Botschafter Spock kündigte Wiedervereinigungsverhandlungen zwischen Romulus und Vulkan an. Sie haben nicht das Recht, irgendwelche Forderungen an uns zu richten, Commander. Ich schlage vor, Sie ziehen sich nun zurück.«

»In drei Minuten sind wir Ihnen nahe genug, um Traktorstrahlen zu verwenden. Hiermit verlange ich noch einmal, daß Sie den Kurs ändern. Falls Sie sich weigern, tragen Sie allein die Verantwortung für die Konsequenzen.«

Danuts Gesicht verfinsterte sich, und in seinen Augen blitzte es. »Wir sind bewaffnet, Commander. Und wir zögern nicht, das Feuer zu eröffnen, um unsere historische Mission zu verteidigen.«

»Sie können es nicht mit der *Enterprise* aufnehmen, und das wissen Sie«, erwiderte Riker scharf. »Ändern Sie jetzt den Kurs auf zwei eins sieben Komma null null sieben.«

Ein Adjutant erschien an Danuts Seite und flüsterte ihm etwas zu. Fast zu gleichen Zeit sagte Worf: »Vulkanische Verteidigungseinheiten sind aktiv geworden.«

Also hatten Spocks Signale auch seinen Heimatplaneten erreicht. Von dort näherten sich mehrere Raumschiffe, um die romulanischen Truppen aufzuhalten.

Danuts Miene wurde noch finsterer. »Wir haben nichts mehr zu besprechen, Commander«, knurrte er und unterbrach die Verbindung. Der Wandschirm im Kontrollraum der *Enterprise* zeigte wieder Sterne.

»Die Romulaner ziehen sich in die Neutrale Zone zurück, Sir«, berichtete Worf.

»O nein«, sagte Riker fest. »Ich lasse nicht zu, daß ihr mit den gestohlenen Schiffen verschwindet.« Er fühlte sich wie ihr Besitzer. Es waren *seine* vulkanischen Schiffe. Er hatte viel Zeit in die Suche nach ihnen investiert – nun, wenigstens nach einem von ihnen. Er konnte einfach nicht erlauben, daß die arroganten Romulaner mit den gestohlenen Raumern durch die Neutrale Zone verschwanden.

»Kurs ändern. Wir verfolgen die vulkanischen Schiffe.«

»Die Romulaner haben gerade auf Warp acht beschleunigt, Sir. Sie erreichen die Neutrale Zone in wenigen Minuten.«

»Bestätigung, Mr. Worf. Warp neun. Ausführung.«

Riker beobachtete, wie der Klingone und Geordi LaForge einen bedeutungsvollen Blick wechselten. Sie glaubten vermutlich, daß er es jetzt ein wenig übertrieb. Und wenn schon. Alles in ihm sträubte sich dagegen, die Diebe einfach so entkommen zu lassen. Er war sogar bereit, in die Neutrale Zone zu fliegen, um die Romulaner daran zu hindern, mit den vulkanischen Raumern nach Romulus zurückzukehren. Er mochte keine halben Sachen; diese Mission mußte zu einem *vollständigen* Abschluß gebracht werden.

Picard versuchte, seine Nervosität unter Kontrolle zu halten. Die nächste Phase des Plans war sehr gefährlich, aber leider gab es keine Alternative. Sie mußten ein Risiko eingehen, wenn sie das Gebäude verlassen wollten.

Ein großer Teil seiner Unruhe galt dem Umstand, daß sie keine Intervaller tragen durften. Die Situation zwang sie dazu, unbewaffnet zu sein, sich allein darauf zu verlassen, daß die Romulaner auf das Täuschungsmanöver hereinfielen. Wenn nicht ... Nun, dann wurden sie wieder zu Gefangenen.

Der Captain stand neben Spock und Data, als zwei Soldaten hereinkamen. Sela stand auf und deutete zu den drei Männern. »Die Narren wollen nicht reden. Bringt sie zum unterirdischen Tunnel im Ostflügel und übergebt sie dort Semeth. Vielleicht gelingt es ihm, Informationen aus ihnen herauszuholen.«

Die Gardisten nickten, führten Spock, Picard und Data zur Tür. Sie waren mit Intervallern ausgerüstet, zogen sie jedoch nicht. Offenbar glaubten sie, daß die Gefangenen in einem Gebäude, in dem es von romulanischen Wächtern wimmelte, keine Gefahr darstellten.

Die Gruppe verließ Selas Büro und wanderte durch breite, marmorne Korridore. Picard erinnerte sich deutlich an die Düsternis und Trostlosigkeit des Krokton-Segments; der im Regierungszentrum zur Schau gestellte Luxus widerte ihn an. Hier war alles üppig und feudal. Von hier aus regierten die Reichen und Mächtigen über die breite Masse des romulanischen Volkes, über Millionen von Armen und Schwachen.

Sie betraten eine Kabine, die sich mit der Transportkapsel eines Turbolifts vergleichen ließ. Eine desorientierende Reise begann: Es ging nach unten und zur Seite, dann wieder nach oben. Picard schätzte die Zeit ab, die seit dem Verlassen des Büros vergangen war. Irgendwann würde sich die echte Sela von der Wirkung des vulkanischen Nervengriffs erholen und sich zum zweiten Mal als Opfer von Datas holographischen Manipulationen sehen. Zusammen mit ihrer Eskorte hatte sie hinter der falschen Wand gelegen. Wenn die Romulanerin erwachte, bevor Picard, Spock und Data Gelegenheit erhielten, das Gebäude zu verlassen, war ihnen der Tod gewiß.

Schließlich hielt die Kabine an, und ihre Tür glitt auf. Dahinter erstreckte sich ein breiter, hoher und dunkler Korridor, der Picard an die Höhlen erinnerte, die er in Begleitung von Mitgliedern der Untergrundbewegung besucht hatte. Er ahnte, daß sie sich nun tief unter dem Regierungsgebäude befanden. Alle Geräusche klangen gedämpft, und das einzige Licht ging von Chemolampen aus.

Einige Minuten lang ging die Gruppe durch ein Labyrinth aus gewundenen Korridoren. Schon nach kurzer Zeit verlor der Captain die Orientierung. Vielleicht war genau das Sinn der Sache, möglicherweise *sollten* sich Fremde an diesem Ort verirren.

Picard stolperte und schwankte kurz.

»Weitergehen«, sagte einer der Soldaten, und Jean-Luc wandte sich ihm halb zu.

»Ich kann ... kaum mehr atmen«, brachte er mühsam hervor, krümmte sich zusammen und sank keuchend zu Boden.

Die Wächter waren nicht dumm. Sie blieben stehen, beobachteten nur, ohne sich näher zu wagen. Spock und Data beugten sich über Picard; nach einer Weile hob der Vulkanier den Kopf.

»Er kann nicht aufstehen.«

»Tragen Sie ihn«, wies ihn ein Soldat an.

»Ich bin alt und nicht mehr kräftig genug.«

Der Romulaner sah zu Data. »Dann kümmern Sie sich um ihn.«

Der Androide bückte sich und hielt das Ohr nahe an Picards Mund, als sich dessen Lippen bewegten.

»Der Captain ist sehr schwach. Er fürchtet die Folter

und will daher seine Informationen preisgeben. Allerdings kann er nur noch flüstern.«

»Eine Falle«, brummte einer der Wächter.

Data zuckte mit den Schultern. »Wenn Sie Commander Sela mitteilen möchten, daß der Gefangene gestorben ist, ohne etwas zu verraten ... Davon dürfte sie bestimmt nicht begeistert sein. Und wenn sie dann auch noch erfährt, daß Sie dem Captain nicht zuhören wollten, als er eine Aussage anbot.«

Die Soldaten sahen einander an. Einer nickte dem anderen zu, und beide zogen ihre Intervaller.

Der erste Wächter kniete neben Picard und beugte sich zu ihm vor.

»Ein Föderationsspion weilt in Ihrer Mitte«, hauchte Jean-Luc. »Er nimmt einen hohen Platz in der romulanischen Hierarchie ein.«

Der Romulaner warf seinem Kameraden einen kurzen Blick zu, nickte und widmete seine Aufmerksamkeit dann wieder ganz dem Captain.

»Sein Name ...«, begann Picard. »Sein Name ... Er lautet ...« Er keuchte erneut, und der Wächter beugte sich noch etwas tiefer. »Der Name des Spions lautet ...«

Es hätte unmöglich klappen können, wenn Data nicht so schnell gewesen wäre. Der Androide wirbelte herum und raste dem anderen Soldaten entgegen, ließ ihm nicht die geringste Chance, rechtzeitig zu reagieren.

Zur gleichen Zeit griff Spock nach dem Nacken des Romulaners, der Picard lauschte.

Beide Wächter gingen bewußtlos zu Boden; ihre Intervaller ruhten in den Händen von Data und Picard. Bei der Entwicklung des Plans hatten sie kurz in Erwägung gezogen, die Romulaner zu desintegrieren – um das Risiko zu vermeiden, daß sie zu schnell wieder zu sich kamen. Doch so etwas wäre kaltblütiger Mord gewesen, und deshalb verzichteten sie darauf.

Sie spähten nun in das Labyrinth aus schwarzen Korridoren. Zweifellos befanden sie sich in der Nähe des östlichen Ausgangs, aber welche Richtung sollten sie einschlagen?

»Ich glaube, hier entlang«, sagte Picard und deutete in eine Passage auf der rechten Seite.

»Meiner Meinung nach sollten wir den Weg dort fortsetzen.« Spock wies nach links.

»Entschuldigen Sie bitte«, ließ sich Data vernehmen. »Aber wenn Sie das Regierungsgebäude wirklich verlassen wollen, müssen Sie mir vertrauen.«

Er setzte sich in Bewegung und ging geradeaus weiter. Spock und Picard schauten einander an, zögerten kurz und folgten dann dem Androiden.

Die *Enterprise* befand sich bereits in der Neutralen Zone, als sie die drei vulkanischen Schiffe schließlich einholte. Die kleineren Raumer konnten es tatsächlich nicht mit dem großen Schiff der Galaxis-Klasse aufnehmen, das über mehr Feuerkraft verfügte und zudem wesentlich schneller war.

Die vulkanischen Verteidigungseinheiten warteten unterdessen am Rand des Föderationsraums, nicht weit von der Neutralen Zone entfernt. Ihre Mission bestand allein darin, eine Invasion Vulkans zu verhindern; eine Verfolgung des Gegners sah der Einsatzbefehl nicht vor.

Vielleicht hätte sich Riker ein Beispiel daran nehmen sollen. Eins stand fest: Sein gegenwärtiges Verhalten zeichnete sich nicht gerade durch ein Übermaß an Logik aus.

Doch etwas trieb ihn weiter. Riker gab dem Drängen nach, ohne es in Frage zu stellen.

»Wir sind jetzt auf Sichtweite heran, Commander«, meldete Worf.

»Auf den Schirm«, sagte Riker und bereitete sich auf einen neuerlichen Wortwechsel mit Danut vor. Doch dann sah er etwas, womit er nicht gerechnet hatte.

Geordis Sensoren lieferten entsprechende Daten. »Ein romulanisches Kriegsschiff, Commander. Sie deaktiviert ihre Tarnvorrichtung, und zwar neben den vulkanischen Schiffen.«

Im Projektionsfeld erschienen die drei vulkanischen Raumer – und daneben formten sich die unheilvollen Konturen eines Schlachtschiffs.

»Alarmstufe Rot«, sagte Riker. Sirenen heulten.

Die Präsenz eines Kriegsschiffes führte zu einer völlig neuen Situation. Die Schiffe der romulanischen D'Deridex-Klasse waren ebenso groß wie die *Enterprise* und zeichneten sich auch durch ein ähnliches defensiv-offensives Potential aus. Mit anderen Worten: Riker und die übrigen Offiziere sahen sich nun mit einem ebenbürtigen Gegner konfrontiert.

»Fordern Sie das Schiff auf, sofort ins Reich zurückzukehren«, wies Riker Worf an. »Es soll sich unverzüglich von den vulkanischen Schiffen entfernen.«

Die Antwort des Klingonen bestätigte Wills Befürchtungen: »Das energetische Niveau der romulanischen Intervallerkanonen steigt rasch an.«

Also stand ein Angriff bevor. Eigentlich durfte sich niemand von ihnen in der Neutralen Zone aufhalten. Beide Seiten verstießen gegen Verträge und Vereinbarungen; niemand von ihnen konnte auf irgendwelche Rechte pochen oder mit Sanktionen drohen. Sie waren völlig auf sich allein gestellt.

»Phaser vorbereiten«, sagte Riker.

Strahlblitze zuckten aus den Geschützen des Kriegsschiffes. Eine Salve, eine zweite, eine dritte …

Will riß verblüfft die Augen auf. Der Angriff galt nicht etwa ihnen, der *Enterprise,* sondern den vulkanischen Schiffen. Große Löcher entstanden in ihren Außenhüllen, und heißes Gas entwich ins All, riß erste Trümmer mit sich.

Dann explodierten die Raumer.

Entsetzt beobachteten die Brückenoffiziere, wie nukleares Feuer die drei vulkanischen Schiffe verschlang. Flammen leckten durch die ewige Nacht des Alls, entfalteten sich wie die Blütenblätter einer tödlichen Blume. Die Detonationswucht schleuderte verbranntes Fleisch und glutflüssiges Metall durch den Raum.

Das Kriegsschiff reaktivierte seine Tarnvorrichtung.

Stille auf der *Enterprise*-Brücke. Schließlich sagte Geordi mit brüchiger Stimme: »Über zweitausend romulanische Soldaten befanden sich an Bord jener Schiffe.«

Wieder schwiegen die Offiziere.

»Sie haben ihre eigene Invasionsstreitmacht vernichtet«, meinte Troi, die es offenbar kaum fassen konnte.

»Um zu vermeiden, daß sie in Gefangenschaft gerät«, entgegnete Riker, der nach einer Erklärung suchte.

Er zögerte einige Augenblicke, holte tief Luft und fügte hinzu: »Alarmstufe Rot beenden und neuen Kurs programmieren. Wir verlassen die Neutrale Zone.«

Die *Enterprise* drehte ab. Hinter ihr trieben Trümmerstücke durchs All – die Reste von drei Schiffen. Mehr als zweitausend Lebewesen waren gestorben, hingemordet von ihren eigenen Leuten.

Mehrere Stunden harrte D'Tan hinter dem Wagi-Strauch aus, der ihm sowohl Deckung als auch die Aussicht auf den Höhleneingang gewährte. Schock und Kummer bewirkten eine seltsame Benommenheit. Der enorme Verlust, den sein Volk erlitten hatte, mußte ihm erst noch bewußt werden.

Er hatte keine Ahnung, ob seine Eltern lebten oder nicht. Ihre Zimmer im Taka waren leer, und die Suche in den improvisierten Lazaretten – dort behandelte man die vielen Verletzten – blieb erfolglos.

Vielleicht gehörten sie zu den vielen Opfern des Massakers. Oder sie kauerten nun in irgendeinem Kerker. Selbst wenn diese zweite Möglichkeit zutreffen sollte.

D'Tan bezweifelte, daß er seine Eltern jemals wiedersehen würde. Er hoffte, daß sie gestorben waren und keine Folterqualen ertragen mußten. Nerals Gardisten standen in dem Ruf, besonders grausame Verhörmethoden zu verwenden.

Einige Mitglieder der Untergrundbewegung waren zur Höhle geflohen, um dort zu entscheiden, daß die Kavernen nicht mehr als Treffpunkt dienen konnten. Die Regierung wußte nun von ihnen, und bestimmt kam es zu weiteren Razzien.

D'Tan hatte den Auftrag erhalten, als Beobachtungsposten zurückzubleiben und jene Leute zu warnen, die später noch versuchen mochten, in den Höhlen Unterschlupf zu finden. Gleichzeitig sollte er nach Gardisten Ausschau halten, die möglicherweise zurückkehrten, um den Schlupfwinkel noch einmal zu durchsuchen.

Der Junge spähte über die nach Dartha führende Straße. Vor ihm erstreckte sich eine öde Landschaft, deren Vegetation nur aus Dornbüschen bestand. In der Ferne ragten die Türme der Stadt auf – von hier aus gesehen wirkten sie wie dunkle, unheilvolle Dorne. D'Tan blickte zum Himmel und bemerkte schwefelgelbe Wolken, die ihre Existenz vulkanischer Aktivität verdankten. Zwischen ihnen zeigten sich einige blaue Streifen, die ihn an den Weltraum denken ließen. Er fragte sich, ob er jemals durchs All fliegen und Vulkan besuchen konnte. So oft hatte er davon geträumt …

Er bemerkte Bewegung auf der Straße, und aus einem Reflex heraus duckte er sich tiefer hinter den Strauch. Soldaten? Oder Überlebende des Krokton-Massakers? Aufmerksam beobachtete er die Gestalten, die sich den Höhlen näherten.

Als er sie schließlich erkannte, klopfte D'Tans Herz jäh schneller, und er konnte sich nicht mehr zurückhalten. Er sprang hinter dem Wagi-Strauch hervor und achtete nicht darauf, daß ihm Stacheln an einigen Stellen die Kleidung zerrissen. Er sprintete den drei Männern entgegen. Hoffnung erfüllte ihn wieder, und er spürte den Wind im Gesicht. Seine Füße flogen über harten romulanischen Boden.

Es fühlte sich gut an, wieder zu laufen.

Picard sah den schlanken, winkenden Jungen schon von weitem. Er konnte sich ein Lächeln nicht verkneifen, als D'Tan den Vulkanier umarmte, dabei Tränen der Freude und Erleichterung vergoß. Angesichts solcher Emotionalität schien Spock ein wenig verlegen zu sein, aber er ließ alles geduldig über sich ergehen.

Eine halbe Stunde später erreichten sie einige Hügel, unter denen sich ein anderes Höhlensystem erstreckte. D'Tan führte die drei Männer durch einen Tunnel, dessen Boden aus losem Geröll bestand. Dunkelheit umhüllte sie. Hier gab es keine chemisch betriebenen Leuchtkörper; das einzige Licht stammte von D'Tans kleiner Taschenlampe.

Kurze Zeit später gelangten sie in eine Kaverne mit mobilen Chemolampen. Dort saßen einige Romulaner, die das gräßliche Massaker überstanden hatten.

»Pardek weiß nichts von diesen Höhlen«, erklärte D'Tan. »Deshalb sind wir hier sicher.«

Picard musterte die Versammlung. Einige von ihnen starrten ins Leere und wirkten apathisch; alle trugen den Schatten des Entsetzens im Gesicht. Viele waren verwundet und trugen provisorische Verbände.

Eine seltsame Aura umgab sie: der feste Wille, trotz allem auszuhalten. Sie hatten überlebt und – was noch wichtiger war – ihre Hoffnungen bewahrt. Ihre Entschlossenheit hing wie etwas Greifbares in der Luft.

»Was haben Sie jetzt vor?« fragte Picard.

»Wir machen weiter wie bisher«, erwiderte eine junge Frau. »Wir lehren. Wir bringen unsere Ideale einer neuen

Generation näher. Wir arbeiten für den Tag, an dem neue Gedanken laut ausgesprochen werden dürfen.«

Picard sah zu Spock, der diesen Worten aufmerksam lauschte und dann zu dem wieder strahlenden D'Tan blickte.

»Die Föderation freut sich auf jenen Tag«, sagte der Captain.

»In einer knappen Stunde müssen wir am Transferort sein, Sir«, sagte Data.

Picard nickte. Als sie sich von den Romulanern abwandten, spürte er, wie ihn Spock am Arm berührte. Er drehte sich um, sah in die Augen des Botschafters und wußte Bescheid.

»Ich komme nicht mit Ihnen.«

Picard wollte Einwände erheben und darauf hinweisen, wie unlogisch eine solche Entscheidung war. Er hielt es für viel vernünftiger, daß sich Spock zusammen mit ihnen an Bord des klingonischen Schiffes beamen ließ, um nach Vulkan zurückzukehren – wo er die letzten Jahre seines Lebens in Frieden verbringen konnte, von allen anderen Vulkaniern respektiert und bewundert.

Aus irgendeinem Grund entschied sich Picard dagegen, entsprechende Worte an den Botschafter zu richten.

»Für mich ist jetzt deutlicher als jemals zuvor, daß ich hierbleiben muß, Captain«, fuhr Spock fort. »Die Einheit von Romulanern und Vulkaniern läßt sich nicht mit Politik oder Diplomatie herbeiführen. Aber eines Tages wird sie Wirklichkeit sein.«

Spock wandte sich ab und begann mit einer Wanderung, die ihm half, seine Gedanken zu ordnen. Picard erinnerte sich an ihre erste Begegnung in der anderen Höhle – eine halbe Ewigkeit schien seitdem vergangen zu sein. Bei jener Gelegenheit war sofort ein Konflikt zwischen ihnen entstanden. Beide Männer beharrten auf ihrem Standpunkt und erwarteten, daß der andere einlenkte und Kompromißbereitschaft signalisierte.

Lag das alles tatsächlich nur einige wenige Tage zurück?

»Die Antwort liegt direkt vor uns«, sagte Spock. »Eine unaufhaltsame Entwicklung hat begonnen, in Richtung einer vulkanischen Philosophie. Den Romulanern geht es wie unseren gemeinsamen Vorfahren: Sie streben nach Erleuchtung. Vielleicht dauert es Jahrzehnte oder gar Jahrhunderte, aber schließlich werden sie ihr Ziel erreichen. Und ich muß sie dabei unterstützen.«

Picard musterte die ernste Miene des Vulkaniers, sah in durchdringend blickende Augen. »Es hat keinen Sinn, Ihnen zu widersprechen, sobald Sie eine Entscheidung getroffen haben. Das weiß ich inzwischen aus Erfahrung.«

»Ganz im Gegenteil, Captain«, entgegnete Spock. »Ihre Argumente sind mir sehr nützlich gewesen. Fast ebenso nützlich wie die Diskussionen mit meinem Vater.«

Picard zögerte nur kurz, bevor er fragte: »Wären Sie überrascht zu erfahren, daß sie auch Ihrem Vater viel bedeuteten?«

Spock schwieg eine Zeitlang, und Picard fragte sich, was jetzt wohl hinter der Stirn des Vulkaniers vor sich gehen mochte. Als er schließlich sprach, lag Entschlossenheit in seiner Stimme. »Vielleicht kannten Sie Sarek besser als sein eigener Sohn, Captain. Mein Vater und ich haben nie eine Mentalverschmelzung herbeigeführt.«

In dieser schlichten Bemerkung spiegelte sich die Beziehung eines ganzen Lebens wider: Liebe, die nie Ausdruck fand; Konflikte und Vorwürfe; gute Taten und unglückliche Zwischenfälle; ein ganzes Jahrhundert unterdrückter, verdrängter und nie aufgearbeiteter Emotionen. Darin lag die Tragödie von Spock und Sarek.

Picard zögerte nicht. »Ich biete Ihnen die Chance, das zu berühren, was Ihr Vater mit mir teilte.«

Spock nickte und streckte die Hand nach dem Gesicht

des Captains aus. Die Finger berührten ganz bestimmte Nervenpunkte an den Wangen, und erneut spürte Picard die wundervolle Einheit von zwei Selbstsphären. Gedanken wirbelten umher, vermischten sich mit Gefühlen zu einer mentalen Kakophonie. Bilder zogen durch den gemeinsamen psychischen Kosmos: Jean-Lucs Vater, Weinberge im Regen, weite Felder im Sonnenschein; Spock und Sarek in verschiedenen Phasen der schmerzlichen Liebe, die sie voneinander trennte; Zwietracht und Agonie. Dies alles reichte von einem geistigen Horizont zum anderen, wogte ineinander, fand neue Formen und Strukturen. Es war überwältigend, fast unerträglich, denn die einzelnen Empfindungen verstärkten sich gegenseitig. Fremde Welten, französische Felder, goldgelb im strahlenden Licht der Sonne, Amanda bei der Niederkunft, bittere Kälte, die Verletzung von Leib und Seele, Zorn, rote Berge und endlose Wüsten, die fatale Treue eines geliebten Tiers, Perrin, Perrin, Sehnsucht; das Verlangen, fortzugehen und mehr zu sehen … Was befindet sich dort draußen? Welche Abenteuer warten im All? Dahingleitende Sterne, vom Warpflug in Streifen verwandelt … Und wieder Sehnsucht, diesmal von anderer Art. Söhne und Väter … Väter und Söhne.

Picard sah in Spocks Augen, und der Vulkanier erwiderte den Blick. Schmerz und Kummer verschwanden, wichen Ruhe und Frieden.

Wiedervereinigung.

STAR TREK™

in der Reihe
HEYNE SCIENCE FICTION & FANTASY

STAR TREK: CLASSIC SERIE

Vonda N. McIntyre, Star Trek II: Der Zorn des Khan · 06/3971
Vonda N. McIntyre, Der Entropie-Effekt · 06/3988
Robert E. Vardeman, Das Klingonen-Gambit · 06/4035
Lee Correy, Hort des Lebens · 06/4083
Vonda N. McIntyre, Star Trek III: Auf der Suche nach Mr. Spock · 06/4181
S. M. Murdock, Das Netz der Romulaner · 06/4209
Sonni Cooper, Schwarzes Feuer · 06/4270
Robert E. Vardeman, Meuterei auf der Enterprise · 06/4285
Howard Weinstein, Die Macht der Krone · 06/4342
Sondra Marshak & Myrna Culbreath, Das Prometheus-Projekt · 06/4379
Sondra Marshak & Myrna Culbreath, Tödliches Dreieck · 06/4411
A. C. Crispin, Sohn der Vergangenheit · 06/4431
Diane Duane, Der verwundete Himmel · 06/4458
David Dvorkin, Die Trellisane-Konfrontation · 06/4474
Vonda N. McIntyre, Star Trek IV: Zurück in die Gegenwart · 06/4486
Greg Bear, Corona · 06/4499
John M. Ford, Der letzte Schachzug · 06/4528
Diane Duane, Der Feind – mein Verbündeter · 06/4535
Melinda Snodgrass, Die Tränen der Sänger · 06/4551
Jean Lorrah, Mord an der Vulkan Akademie · 06/4568
Janet Kagan, Uhuras Lied · 06/4605
Laurence Yep, Herr der Schatten · 06/4627
Barbara Hambly, Ishmael · 06/4662
J. M. Dillard, Star Trek V: Am Rande des Universums · 06/4682
Della van Hise, Zeit zu töten · 06/4698
Margaret Wander Bonanno, Geiseln für den Frieden · 06/4724
Majliss Larson, Das Faustpfand der Klingonen · 06/4741
J. M. Dillard, Bewußtseinsschatten · 06/4762
Brad Ferguson, Krise auf Centaurus · 06/4776
Diane Carey, Das Schlachtschiff · 06/4804
J. M. Dillard, Dämonen · 06/4819
Diane Duane, Spocks Welt · 06/4830
Diane Carey, Der Verräter · 06/4848
Gene DeWeese, Zwischen den Fronten · 06/4862
J. M. Dillard, Die verlorenen Jahre · 06/4869
Howard Weinstein, Akkalla · 06/4879
Carmen Carter, McCoys Träume · 06/4898

STAR TREK™

Diane Duane & Peter Norwood, Die Romulaner · 06/4907
John M. Ford, Was kostet dieser Planet? · 06/4922
J. M. Dillard, Blutdurst · 06/4929
Gene Roddenberry, Star Trek (I): Der Film · 06/4942
J. M. Dillard, Star Trek VI: Das unentdeckte Land · 06/4943
David Dvorkin, Die Zeitfalle · 06/4996
Barbara Paul, Das Drei-Minuten-Universum · 06/5005
Judith & Garfield Reeves-Stevens, Das Zentralgehirn · 06/5015
Gene DeWeese, Nexus · 06/5019
D. C. Fontana, Vulkans Ruhm · 06/5043
Judith & Garfield Reeves-Stevens, Die erste Direktive · 06/5051
Michael Jan Friedman, Das Doppelgänger-Komplott · 06/5067
Judy Klass, Der Boacozwischenfall · 06/5086
Julia Ecklar, Kobayashi Maru · 06/5103
Peter Norwood, Angriff auf Dekkanar · 06/5147
Carolyn Clowes, Das Pandora-Prinzip · 06/5167
Diana Duane, Die Befehle des Doktors · 06/5247
V. E. Mitchell, Der unsichtbare Gegner · 06/5248
Dana Kramer-Rolls, Der Prüfstein ihrer Vergangenheit · 06/5273
Michael Jan Friedman, Schatten auf der Sonne · 06/5179
Barbara Hambly, Der Kampf ums nackte Überleben · 06/5334
Brad Ferguson, Eine Flagge voller Sterne · 06/5349
J. M. Dillard, Star Trek VII: Generationen · 06/5360
Gene DeWeese, Die Kolonie der Abtrünnigen · 06/5375
Michael Jan Friedman, Späte Rache · 06/5412
Peter David, Der Riß im Kontinuum · 06/5464
Michael Jan Friedman, Gesichter aus Feuer · 06/5465
Peter David/Michael Jan Friedman/Robert Greenberger, Die Enterbten · 06/5466
L. A. Graf, Die Eisfalle · 06/5467
John Vornholt, Zuflucht · 06/5468
L. A. Graf, Der Saboteur · 06/5469
Melissa Crandall, Die Geisterstation · 06/5470
Mel Gilden, Die Raumschiff-Falle · 06/5471
V. E. Mitchell, Tore auf einer toten Welt · 06/5472
Victor Milan, Aus Okeanos Tiefen · 06/5473
Diane Carey, Das große Raumschiff-Rennen · 06/5474
Margaret Wander Bonanno, Die Sonde · 06/5475
Diane Carey, Kirks Bestimmung · 06/5476
L. A. Graf, Feuersturm · 06/5477
A. C. Crispin, Sarek · 06/5478
Simon Hawke, Die Terroristen von Patria · 06/5479
Barbara Hambly, Kreuzwege · 06/5681
L. A. Graf, Ein Sumpf von Intrigen · 06/5682

STAR TREK™

Howard Weinstein, McCoys Tochter · 06/5683
Judith & Garfield Reeves-Stevens, Die Föderation · 06/5684 (in Vorb.)

STAR TREK: THE NEXT GENERATION
David Gerrold, Mission Farpoint · 06/4589
Gene DeWeese, Die Friedenswächter · 06/4646
Carmen Carter, Die Kinder von Hamlin · 06/4685
Jean Lorrah, Überlebende · 06/4705
Peter David, Planet der Waffen · 06/4733
Diane Carey, Gespensterschiff · 06/4757
Howard Weinstein, Macht Hunger · 06/4771
John Vornholt, Masken · 06/4787
David & Daniel Dvorkin, Die Ehre des Captain · 06/4793
Michael Jan Friedman, Ein Ruf in die Dunkelheit · 06/4814
Peter David, Eine Hölle namens Paradies · 06/4837
Jean Lorrah, Metamorphose · 06/4856
Keith Sharee, Gullivers Flüchtlinge · 06/4889
Carmen Carter u. a., Planet des Untergangs · 06/4899
A. C. Crispin, Die Augen der Betrachter · 06/4914
Howard Weinstein, Im Exil · 06/4937
Michael Jan Friedman, Das verschwundene Juwel · 06/4958
John Vornholt, Kontamination · 06/4986
Mel Gilden, Baldwins Entdeckungen · 06/5024
Peter David, Vendetta · 06/5057
Peter David, Eine Lektion in Liebe · 06/5077
Howard Weinstein, Die Macht der Former · 06/5096
Michael Jan Friedman, Wieder vereint · 06/5142
T. L. Mancour, Spartacus · 06/5158
Bill McCay/Eloise Flood, Ketten der Gewalt · 06/5242
V. E. Mitchell, Die Jarada · 06/5279
John Vornholt, Kriegstrommeln · 06/5312
Laurell K. Hamilton, Nacht über Oriana · 06/5342
David Bischoff, Die Epidemie · 06/5356
Diane Carey, Abstieg · 06/5416
Jeri Taylor, Die Zusammenkunft · 06/5418
Michael Jan Friedman, Relikte · 06/5419
Michael Jan Friedman, Die Verurteilung · 06/5444
Simon Hawke, Die Beute der Romulaner · 06/5413
Rebecca Neason, Der Kronprinz · 06/5414
John Peel, Drachenjäger · 06/5415
Diane Duane, Dunkler Spiegel · 06/5417
Susan Wright, Der Mörder des Sli · 06/5438
W. R. Thomson, Planet der Schuldner · 06/5439
Michael Jan Friedman & Kevin Ryan, Requiem · 06/5442

STAR TREK™

Dafydd ab Hugh, Gleichgewicht der Kräfte · 06/5443
Michael Jan Friedman, Die Verurteilung · 06/5444 (in Vorb.)
Peter David, Q_2 · 06/5445 (in Vorb.)

STAR TREK: DIE ANFÄNGE
Vonda N. McIntyre, Die erste Mission · 06/4619
Margaret Wander Bonanno, Fremde vom Himmel · 06/4669
Diane Carey, Die letzte Grenze · 06/4714

STAR TREK: DEEP SPACE NINE
J. M. Dillard, Botschafter · 06/5115
Peter David, Die Belagerung · 06/5129
K. W. Jeter, Die Station der Cardassianer · 06/5130
Sandy Schofield, Das große Spiel · 06/5187
Lois Tilton, Verrat · 06/5323
Diane Carey, Die Suche · 06/5432
Esther Friesner, Kriegskind · 06/5430
Melissa Scott, Der Pirat · 06/5434
Nathan Archer, Walhalla · 06/5512
Greg Cox/John Gregory Betancourt, Der Teufel im Himmel · 06/5513
Robert Sheckley, Das Spiel der Laertianer · 06/5514
Diane Carey, Der Weg des Kriegers · 06/5515
Diane Carey, Die Katakombe · 06/5516
Dean Wesley Smith & Kristine Kathryn Rusch, Die lange Nacht · 06/5517 (in Vorb.)

STAR TREK: STARFLEET KADETTEN
John Vornholt, Generationen · 06/6501
Peter David, Worfs erstes Abenteuer · 06/6502
Peter David, Mission auf Dantar · 06/6503
Peter David, Überleben · 06/6504
Brad Strickland, Das Sternengespenst · 06/6505
Brad Strickland, In den Wüsten von Bajor · 06/6506
John Peel, Freiheitskämpfer · 06/6507
Mel Gilden & Ted Pedersen, Das Schoßtierchen · 06/6508
John Vornholt, Erobert die Flagge! · 06/6509
V. E. Mitchell, Die Atlantis Station · 06/6510
Michael Jan Friedman, Die verschwundene Besatzung · 06/6511
Michael Jan Friedman, Das Echsenvolk · 06/6512
Diane G. Gallagher, Arcade · 06/6513
John Peel, Ein Trip durch das Wurmloch · 06/6514
Brad & Barbara Strickland, Kadett Jean-Luc Picard · 06/6515

STAR TREK™

Brad & Barbara Strickland, Picards erstes Kommando · 06/6516 (in Vorb.)
Brad & Barbara Strickland, Zigeunerwelt · 06/6517 (in Vorb.)

STAR TREK: VOYAGER
L. A. Graf, Der Beschützer · 06/5401
Peter David, Die Flucht · 06/5402
Nathan Archer, Ragnarök · 06/5403
Susan Wright, Verletzungen · 06/5404
John Betancourt, Der Arbuk-Zwischenfall · 06/5405
Christie Golden, Die ermordete Sonne · 06/5406
Mark A. Garland & Charles G. McGraw, Geisterhafte Visionen · 06/5407
S. N. Lewitt, Cybersong · 06/5408

DAS STAR TREK-UNIVERSUM, 2 Bde.,
überarbeitete und aktualisierte Neuausgabe!
von *Ralph Sander* · 06/5150

DAS STAR TREK-UNIVERSUM, 1. Ergänzungsband
von *Ralph Sander* · 06/5151

DAS STAR TREK-UNIVERSUM, 2. Ergänzungsband
von *Ralph Sander* · 06/5270

William Shatner/Chris Kreski, Star Trek Erinnerungen · 06/5188
William Shatner/Chris Kreski, Star Trek Erinnerungen: Die Filme · 06/5450

Phil Farrand, Cap'n Beckmessers Führer durch STAR TREK – DIE NÄCHSTE GENERATION · 06/5199
Phil Farrand, Cap'n Beckmessers Führer durch STAR TREK – DIE CLASSIC SERIE · 06/5451

Ralph Sander, Star Trek Timer 1997 · 06/1997
Nichelle Nichols, Nicht nur Uhura · 06/5547
Leonard Nimoy, Ich bin Spock · 06/5548
Lawrence M. Krauss, Die Physik von Star Trek · 06/5549
J. M. Dillard, Star Trek: Wo bisher noch niemand gewesen ist · 06/6500
Judith & Garfield Reeves-Stevens, Star Trek – Deep Space Nine: Die Realisierung einer Idee · 06/5550
Judith & Garfield Reeves-Steven, Star Trek Design · 06/5545
Aris Kazidian & Bruce Jacoby, Das Star Trek Kochbuch · 06/5546

Diese Liste ist eine Bibliographie erschienener Titel
KEIN VERZEICHNIS LIEFERBARER BÜCHER!